왼쪽 귀의 세계와
오른쪽 귀의 세계

왼쪽 귀의 세계화

이문영 장편소설

오른 귀의 세계

위즈덤하우스

차례

1

짐승의 소리가 들린다. 밀림의 깊고 어두운 늪에서 홀쭉한 배를 깔고 젖은 숨을 뱉는다. 벌겋게 익은 꼬리로 빙하를 휘감고 쇠 손톱을 세워 얼음덩어리를 긁는다. 용암 끓는 분화구 한가운데 머리를 처박고도 허파의 냉기가 빠지지 않아 뼈를 떤다. 짐승의 울음을 듣는다. 날카로운 덫에 걸려 발목이 부러진 채 고통으로 신음한다. 사냥꾼의 총을 맞고 옆구리에서 피를 쏟으며 가쁜 숨을 몰아쉰다. 관람객들이 귀엽다며 카메라 셔터를 누르자 머리를 쳐들고 우리를 들이박는다. 짐승의 웃음을 들은 것 같다. 빌딩 꼭대기에 거꾸로 매달려 아래를 내려다보며 침을 흘린다. 소화할 수 있는 양의 몇 배를 삼킨 뒤 배가 꺼지지 않아 더부룩한 트림을 한다. 인간을 달에 실어 나른 뒤 버려진 신이 그 운명을 저주하며 자신처럼 버려진 우주 쓰레기들을 오독오독 씹는다. 그 모두이면서 그 무엇도 아닌 소리가 사람의 성대로는 흉내 낼 수 없는 기괴하고 소름 돋는 발성으로 으르렁거린다.

2

빠아아아아아아아아아아아앙.

경적이 맹렬하게 울었다. 나도 모르게 브레이크를 밟았는지 뒤따라오던 자동차가 물어뜯을 듯 으르렁거렸다. 충돌은 거울에 보이는 것보다 가까이 있었다. 멀리서 달려오는 자동차의 불빛을 백미러로 본 게 조금 전이었다. 뒤통수가 환하다는 느낌이 들었을 땐 이미 뒤에 바짝 붙어 상향등을 쏘아대고 있었다. 이 궤도는 자기 것이라고 주장하는 것처럼 차선을 바꾸는 대신 길을 내놓으라며 전조등을 깜빡였다.

운전하는 내내 나는 정신을 집중하지 못하고 있었다. 시동을 걸 때부터 브레이크와 가속페달 사이에서 다리가 부들부들 떨렸다. 새벽 고속도로를 너무 빨리 달린다는 생각이 든 순간 무서웠던 것 같다. 내가 갑자기 속도를 줄이자 부딪칠 뻔한 뒤차가 차선을 급변경했다. 옆 차선에서 같은 속도로 달리며 또박또박 욕을 했다.

빵 빵 빵 빵 빵.

운전자가 핸들 중앙을 주먹으로 내려치는 게 분명했다. 비상등을 켜서 미안함을 전할 여유도 없었다. 경적을 멈춘 뒤에도 그 차는 한참을 내 옆에서 나란히 달렸다. 분기점을 앞두고 차선을 바꿀 때가 돼서야 고속으로 질주하며 시야에서 사라졌다.

그 도시가 가까워지고 있었다. 조금이라도 빨리 도착해야 한다는 마음과 조금이라도 늦게 닿기를 바라는 마음이 뒤엉켜 전조등 불빛 너머에서 뿌옇게 떠다녔다.

때앵 때앵 때앵.

내비게이션이 과속 경고음을 보냈다. 떨리는 무릎을 손으로 감싸 쥐며 나는 다시 속도를 높이고 있었다. 브레이크를 밟았다.

감속 신호도 없이 멈춰버린 것들로 빈틈없이 빽빽하다. 임무를 마치고 폐기됐거나 고장 나 버려진 인공 물체들이 털어내야 할 먼지처럼 지구 궤도에 뿌옇게 끼어 있다. 지구를 파먹고 대기 밖으로 진출한 인간이 우주를 파먹고 남긴 찌꺼기들 사이에서 나는 수거되지 않는 폐품으로 떠돌고 있다.

끼이이이이이이이이이익.

도로를 긁는 타이어의 급제동 소리에 잠을 깼다. 무더운 여름 새벽이었다. 자정 넘은 시각에 퇴근해 누웠으나 달궈진 머리는 식지 않았다. 오랫동안 뒤척이다 선잠에 빠져들고 있을 때였다.

따다다다다다다다다.

오토바이의 질주음이 귀를 때렸다. 100미터 달리기 선수가 온몸의 기운을 끌어모아 출발선에서 튀어 나가는 듯한 소리였다. 곧이어 따다다다다 달리는 것과 끼이이이익 멈추는 것의 충돌 소리가 뒤따랐다.

잠이 달아났고 머리는 무거웠다. 눅눅한 방 공기가 벽을 타고 흘러내렸다. 커튼 사이로 밖을 내다봤다.

건너편 교차로에서 교통사고가 있었다. 범퍼 깨진 트럭 앞에 박살 난 오토바이가 넘어져 있었다. 좌회전하는 트럭과 맞은편에서 달려오던 배달 오토바이가 교차로 중간에서 충돌한 것 같았다. 트럭 기사로 보이는 사람이 바닥에 주저앉아 양쪽 귀를 손으로 감싸고 있었다. 사방으로 날아간 오토바이 파편들이 어두컴컴한 도로 위에서도 또렷했다. 오토바이 운전지만 어디 있는지 보이지 않았다.

역시 묽어져버렸을까.

대개 묽어지기 마련이었다.

교차로 주변을 눈으로 훑고 있을 때 앰뷸런스가 사이렌을 울리며 도착했다. 사고 현장을 살펴보던 구급대원들이 허리를 굽혀 트럭 아래에서 뭔가를 끄집어냈다. 오토바이를 몰던 남자가 트럭 밑에서 찰기 잃은 묵처럼 흐느적거리며 끌려 나왔다. 부딪히는 순간 몸이 트럭 아래로 쏠려 들어갔는지도 몰랐다. 아스팔트 위에 눕혀진 남자의 윤곽이 흐릿했다.

구급대원들이 붙어서 심폐소생술을 했다. 심장을 압박하고, 숨을 불어 넣고, 다시 압박하고, 다시 불어 넣고, 다시, 그리고 다시. 구급차가 깨어나지 않는 남자를 싣고 사이렌을 울리며 달려갔다. 지켜보던 사람들이 휴대전화로 찍었다.

경찰이 교차로에서 트럭과 오토바이를 빼내 도로 옆으로 옮겼다. 사고 현장은 신속하게 정리됐다. 배달 중이던 음식만 도축 뒤 버려진 내장들처럼 흩뿌려져 있었다.

침대로 돌아와 누웠다. 에어컨 없는 방에서 땀에 젖은 머리가 지끈거렸다.

처음부터 묽은 사람은 아니었을 것이다. 믿을 수 없는 속도로 달려가는 낮과 밤을 쫓아가려고 따다다다다 액셀을 당기다 보면 하루하루 묽어지기 마련이었다. 피부가 쓸리고 색이 빠지면서 윤곽선이 뭉개진다. 너무 싱거워 아무도 기억하지 않는 농도가 되고 마는 것이다.

경찰은 사고 원인을 배달 시간에 쫓긴 오토바이의 신호 위반으로 결론짓겠지.

언제나처럼 두통이 밀려왔다. 손가락으로 양쪽 관자놀이를 누르며 나는 그 이유만은 아닐 것이라고 짐작했다.

오토바이 위의 남자가 너무 묽었겠지. 트럭 기사가 제대로 알아보지 못할 만큼. 묽어지면 형체가 흐트러지니까. 남자는 오토바이를 타고 달릴 때마다 묽은 몸을 흘렸을 거야. 흘러내린 몸에 젖어 오토바이까지 묽어져버렸을 테고. 그도 어느 순간 눈치챘을지 모르지. 더없이 빨리 달리고 있는데도 더 빨리 달리라고 독촉받고, 더 빨리의 끝이 어딘지 알 수 없어 끝없이 빨라지다 보면, 어느 순간 자기가 안 보인다는 걸. 묽어질 대로 묽어져서 가끔씩 투명해진다는 걸. 그 사실을 알아차린 남자가 속도를 늦추지 못하는 대신 소리로 자신의 위치를 알리려고 따다다다 달린 것일지도.

"제가 안 보인대요."

그날도 새벽이었다.

그 가을에 나는 20대를 다 쓴 나무젓가락처럼 꺾으며 두 번째 휴학 중이었다. 일을 마치고 돌아가던 길에 열아홉 살의 그가 내게 말했다. 그와 나는 그날 새벽 4시에 처음 만났고, 아침 9시쯤 헤어졌으며, 그 후로 다시 만난 적이 없었다.

지역 정보지의 구인 광고를 보고 전화했을 때 사장은 이력서를 가지고 다음 날 새벽에 오라고 했다. 일은 단순했다. 식당에 식자재를 공급하는 소매상이 승합차나 트럭을 창고 앞에 대면 주문서에 적힌 대로 꺼내 실어주는 일이었다.

창고에 도착했을 땐 이미 두 명이 더 와 있었다. 열아홉의 그와 마흔이 얼마 남지 않았다는 남자.

창고는 먼지 냄새로 팽팽했고 모서리마다 거미줄이 팽팽했다. 곡류와 장류, 식용 기름들과 유지 제품, 분식 재료와 냉동식품들, 각종 조미료와 술, 냄비와 수세미 같은 주방 도구 등으로 가득했다. 신선 채소를 제외하고 식당에서 필요로 하는 거의 모든 물품을 그리 크지 않은 창고에 들였다가 반출하는 영세 유통업체였다.

식재료들을 올려둔 나무 받침대 사이로 건강한 쥐와 민첩한 바퀴벌레들이 내달렸다. 천장의 서까래엔 어딘지 모르고 날아들었다가 출구를 찾지 못한 아기 새와 나방들의 사체가 말라붙어 있었다. 음식의 표정을 만드는 재료들이 이 세상 맛의 비밀을 다 안다는 얼굴로 무표정하게 대기했다. 메스로 발라낸 미식의 살과 뼈를 알코올 병에 담아 진열한 것 같아 보고 있으면 입맛을 잃었다. 사장이 창고로 안내하며 말했다.

"오늘 일하는 거 보고 세 명 중 두 명만 뽑습니다. 다들 열심히 해봐요."

아무리 하루 네 시간짜리 일당 노동이라지만 채용도 하기 전에 일부터 시키다니. 마음이 불편했으나 불편하다는 말을

14

입 밖에 내진 않았다.

새벽 5시가 되자 차들이 밀려들어 줄을 섰다. 쌀과 밀가루 포대, 대용량 고추장 된장과 쇼트닝 깡통 등을 한꺼번에 들고 끼고 안고 나를 땐 목마른 개처럼 혀를 빼고 헉헉댔다. 그래도 하루 종일 온 힘을 쥐어짜야 했던 예전 일들을 떠올리면 수월한 편이었다. 일당은 적었지만 일이 끝난 뒤에도 웬만한 하루 일과를 소화할 수 있다는 장점이 있었다.

그가 눈에 띄게 애를 쓰고 있었다. 굳이 뛰어다닐 필요가 없을 때도 이리 뛰고 저리 뛰었다. 사장이 보고 있으면 뛰었고, 사장이 보고 있지 않아도 뛰었다. 바쁠 때도 뛰었고, 바쁘지 않을 때도 뛰었다. 물건을 실은 뒤엔 트럭 기사 대신 짐칸에 올라가 하나하나 정리했다. 안쓰럽게 보일 만큼 그는 분주했다.

뭘 저렇게까지.

나는 걸어 다니며 생각했다.

이 일이 뭐라고. 안 되면 다른 일 구하면 될 걸.

아침 7시가 지나자 대부분의 차량이 빠져나가면서 창고도 한산해졌다. 구직자 셋이 한데 쪼그려 앉아 처음으로 말을 섞었다.

나이 많은 남자는 사진관을 운영했다. 디지털카메라 보급으로 손님이 줄어 추가 수입이 없으면 생계를 꾸리기 힘들게 됐다며 담배를 피웠다.

열아홉의 그는 그해 봄 고등학교를 졸업했다. 그날 가장 열심히 일한 그가 사장의 결정을 앞두고 혼자 초조해했다.

"영원히 가라는 건 아니겠죠?"

그가 나를 쳐다보며 물었다.

영원. 그 상태 그대로 끝나지 않고 계속되는 것.

나는 나뭇가지로 땅바닥을 헤집으며 너무 크다고 느꼈다. 닿을 수 없고 가늠할 수 없는 그 단어를 붙이기엔 눈앞의 일이 너무 뻔하다고.

"별일 아니지?"

사장이 손에 종이봉투 하나를 들고 우리 쪽으로 걸어왔다.

그 별일 아닌 일에 굳이 한 사람을 더 불러 경쟁을 붙이다니. 불편했지만 불편한 마음은 사장의 다음 말을 기다리며 입안에 가뒀다.

사장이 그에게 봉투를 내밀었다.

"고생했어. 두 사람은 내일 봅시다."

사장은 왜 그인지 따로 설명하지 않았다. 굳이 노력하지 않았다. 일당 봉투를 받은 그는 덤덤히 안도하는 둘 앞에서 표나게 실망했다.

창고는 집에서 도보로 한 시간 거리에 있었다. 갈 땐 20분 만에 뛰어간 길을 돌아올 땐 허기를 느끼며 느리게 걸었다. 그의 집도 같은 방향이었다. 어쩌다 동행하게 된 길이 어색하고 불편했다. 괜히 그에게 미안해 무슨 뜻인지도 모를 말을 떠들었다. 듣고만 있던 그가 불쑥 말했다.

"안 보인대요."

"네?"

"사장님을 따라가서 물어봤어요. 제가 탈락한 이유가 뭐냐고요. 이력서를 살펴봤더니 그동안 제가 어떻게 살았는지 안 보이더래요. 제 이력서가 하얗거든요."

아직 스무 살도 안 됐는데 당연하지 않느냐고 하려다 말았다. 일당 봉투와 돌려받은 이력서가 씻을 생각을 잊은 그의 까만 손에서 까맣게 구겨지고 있었다.

"초등학교 때 아빠가 돌아가셨어요."

한 칸.

"엄마랑 둘이 사는데 엄마가 아파서 제가 일을 했어요. 방학 때마다 공장에 나갔고 정말 급할 땐 학교 빼먹고 공사장에 다녔어요."

두 칸.

"올 초 고등학교 졸업 뒤엔 염색 공장에서 일했는데요. 엄마가 집에 혼자 있는 걸 무서워해서 지난주에 그만뒀어요."

세 칸.

"어제 사장님과 통화했을 땐 채용된 줄 알고 기뻤어요. 뭐라도 배우고 싶었거든요. 새벽에 그 일 한 뒤 오후에 아르바이트 하나 더 하고 밤엔 학원에 다니려고 했어요."

묻지 않은 이야기를 그가 이력서 빈칸 채우듯 말했다.

"이렇게 나이 먹기 싫지만 이렇게 나이 먹을 거란 걸 알아요."

그를 보며 참 애쓴다고 생각했던 나는 이력서에 '대학 재학 중'이 한 줄 더 있다는 이유로 별일 아닌 그 일을 얻었다.

"그래도 효자네요."

멍청한 말이 잘못 찾아간 집 앞을 서성이듯 그의 얼굴을 기웃거렸다.

"저 같은 애들은 효자가 안 될 수 없어요. 저도 형편 좋은 집에서 태어나 공부만 하며 살 수 있다면 얼마나 좋을까요. 제가 열심히 살면 뭘 그리 애쓰냐는 눈으로 쳐다보던 사람들이 제가 뭘 좀 잘못하면 집안이 그러니 애써봐야 어쩔 수 없지 해요. 그게 참 숨 막혀요."

글자가 되지 못한 그의 이야기들이 이력서 빈칸을 비집고 들어가려다 곧고 매끄러운 실선에 막혀 무음의 소리를 질렀다.

그에게 영원은 그 실선 같은 것일 수도 있었다. 그 상태 그대로 끝나지 않고 뻗으며 그가 달려가는 곳마다 먼저 도착해 앞을 가로막는 바리케이드. 더 이상 쪼갤 수 없을 만큼 시간을 쪼개며 살아온 그의 애씀을 이력서는 학력과 경력의 틈에 끼워주지 않았다. 그는 애를 쓰고 이력서를 쓸수록 묽어졌다.

갈림길이 나왔다. 나란히 걷던 그가 도로를 벗어나 좁은 흙길로 걸어갔다. 멀어지는 뒷모습이 흐릿해지고 윤곽선이 흔들리더니 주위 풍경과 합쳐졌다.

그를 다시 떠올린 건 15년쯤 뒤였다. 원룸 월세방에서 사망한 지 여덟 달 만에 백골로 발견된 서른네 살 남자를 취재했을 때 잊고 있던 그가 생각났다. 뼈만 남은 남자의 주검 옆에서 쓰다 만 이력서들이 여러 장 발견됐다. 채울 것 없는 하얀 이력서가 남자의 애쓴 시간들을 하얗게 지우고 있었다. 예상 질문을 뽑으며 면접에 대비했지만 세상은 남자에게 아무것도 질문하지 않았다. 자신을 궁금해하지 않는 세상에게 남자가 준비한 답변은 스스로 목숨을 놓는 것이었다. 열아홉의 그가 30대 중반이 되는 동안 이력서 빈칸을 두툼히 채웠을지, 굳이 채우지 않고도 세상의 질문을 받으며 조금은 덜 열심히 살아왔을지, 그와 같은 나이의 원룸 남자가 유서처럼 남긴 이력서를 보며 잠깐 궁금했다. 너무 전형적이어서 뻔한 가난은, 요즘 유행에도 뒤떨어진 불행은, 공정과 능력 같은 단어들에게도 외면받는 청춘은, 그때나 지금이나 그저 묽어지고 있을 뿐이었다.

흐렸다.

해 뜰 시간이 가까워지면서 공기가 푸르스름해졌다. 사고 소리에 쫓겨난 잠은 되돌아오지 않았다. 창문을 열자 이른 시각인데도 후텁지근한 습기가 침범했다. 쳐들어오는 것들은 상대의 상태를 가리지 않았다. 차가운 물로 끈적한 몸을 씻어 냈다. 샤워를 끝내고 물방울 튄 거울 앞에 섰을 때 왼쪽 겨드랑이와 옆구리 사이가 먹구름 낀 하늘처럼 희끄무레했다.

묽어졌네.

한동안 보이지 않더니 다시 나타나기 시작했다. 근래 얼굴 없는 강도에게 쫓기듯 일했기 때문일까. 이사한 지 얼마 안 된 집이 바로 재이사해야 할 만큼 심란해서일까.

어렸을 땐 몽고반점인 줄 알았다. 엉덩이에서 반점이 사라진 뒤에도 몸 여기저기 생겼다 없어지기를 반복했다. 대기질에 따라 변하는 날씨 같았다. 그날그날의 몸 상태를 반영해 커지거나 줄어들었다. 바닥이 없는 깊고 어두운 늪처럼 보였다가, 손톱으로 긁어 부풀어 오른 물집처럼 보였다. 끓는 기름에 덴 화상 자국처럼 보였다가, 층층이 나이테를 쌓은 나무의 껍질처럼 보이기도 했다. 그 모두이면서 그 무엇도 아닌 것이 기원을 추정할 수 없는 기괴한 무늬를 피워 올렸다. 희귀 난치병의 징후는 아니었고, 특별한 피부병도 아니었는데, 그렇다고 없는 것처럼 신경 끄고 살기엔 성가셨다. 피곤이 누적될 때면 물고기처럼 몸 곳곳으로 헤엄치며 열꽃을 실어 날랐다. 학명이라도 붙여주고 싶었으나 그냥 혼자 묽점이라고 불렀다. 날씨나 피로 때문이 아니라 묽거나 묽어질 것들의 몸에 새겨진 시끄러운 표식이라고 나는 생각했다. 가만히 묽어지면 억울하니까. 조용하면 보려 하지 않고 요란하지 않으면 없는 줄 아니까.

5

위험한 존재로 인정받지 못하는 것들은 관측 대상
조차 되지 못한다. 진공에 뱉은 구조 요청은 누구
에게도 수신되지 않고 어느 별에도 착륙하지 못한
다. 방치되느니 지구 중력에 당겨져 밤하늘에 길
고 빛나는 꼬리를 흔들며 추락하고 싶다. 만만해지
지 않으려면 위험해져야 한다. 지독한 적막으로 고
막이 터져버릴 것 같을 때 짐승의 심장박동을 들은
것도 같다. 두 손으로 귀를 막는다.

6

묽고 시끄러운 동네에서 태어나 자랐다.

빈칸뿐인 이력서처럼 평소엔 누구도 관심 갖지 않는 동네였다. 강력 사건이 발생해 범죄 도시로 지목되거나 개발 지구로 지정돼 땅값이 들썩일 때만 사람들의 눈에 띄었다.

시각적으로 묽은 동네는 청각적으로 시끄러웠다. 소음은 없는 듯 치부돼온 동네와 그 동네 사람들이 자신을 드러내는 묽점이었다.

작고 좁은 집들이 가늘고 고불고불한 골목 양옆으로 다닥다닥했다. 대충 바른 시멘트 벽과 대충 얹은 슬레이트 지붕은 앞집과 옆집과 뒷집과 건넛집의 소리들을 투명하게 흡수한 뒤 소리를 보태 돌려줬다. 어느 집 저녁 밥상에서 어떤 반찬을 두고 아이들이 다투는지, 어느 집 둘째가 시험 성적이 나빠 엄마에게 혼나는지, 어느 집 남편이 술에 떡이 돼 아내를 때리는지, 어떤 드라마를 보고 어떤 라디오방송을 듣는지, 누가 웃고 누가 울고 누구를 욕하는지, 한 생명이 어떻게 태어나고 어떻게 마지막 숨을 몰아쉬는지, 보지 않아도 그 집에 있는 것처럼 세세히 알 수 있었다.

우리는 소리로 볼 줄 아는 사람들이었다. 숨길 것 없게 투시하고 숨을 곳 없이 투시당했다. 그 동네에 산다는 이유만으로 주워 담을 수 없는 소음을 흘리고 거부할 수 없는 소음에 노출됐다. 보여주기 싫어 벽을 세워 가린 것들이 가려지지 않는 소리에 실려 벽을 넘어가고 넘어왔다. 시각보다 빠른 청각은 하루 스물네 시간 정보를 수집하며 눈이 자는 동안에도 온갖 이야기를 물어 왔다. 그 정겹고, 따뜻하고, 짜증나고, 지겨운 소음으로 서로의 기쁨과, 즐거움과, 분노와, 애달픔을 꿰뚫었다.

소리는 도시도 갈랐다. 가족으로부터 독립된 방도, 이웃으로부터 독립된 집도, 옆 동네로부터 독립된 아파트 브랜드도 없던 사람들은 오직 소음만 넉넉했다. 많이 갖는 것을 좋아하는 사람들도 소리는 적은 집일수록 높이 쳤다. 적게 가진 것을 체념해온 사람들은 소리가 많은 집조차 없어 쫓겨 다녔다. 소리가 적은 동네는 집들이 크고, 골목이 밝고, 주민들은 우아했다. 소리가 많은 동네는 집들이 잘고, 골목이 어둡고, 주민들은 악착같았다.

크기와 세기는 달랐다. 고함치는 일과 가슴에 열불 나는 일이 분리되지 않는 사람의 목소리는 크기만 할 뿐 세진 않았다. 사방의 소리로부터 스스로를 차단하며 나직하게 말하는 사람들의 목소리가 훨씬 셌다. 큰 것이 반드시 센 것은 아니란 사실을 알아가는 시간이 우리 동네 아이들이 질서에 편입되는 과정이었다. 소리가 센 사람들이 돈과 땅과 학벌과 인맥과 교양을 후대에 물려줄 때 소리만 큰 사람들은 센 사람들이 갖지 못한 특별한 능력을 전수했다.

눈치와 주저.

소리로 보는 사람들이 무언가를 보자마자 어떤 태도를 취해야 할지 본능적으로 깨닫게 하는 초능력.

타인을 고려하지 않고 돌격해 오는 소리들에 둘러싸여 살면서 나는 내 소리를 삼키는 일에 익숙해졌다. 내 소리가 벽을 뚫고 나가 남의 일상을 휘젓거나 거꾸로 내 일상이 남에게 간파당할 것이란 두려움이 나를 검열했다. 언제부턴가 "크게 말하라"는 핀잔을 듣기 시작했다. 말을 할 때마다 "입 안에 넣고 웅얼웅얼하는 통에 무슨 뜻인지 못 알아듣겠다"는 짜증이 돌아왔다. 그 동네를 벗어나지 못하면 내 목소리가 점점 줄어들어 머지않아 완전히 없어질 것만 같았다.

자신의 실패를 늘 타인의 탓으로 돌리던 아버지의 원망, 시집살이와 가부장의 목청을 피해 몰래 숨어 눈물짓던 어머니의 한숨, 뜻대로 움직이지 않는 몸과 그 몸을 받아주지 않는 세상을 향한 형의 분노. 나는 성인이 되자마자 고의 없이도 서로를 할퀴는 소리들로 풍요롭던 내 작은 방을 떠났다. 그 소리들에 작별을 고했다고 해서 뒤에 남은 소리가 '잘 가라'며 손 흔들어주는 것은 아니었다. 소리 없는 방을 갈망했지만 이사 다니는 방마다 새로운 소리가 마중 나와 나를 기다렸다. 그때마다 고향 마을이 내게 장착해준 능력들도 점점 예리해졌다.

드르륵드르륵.

도시마다 고유한 소리를 발산했다. 그 도시의 고음과 저음이 분리되는 동네에 그 방은 있었다. 이 나라 정치를 결정짓는 도시로부터 멀지 않은 동쪽에서 과거 왕조시대의 성문이 열리고 닫혔다. 왕이 백성 위에 군림했던 옛날이나 국민이 투표로 대통령을 뽑는 지금이나 성문은 안과 밖을 구별했다.

드르륵드르륵.

봉제 공장의 미싱 소리가 성 안이 퇴근한 늦은 밤에도 멈추지 않고 그곳이 성 밖이란 사실을 알렸다. 그 소리가 성 안으로 들어가지 못하고 맴돌다 묽어지는 언덕 아래에서 100년 넘은 재래시장을 건너다보는 건물의 꼭대기가 내 원룸이었다.

멀쩡해 보였던 방은 봄비가 내리자 물이 새더니 여름 장마가 닥치자 홍수가 났다. 사방에서 빗물이 맺혀 투두둑투두둑 낙하했다. 천장에서 떨어진 빗방울들은 받쳐둔 세숫대야를 튀어나와 방바닥에 웅덩이를 만들었다. 방이 빗물로 흥건해질 때마다 나는 울분으로 흥건했다.

"이런 줄 뻔히 알면서 수리도 하지 않고 세를 주면 어떡하냐"며 집주인에게 항의했다. "고쳐줄 테니 기다리라"던 집주인은 이후 전화를 받지 않았다.

"세입자라고 무시하는 겁니까."

한밤중에 웅덩이에 빠져 허우적거리다 화가 치밀어 문자

를 보냈다. 며칠 만에 온 답은 장유유서를 읊었다.

"젊은 사람이 싸가지가 없네. 살기 싫으면 방 빼요."

개굴개굴.

할 말을 잃은 자의 핏대가 짜부라드는 소리. 당장 짐 싸서 나가고 싶다는 마음과 그랬다간 길거리 한복판에서 태풍을 맞는다는 걱정이 서로를 향해 집어 던지는 눈치와 주저.

나는 싸가지도 없는 주제에 내 집도 아닌 세 든 집이 언제 떠내려갈지 몰라 우는 청개구리가 됐다. 빗방울 쏟아지는 방을 뒤로하고 출근할 때마다 그날 해야 할 일들이 머리 밖으로 폴짝폴짝 뛰쳐나갔다.

낙차는 격차를 일깨웠다.

세숫대야는 물방울을 가두지 못했다. 바닥에 부딪힌 빗방울이 튀어 오르지 못할 높이가 필요했다. 허리를 자른 플라스틱 페트병들을 빗물이 떨어지는 위치에 뒀다. 비가 오는 날이면 내 좁은 원룸에서 페트병들이 죽순처럼 자라났다.

똥 똥 똥또동 똥똥.

페트병에 고인 물의 높이에 따라 빗방울이 떨어지며 내는 소리도 달랐다. 비가 세차게 오는 새벽에 페트병들이 도레미파솔라시도 화음을 넣었다. 그해 여름이 끝나갈 때쯤 나는 음계의 높낮이만 듣고도 빗물의 높낮이를 가늠할 수 있었다. 빗방울이 튕기는 음계가 고음으로 차오를수록 축축해진 내 마음도 떨쳐 일어났다. 온 세상 무주택 개구리들의 분노를 끌어

모아 한목소리로 귈기했다.

솔솔솔솔 솔솔미 미미미미도.

레레레레 레레파 미파미레도.

마음에 핀 곰팡이를 말릴 길 없던 나는 결국 계약 만료 전에 그 방을 떠났다. 급하게 방을 구해야 하는 처지였지만 누수만큼은 꼼꼼히 확인했다.

새는 것이 비 말고 또 있다는 사실을 나는 잊고 있었다. 이사한 방에 짐을 들이는 순간 고향 마을로 되돌아간 줄 알았다. 입주 첫날부터 위층 사람들과 살림을 합친 기분이었다. 천장에서 빗방울 대신 소리가 흘러내려 방바닥에 투두둑 떨어졌다. 페트병으로도 받쳐지지 않는 소리들이 온 집 안 구석에 고였다. 일주일도 안 돼 한 번도 본 적 없는 위층 가족의 모든 것이 보였다.

그들은 넷이었다. 남편은 매일 자정 직전 귀가해 샤워를 했다. 오래 씻는 편인 그는 대부분 샤워기 아래에서 이튿날을 맞았다. 잠자리에 든 뒤 두어 시간 지나면 휴대전화 문자를 받았다. "이 새벽에 누구냐"며 아내가 물을 때마다 남편의 답은 "글쎄", "잘못 온 문자", "회사 부장" 등으로 바뀌었다. 어느 날 새벽에 "미친 것 아니냐"며 아내가 문을 쾅 닫고 방을 나갔다. 남편은 샤워를 한 지 세 시간 만에 다시 샤워를 하고 집을 나섰다.

남매는 성격이 다른 듯 같았다. 예닐곱 살 되는 딸은 잠을 사지 않을 땐 언제나 뛰었다. 수학을 가르치던 엄마가 "이 상태로 내년에 입학하면 꼴찌 한다"고 타박하면 아이는 "그래도 내가 가장 빠르다"며 좁은 방 안을 달리고 미끄러지고 뒹굴었다. '엄마'와 '아빠' 외엔 아직 말이 입에 붙지 않은 둘째는 누나가 달리면 왜 달리는지도 모르고 같이 달렸다. 누나가 동생을 껴안고 꺄르르르 웃으면 동생은 누나를 떼어내며 꺄르르르 웃었다.

"새벽엔 문자 보내지 말랬잖아. 뭐? 그럼 어쩌라고?"

아빠가 화장실에서 목소리 낮춰 통화할 때, 큰아이는 방을 가로지르며 달리고 미끄러지고 뒹굴었고, 엄마는 누나를 따라 달리고 미끄러지고 뒹구는 둘째에게 밥을 먹이느라 쩔쩔맸다. 그들 가족끼리도 모르는 것을 내가 알고 있었다. 언제부턴가 누가 소음의 가해자이고 피해자인지 헷갈리기 시작했다.

"못 찾겠다 꾀꼬리."

토요일 이른 아침, 예고 없던 꾀꼬리 사냥이 시작됐다. 큰아이가 명랑한 목소리로 말했다.

"엄마, 못 찾겠다 꾀꼬리."

어질러진 방을 청소하느라 엄마는 아이와 놀아줄 틈이 없었다. 아이의 목소리가 커졌다.

"엄마, 못 찾겠다 꾀꼬리."

엄마가 보채지 말라고 했다.

"찾을 시간 없어. 혼자 놀아."

어디 숨을 곳도 없는 방에서 아이가 자신을 찾아달라며 찾을 생각 없는 엄마를 향해 소리를 높였다. 술래가 숨은 사람을 찾지 못할 때 하는 포기 선언을 제대로 숨지도 못한 아이가 술래이길 거부하는 엄마한테 외치고 있었다. 엄마가 계속 모른 척하자 화가 난 아이가 얼굴이 새빨개지도록 고함을 질렀다.

"엄마아아아아, 못 찾겠다 꾀꼬리이이이이."

나중엔 한 음절씩 끊어가며 숨넘어갈 듯 악을 썼다.

"못, 찾, 겠, 다, 꾀, 꼬, 리, 못, 찾, 겠, 다, 꾀, 꼬, 리, 못, 찾, 겠, 다, 꾀, 꼬, 리."

마침내 아이가 목 놓아 울기 시작했다. 아무도 잡지 않는 꾀꼬리가 기세등등한 몸짓으로 내 방 안을 날아다니고 있었다. 평생 그런 꾀꼬리는 처음이었다.

계속된 야근으로 정신이 혼미한 날이었다. 더는 참지 못했다. 침대에서 일어나 주먹으로 천장을 치며 소리쳤다.

"제발, 꾀꼬리 좀, 잡으라고요."

소리치려 했는데.

저들은 나의 무엇을 알고 있을까.

뒤통수가 찌릿했다. 층간의 소음은 한 방향으로만 흐르진 않았다. 혹시? 오래 훈련한 자기 검열이 발동했다. 나는 내 방을 둘러봤고, 내 차림새를 살펴봤으며, 내 머릿속을 점검했다. 나를 어디까지 훑고 있을지 모를 사람들 아래에서 그들의 집을 소리로 들락거린 내가 말을 더듬었다.

"꾀꼴꾀꼴."

전날은 어버이날이었다. 나는 한 아빠와의 인터뷰 기사를 마감하고 진이 빠져 있었다. 국회에서 농성 중이던 아빠를 찾아가 만났다. 인터뷰 내내 침착하려고 안간힘을 쓰던 그의 얼굴에서 나는 애가 끊어진다는 말의 의미를 눈으로 확인했다. 꾀꼬리들도 울고 싶을 시절이었다.

— 여느 때와는 다른 어버이날일 것 같습니다.

"매년 오늘이 되면 딸아이가 카네이션을 직접 만들어서 달아줬는데 올해엔 제 가슴에 없네요. 어린이날엔 딸과 외식을 했어요. 좋아하는 음식이 나올 때마다 딸이 탄성을 지르며 사진을 찍었어요. 그 5월이 다신 오지 않겠죠?"

그 5월을 그 4월이 빼앗았다.

20여 일 전 그 아빠는 떨리는 무릎을 손으로 감싸 쥐며 자동차 속도를 높이고 있었다. 남쪽 바다 어디선가 딸이 탄 배가 가라앉고 있었다. 딸이 보낸 마지막 문자가 그의 휴대전화에서 아빠를 안심시켰다.

"빨리 구조돼서 나갈게. 곧 만나. 사랑해."

때앵 때앵 때앵.

내비게이션이 끊임없이 과속 경고음을 보냈다. 고속도로에 진입한 뒤로 그는 브레이크를 밟지 않았다.

7

시비린쿠스 데니소니(Sibyrhynchus denisoni). 3억
년 전에 살았던 상어의 친척. 작은 몸에 곤봉처럼
생긴 꼬리, 날카로운 이빨과 커다란 눈, 등으로 향
한 가슴지느러미가 특징. 청각기관이 생성된 가장
초기의 척추동물 중 하나. 원시의 바다를 유영하던
원시의 상어는 원시의 청각기관으로 무엇을 듣고
싶었을까. 막막하고 잔인한 그 바다에서 무엇을 들
으라고 그렇게 오래전부터 앞장서서 청각을 가다
듬었을까. 헤엄치는 귀가 온몸을 펄떡이며 나를 떨
쳐낸다.

8

나는 브레이크를 밟았다.

몸이 끌려가듯 앞으로 쏠렸다. 달려오던 이정표가 멈칫했다. 그 도시로 진입하는 길목을 놓칠 뻔했다. 길이라도 잘못 들길 바랐는지도 몰랐다. 전진하는 차 안에서 마음은 자꾸 후진 기어를 넣고 있었다.

다섯 시간쯤 전이었다.

취재 일정을 마친 뒤 카페에서 커피를 마시며 숨을 돌리고 있었다. 테이블에 올려둔 휴대전화에 신문사 후배가 보낸 문자 메시지가 떴다.

"조 선배, 그 세 사람 중 한 명이래요."

무슨 뜻인지 바로 알아듣지 못했다.

"세 사람?"

되물었다.

"그 사진 있잖아요. 선배가 쓴 기사에 실린 사진."

그 사진?

그 사진!

며칠 전 나는 그 도시에 있었다. 전국에 흩어져 있던 일곱 명의 남자들이 그 도시의 한 사무실에 모였다. 만으로 9년이 지난 뒤에야 겨우 말할 용기를 낸 그들에게 9년 전 그 일을 물었다. 그들 중 얼굴과 이름을 공개하며 카메라 앞에 선 사람은 세 명이었다.

"그 사진이 왜?"

"그중 가운데 분이라고."

가운데 사람. 그는 세 명 중 키가 가장 작았고 말수도 가장 적었다.

9년 전 사회를 뜨겁게 달궜던 한 자동차 공장의 옥상에 그와 그들이 있었다. 그날 현장을 찍은 방송사의 뉴스 영상이 하얀 스크린에 재생됐다. 크고 넓은 옥상에서 수십 명의 노동자들과 경찰들이 도망가고, 쫓아가고, 넘어지고, 넘어뜨렸다.

"미처 도망치지 못하거나 도망치다 붙잡힌 노조원들에겐 어김없이 방패와 곤봉 세례가 쏟아집니다."

기자의 이 말이 삽입된 장면에서 영상을 일시 멈춤 했다. 한 사람씩 일어나 정지된 화면을 손가락으로 짚었다.

"여기 있네."

옥상 곳곳에 찌그러져 있는 작고 흐린 형체들 중에서 자신을 찾아냈다.

"나는 그때 졸고 있었어."

카메라 앞 세 사람 중 왼쪽 남자가 말했다.

영상 속 그는 넘어진 채로 경찰 특공대의 진압봉에 맞고 있었다. 그는 며칠 동안 잠을 못 자 너무 피곤한 상태였다. 경찰

헬리콥터가 한밤중에도 저공비행을 하며 프로펠러 소리와 라이트 불빛으로 잠을 빼앗았다. 눈꺼풀이 감겼다 떠졌다 하고 있을 때 크레인에 매달린 컨테이너들이 물대포를 쏘며 공장 지붕으로 하강했다. 컨테이너에서 특공대원들이 뛰어내렸다. 그는 제대로 달리지 못했다. 점거 농성이 길어지면서 신발을 잃은 그는 누군가 버린 안전화를 신고 있었다. 발에 맞지 않아 끌고 다니던 신발이 도망 중 벗겨졌다. 뛰길 포기하고 손을 들어 체포에 응하겠다는 뜻을 알렸다. 달려오던 특공대원이 속도에 몸을 실어 방패로 밀었다. 넘어졌다 다시 일어나는 순간 특공대원이 휘두른 소화기에 맞고 기절했다. 정신이 들었을 땐 진압봉들이 쏟아지고 있었다. 삼단봉에 맞은 무릎은 뼈가 함몰됐다. 그를 덮친 특공대원이 한 명에서 두 명으로, 세 명에서 네 명으로, 다섯 명까지 불어나는 동안 발길질과 곤봉 세례도 비례해 늘어났다.

그들은 그 공장의 해고 노동자였다. 공장의 해외 매각이 있었고, 수천 명의 집단 해고가 있었고, 해고에 반대하는 파업이 있었고, 경찰의 강제 진압이 있었다. 파업이 끝나고 햇수로 10년이 차는 동안 경영과 구조조정과 일하는 것과 살고 죽는 것을 둘러싼 격렬한 논쟁이 그 공장을 따라다녔다. 그날 옥상에서 쫓기는 해고 노동자들이 쫓아오는 특공대에 붙잡혀 곤봉과 방패에 난타당하는 모습은 그 공장의 시간을 압축한 장면으로 남았다.

그 옥상에서 체포됐던 열한 명 중 연락이 닿는 일곱 명에게 인터뷰를 청했다. 그들이 옥상에서 겪었던 일을 공개적으로 말하는 첫 자리였다. 그들이 옥상에서 내려온 뒤 처음으로 한데 모인 자리이기도 했다. 진압을 지휘한 경찰 수장과 진압을 승인한 당시 대통령이 뇌물 수수 등으로 고발되고 구속되면서 그나마 가능해진 자리였다.

"우리를 폭도라고 하니까."

옥상에서 그들은 모두 손수건으로 얼굴을 감싸고 있었다. 손수건을 벗은 뒤엔 그 옥상에 있었다는 사실을 숨기며 살아왔다. 그 공장 해고자라는 사실이 알려지면 취업도 되지 않았다. 그들은 공장에서 일한 기간을 이력서에서 하얗게 지웠다. 면접에 합격하고도 '나오지 말라'는 통보를 받는 일이 되풀이됐다.

셋 중 오른쪽 남자는 뉴스 화면 한가운데 엎드려 있었다. 그의 두 손을 등 뒤로 묶은 특공대원이 전투화로 그의 머리를 밟았다.

"봐요."

그가 티셔츠를 올리자 배에 굵은 흉터가 있었다. 그는 파업 종료 뒤 분노 조절 장애를 앓았다. 병을 깨서 배를 그었다. 자식을 살리려고 정신병원에 입원시킨 어머니에게 아들은 "제발 살려달라"며 퇴원을 간청했다.

"나는 이 사람."

그리고.

사진 가운데의 그.

그가 가리킨 곳은 옥상의 오른쪽 모서리였다. 해상도가 낮아 입자가 깨진 영상 속에서 그의 모습이 묽었다.

동그랗게 만 몸 위로 발길질이 들이닥쳤다. 방패와 진압봉이 그를 내리찍고 있었다. 그는 사다리를 타고 올라오는 경찰들을 상대하느라 공중에서 내려오는 컨테이너를 보지 못했다. 발견했을 땐 특공대가 눈앞에 있었다. 손에 잡히는 대로 주워 들고 몸을 가렸다. 날아다니는 볼트를 막으려고 구내식당에서 가져온 밥솥 뚜껑이었다. 방패 역할을 기대했으나 진짜 방패 앞에선 소용이 없었다. 솥뚜껑을 통과한 특공대의 방패가 그의 머리를 내리쳤다.

찌이이이이잉.

귀에서 소리가 찢어졌다.

삐이이이이.

짐승이 울었다.

그는 신용불량자로 살았다. 출소 뒤 일을 구하지 못한 기간이 길어지면서 얻은 신분이었다. 새벽부터 아침까지 화물차를 운전하며 배달 일을 했고, 낮엔 건설 현장을 다니며 미장 일을 했다. 회생 절차를 밟고 싶어도 변호사 비용이 없어 '불량' 딱지를 떼지 못했다.

뉴스 화면을 띄운 벽에 그들 셋이 섰을 때 공장 지붕의 주름이 얼굴 위에 겹쳐졌다. 지난 시간 그들을 가둬온 무형의 창살처럼 보였다. 여전히 얼굴 공개가 두려운 네 사람이 맞은편에서 그들을 바라봤다. 그들 모두는 아직 그 옥상에서 내려오지 못하고 있었다. 그날, 그때, 조립 공장 옥상에서 부서진 삶은 '옥상 이전'으로 조립되지 않았다. 가운데 선 그에게 물었다.

　—파업 참여를 후회하신 적은 없나요?

"다른 방법이 없었으니까요. 우리 생존이 달린 문제였잖아요. 합의에 이를 수 있을 거라 생각했고 그 정도로 파국에 이를 거라곤 예상하지 못했어요. 정부가 나서서 진압할 줄은 더욱 몰랐고요."

　—옥상에서 있었던 일을 이야기하신 적 있어요?

"못 했어요. 그냥 혼자 담아두고 있었어요."

　—가족들한테도요?

"가족들이 알면 큰일 날까 봐요."

후배한테 다시 물었다.

"그분한테 무슨 일이라도?"

노동 분야를 담당하는 후배였다. 급한 일이 있는지 한동안 답이 없었다. 전화를 하려는데 문자가 왔다. 그가 그 도시의 한 야산에서 목을 맨 채 발견됐다고 후배가 전했다.

…….

카페의 소음이 한꺼번에 물러갔다. 지독한 정적으로 고막이 터질 것 같았다. 텅 빈 뇌 안에서 그의 이름이 둥둥 떠다녔다. 기사와 사진이 보도된 지 닷새째 되는 날이었다.

때앵 때앵 때앵.

내비게이션은 속도를 줄이라는데 생각이 속도를 늦추지 못하고 땡땡땡 울었다. 외진 도로 옆으로 불빛 흐린 건물이 보였다. 브레이크를 밟지 않고 지나치고 싶었다.

장례식장 주차장에 차를 세웠다. 식장 출입구 앞에 모인 그의 동료들이 눈에 들어왔다. 말없이 담배만 피우는 그들의 그림자가 묽게 출렁였다. 빈소의 무거운 공기를 견디지 못한 동료들이 밖으로 나와 담배를 피우고 들어가면 다른 동료가 나와 담배를 빼 물었다.

새벽어둠이 자동차를 덮었다. 머릿속에 생각이 없었다. 몸만 내려놓고 가던 길을 가버린 듯했다. 고인과 어떻게 눈을 맞춰야 할지, 유족들에게 무슨 말을 건네야 할지, 그의 동료들에겐 어떤 표정을 지어야 할지, 무엇보다 나는 그의 죽음과 어떤 관련이 있는지, 어느 것 하나 정리되지 않고 대책 없이 헝클어졌다.

"혹시라도 본인 탓이라고 생각할까 봐 문자 보냅니다."

서로 다른 사람들로부터 도착한 문자 메시지들이 휴대전화에 떴다. 고인이 등장하는 기사를 읽은 사람들이 고인의 사망 소식을 듣고 보낸 문자들이었다. 깜깜한 차 안에서 그 글자들만 환했다. 나를 걱정하는 문자들을 잇달아 받으며 오히려 깨달았다.

기사 탓이 맞구나.

머릿속에서 떠오르려 할 때마다 브레이크를 밟으며 눌렀던 그 생각을 사람들도 떠올리는구나.

부인하고 싶었던 사실을 나는 그렇게 확인했다.

주차 한 시간 만에 차에서 내렸다. 겨우 결심한 것이 있었다.

"들어가세요."

장례식장 입구로 걸어갔을 때 나를 알아본 그의 동료가 길을 비켜주며 말했다. 그도 나도 서로의 얼굴을 똑바로 보지 않았다.

단출한 빈소였다. 옅은 향냄새가 한산한 빈소를 채우고 있었다. 아버지가 옥상에 있을 때 초등학생이었던 아들이 성인으로 자라 조문객을 맞았다.

그 남자 앞에 섰다. 눈 둘 곳을 찾지 못했다. 몇 초 안 되는 시간이 그대로 굳어 박제된 듯했다. 간신히 시선을 맞춘 그가 영정 속에서 웃고 있었다. 인터뷰 땐 본 적 없는 미소였다. 언제 찍은 사진인지 몰라도 표정이 밝고 따뜻했다. 기사에 실린 사진 속 얼굴은 바짝 말라 있었는데 영정이 된 얼굴엔 살이 있고 윤기가 돌았다.

왜 여기 계십니까.

절을 하며 물었다.

정말 기사 때문입니까.

후배에게 사망 소식을 들었을 때 인터뷰를 주선했던 그의 동료에게 전화했었다. 통화가 연결되자마자 내 입에서 나간 첫마디도 그것이었다. 아니란 답이라도 강요하고 싶었는지 모른다. 고인은 아무 말이 없었다.

유족과 마주 섰다. 아내와 두 아들이 나를 쳐다봤다. 붉은 눈으로 내가 누군지 묻고 있었다.

고인의 죽음과 연결돼 있을지 모를 기사를 제가 썼습니다.

말하겠다고 결심했었다.

차 안에서 했던 그 결심이 입 밖으로 나오지 않았다. 그 마음을 먹느라 차에서 내리지 못하고 한참을 보냈는데 유족들을 마주하자 입이 달라붙었다. 끝내 아무 말도 하지 못했다. 조문을 마치고 나오는 나에게 내가 말했다.

비겁한 새끼.

그의 동료 몇 명이 빈소 한편에서 소주를 들이붓고 있었다. 그들은 소주를 삼키듯 목소리를 삼켰다. 잔을 내려놓을 때마다 꺽꺽 침묵을 토했다. 해고 뒤 치른 동료들과 그 가족의 죽음이 그때까지 스물아홉 번이었다. 죽음이 더해질 때마다 남은 사람들의 목소리도 깊게 가라앉았다. 그날 고인에겐 서른 번째 희생자라는 이름이 주어졌다. 다른 한쪽에서 노조가 유족과 장례 절차를 상의했다.

'세 사람 중 한 명'으로 사진 왼쪽에 섰던 남자가 내게 다가와 놀란 마음을 건넸다.

"부고 문자 보고 설마 했어요. 그날 인터뷰 끝나고 헤어질 때 며칠 뒤 술 한잔하자고 약속했는데. 믿기지가 않아요."

인터뷰 자리에 있던 일곱 명 중 빈소에 오지 못한 사람이 있었다. 셋이 사진을 찍을 때 맞은편에서 지켜보던 네 명 중 한 명이었다. 그의 아내가 빈소의 동료들에게 문자를 보내 남편의 상태를 알렸다.

"지금 너무 힘들어서 저도 무서워요."

친구의 죽음을 들은 남편이 "짐승의 소리로 울부짖는다"고 했다.

"저걸 왜 틀고 그래."

인터뷰에 늦은 그가 사무실 문을 열고 들어서며 말했었다. 그는 의자에 앉자마자 "머리가 또 뜨거워진다"며 이마를 감싸 쥐었다. 고개를 숙이고 '그 영상'을 외면했다.

"저걸 다시 봤으니 한 달은 술 없이 못 자겠네."

그가 나오는 장면은 경찰이 제작한 진압 백서에서 파업 노동자들의 대표적인 폭력 사례로 제시됐다. 그는 "마지막까지 살상 행위를 한 극렬 공격조의 일원"이며 "쓰러진 특공대원을 무차별 공격하다 제압·검거된 자"로 서술됐다. 그가 특공대의 진압봉을 빼앗아 휘두르기까지의 일은 언급되지 않았다.

"특공대가 컨테이너에서 다목적 발사기로 조준 사격했어요. 몇 방 맞으니까 다리부터 마비되더라고. 두 번인가 기절했어요. 누가 깨우는 느낌이 들어 정신을 차렸을 때 방패로 내리찍히고 있었고요. 이렇게 죽는구나 싶었어요. 진압봉을 빼앗아 싸웠더니 '저 새끼 죽이라'며 특공대원들이 몰려왔어요."

그는 경찰서에서 조사받던 중 발작을 일으켜 병원으로 옮겨졌다. 두 차례 숨이 멈춰 인공호흡을 받았다. 깨어났을 땐 일주일이 지난 뒤였다. 병원은 복부 출혈, 전신 다발성 타박상, 과호흡증후군, 공황장애, 뇌진탕에 따른 단기 기억상실 등을 진단했다.

그는 1년 동안 하반신을 쓰지 못했다. 전국의 병원을 찾아다니며 치료비를 대느라 집을 팔았다. "칼로 난도질딩하는 통증"으로 진통제 한 통을 다 먹었다가 약물 과다 복용으로 응급실에 실려 갔다. 밤마다 악몽을 꾸고 소리를 질렀다.

직업.

직(職)이 업(業)이란 것. 일과 삶이 카르마로 얽혀 있다는 것. 일을 하며 일로 꾸린 일상은 일을 잃으면 무너진다는 것. '업으로서의 직'을 그 공장 해고자들처럼 삶과 죽음으로 격렬하게 입증한 경우는 없었다. 삶이 깨진 사람들에게 지옥의 반대는 천국이 아니었다. 지옥은 천국의 도래가 아니라 파괴된 일상이 회복될 때 물러갔다.

빈소 안쪽에서 울음소리가 들렸다.

"사람이 죽었다고. 그 일들을 겪은 사람한테 어떻게 이런 댓글을 쓸 수 있어?"

유족 중 한 명이 흐느끼며 말했다.

"너희들이 폭도지 뭐냐. 자랑이냐."

내가 쓴 기사의 댓글 중 가장 많은 공감을 받은 글이었다. "범죄자"와 "총살감"이란 반응도 달렸다.

나는 빈소 구석에 앉아 벽에 머리를 기댔다. 회사가 복직 약속을 지켰다면, 정치가 사태를 방관하지 않았다면, 그는 지금도 살아 있을까. 내가 기사를 쓰지 않았다면, 그가 인터뷰 자리에 오지 않았다면, 그의 얼굴과 이름이 공개되지 않았다면, 돌이키기 싫은 기억을 되살리지 않았다면, 그의 선택은 달라졌을까. 그를 조롱하는 댓글이 달리지 않았다면, 그 댓글들을 그가 보지 않았다면, 그가 겪어온 시간이 냉소받지 않았다면, 그의 웃음 띤 얼굴이 영정이 되는 일은 없었을까.

내 기사를 공유한 SNS 친구가 자신의 계정에 쓴 글이 눈에 들어왔다.

"인터뷰한 기자는 이런 일이 생길 거란 걸 정말 예상 못 했나. 못 했으면 바보고."

사망 사흘째 되는 날 그의 발인이 있었다. 장례식장을 출발한 운구 버스가 공장 정문 앞에 멈췄다. 버스에 실린 그의 관과 끝내 돌아가지 못한 공장 사이는 10미터가 채 되지 않았다. 두 아들이 꿇어앉아 제를 올리는 동안 아내는 부축을 받으며 오열했다. 동료들이 무릎 꿇고 절하며 흐느꼈다. 그들을 가로막은 정문 앞에서 하얀 국화를 뿌리며 울부짖었다. 그들 틈에서 길바닥에 머리를 박으며 나는 아무 소리도 낼 수 없었다.

그날 그의 부고 기사를 썼다. 마감이 닥치면 마감을 해야 하는 나는 살아 있을 때나 세상을 떠난 뒤에나 그를 재료 삼아 일하는 직장인일 뿐이었다. 첫 기사엔 담지 못했던 그의 말들을 되살렸다. 유언이 된 말들이었다.

"옥상에서의 일은 혼자 가슴에 묻고 살았습니다. 어머니는 아직도 모르십니다. 마음 아파하실 걸 아니까 이야기하지 못했습니다. 나 혼자 조용히 감당하면 될 일이라고 생각했습니다. 생활고보다 힘든 것은 가족 사이의 틈이었습니다. 싸움이 잦아졌습니다. 아내도 일 다니느라 힘들었습니다. 부모가 돼서 아이들한테 신경 쓸 여력이 없었습니다. 술을 많이 마셨습니다. 감정이 북받치면 뛰쳐나가 소리를 질렀습니다. 이렇게 살아 뭐 하나 하는 생각을 많이 했습니다. 파업 종료 뒤 친구들을 만나면 나를 어떻게 생각하는지 알 수 있었습니다. 싸울 수 없으니 내가 피하는 게 최선이었습니다. 정리해고를 겪으며 내가 사는 세상을 봤습니다. 전엔 몰랐던 실제 세계에 눈 뜬 것 같았습니다. 갈수록 세상이 빠듯해질 것을 압니다. 내 아이들이 불쌍합니다."

9

추락하는 쓸개의 소리를 들은 적 있어?

나는 날마다 들어.

땅에 머물 곳이 없어 위로 솟을 수밖에 없는 마음들이 대기를 뚫고 나가려다 지구 중력에 붙들려 우수수 떨어지는.

지구에 없는 것은 우주에도 없어.

목이 끼었어.

고개가 돌아가지 않아.

숨구멍이 막혔는지 답답하고 갑갑해.

내 말 안 들려?

시끄러워도 귀마개를 벗고 돌아봐.

모두가 귀를 막고 있으면 서로의 비명을 들을 수 없어.

아무리 써도 들리지 않는 악을 쓴 적 있어?

나는 지금도 쓰고 있어.

목에서 소리가 으깨지고 있어.

전달되지 않고 굴러떨어진 글을 쓴 적 있어?

나는 오랫동안 써왔어.

낙담과 낙심을 주워 담느라 낙서가 돼버린 이 글을.

대롱대롱 매달린 내 목의 이야기를.

찌이이이잉.

귀에서 소리가 찢어졌다.

삐이이이이.

짐승이 울었다.

그의 죽음 뒤 그 소리들이 들리기 시작했다.

부고 기사를 출고하고 퇴근하던 밤이었다. 지하철 안에서 갑작스러운 구토가 시작됐다. 새벽부터 그의 발인과 노제에 참석한 뒤 종일 기사를 마감하느라 먹은 것도 없었는데 속이 뒤집혔다. 올라오는 토사물을 손으로 틀어막으며 온몸이 식은땀에 젖었다. 전동차가 멈추자마자 어느 역인지도 확인하지 않고 뛰어나가 화장실로 달려갔다. 끅끅거리며 속을 비우는데 내장까지 딸려 올라오는 느낌이었다. 승강장으로 다시 내려갔을 땐 열차가 도착하는 순간 구역질도 같이 도착했다. 계단을 뛰어오르고, 토하고, 지하철을 기다리고, 화장실로 달려가고, 토하기를 수차례 반복했다. 나중엔 승강장으로 돌아가는 대신 화장실 앞에 쪼그린 채 다음 회차를 기다렸다. 변기 앞에서 허리를 꺾은 내 몸의 모든 구멍이 활짝 열렸다. 입과 코와 눈과 살갗에서 한꺼번에 액체가 분출했다. 쥐어짜지 않아도 인간이란 본래 쏟아낼 게 많은 생물이란 사실을 깨달았다. 그래서 그렇게 질척거린다는 사실도.

촤르르르르.

속 까발리는 궤도를 맴돌던 중 지하철이 끊겼다. 역사 출입구를 폐쇄하는 셔터가 내려가고 있었다. 화장실과 출입구를 번갈아 바라보다 출입구 쪽으로 뛰었다. 셔터가 바닥에 닿기 직전 틈을 비집고 역 밖으로 나왔다. 그제야 그곳이 어디인지 눈에 들어왔다. 귀가 노선의 중간쯤 위치한 젊음의 거리는 금요일 밤의 열기로 뽀송뽀송했다.

택시가 잡히지 않았다. 스마트폰 호출에도 반응이 없었다. 멈추지 않는 택시를 손 흔들며 부르는 사람들 사이에 서 있는데 신물이 울컥울컥 올라왔다. 낌새를 알아차린 사람들이 나를 피해 멀찍이 떨어졌다. 주변 빌딩을 뒤지며 문 열린 화장실을 찾아다녔다. 지하에서 했던 일을 지상에서 되풀이했다. 끝 모르는 배출은 탈수 증상을 일으켰다. 입 안이 바짝 마르고 현기증이 났다. 편의점에서 생수를 사 마시자마자 여지없이 토했다. 다리가 풀리고 몸이 내려앉았다. 기댈 곳을 찾지 못해 길바닥에 드러누웠다.

"엉망진창."

널브러진 채로 계속 그 말을 중얼거렸다.

우리는 어디서부터 망가진 걸까.

날이 밝으면 아버지 생신이었다. 차로 부모님을 모시고 형

48

이 사는 강원도에 가기로 돼 있었다. 이미 새벽 2시가 지나고 있었다. 몇 시간 뒤면 출발 준비를 마친 부모님이 시계를 보며 나를 기다릴 것이었다. 집에 언제 들어갈지조차 몰랐고 운전은 더욱 불가능해 보였다. 형에게 전화를 걸었다. 잠을 떨치지 못한 형이 물었다.

"이 시간에 무슨 일이야?"

설명할 기운이 없었고 설명할 말을 찾을 기운도 없었다. "급성 장염으로 응급실 가는 중"이라고 둘러댔다.

"오늘 운전이 힘들 것 같아. 조금 있다 형이 아버지한테 말씀드리고 부모님 집으로 가서 같이 식사라도 해."

형은 묻고 싶은 걸 참는 목소리로 "알겠으니 속부터 다스리라"고 했다.

전화를 끊고도 한동안 움직이지 못했다.

지나가는 사람들이 나를 내려다봤다. 그들 얼굴 위로 하늘이 검었다. 별도 인공위성도 보이지 않았다. 보이지 않아도 별은 어디엔가 있겠지만 지금도 있는지는 알 수 없었다. 오래전 빛의 흔적을 볼 뿐인 인간이 자신의 추락을 알아차리려면 과거로부터 날아온 빛이 현재에 이르는 데 걸린 시간만큼 필요할지도 모른다고 생각했다.

택시가 승객들을 태우기 시작한 뒤에도 나는 구토가 멎을 때까지 택시를 부르지 못했다. 택시에 오른 것은 새벽 4시가 가까워서였다. 집에 도착하고 얼마 지나지 않아 날이 환해졌다. 씻을 힘이 없어 몸에 묻은 토사물만 닦아내고 쓰러져 잤다.

정신이 들었을 땐 열이 끓고 있었다. 약을 사러 집 밖으로 기어 나와 지렁이의 속도로 걸었다. 물기를 찾아 기는 지렁이는 오히려 달궈진 시멘트 바닥에 물기를 빼앗기고 말라 죽었다. 살면서 처음 경험하는 열감이 너무 뜨거워 걷는 동안 머릿속까지 완숙으로 익어가는 기분이었다.

그날부터 우는 일이 잦아졌다.

나는 걸핏하면 울었고 우는지도 모르고 울었다.

"왜 그러세요?"

맞은편 사람이 물었다. 나는 무슨 뜻이냐는 표정을 지었다.

"저기……."

상대방이 테이블에 놓인 냅킨을 건네며 손가락으로 내 얼굴을 가리켰다.

눈 밑을 손등으로 문지르자 물기가 닦여 나왔다. 그 옥상과 무관한 사람과 그 옥상과 무관한 주제로 이야기하는 중에도 알 수 없는 감각들이 화살처럼 머리를 관통했다. 그것이 무엇인지 알아차리기도 전에 떨어진다는 느낌도 없이 눈물이 떨어졌다.

거리가 사라진 탓일까.

많이 쓴 이야기들이었다. 그 공장의 이야기를 썼고, 그 공장과 비슷한 공장의 이야기도 썼다. 그 공장보다 열악한 공장의 이야기도, 일할 공장조차 없는 사람들의 이야기도 썼다.

죽음을 많이 썼다. 그 공장의 죽음도, 그 공장의 죽음만큼 주목받지 못한 죽음도, 산 자들의 눈엔 보이지 않는 죽음도 썼다. 그때마다 저 멀리서 한 마리 학처럼 유유히 날던 화살이 왜 이번엔 굳이 나를 뚫고 지나갔을까.

거리는 기사를 쓰는 전제 조건이었다. 거리가 확보되지 않으면 사안을 냉철하게 바라볼 수 없다고 배웠다. 진실을 찾는다는 명분으로 거리 따위 무시하고 달려들다가도 무너질 대로 무너진 사람들이 거리를 좁히며 기대 오면 거리야말로 회피를 돕는 편리한 도구가 돼줬다.

그 남자의 죽음이 그 거리를 지웠다.

그의 마지막 시간에 어떤 식으로든 얽혀 있다는 감각은 필요할 때마다 나를 뒤로 숨겨주던 거리를 없애버렸다. 그 공장 안팎에서 발생한 스물아홉 번의 죽음이 '남의 일'이었던 나는 서른 번째 죽음에서 딱 한 번 '나의 일'을 맞닥뜨렸다. 그 모든 죽음이 내 일이었던 사람들이 울지도 못하고 버티며 서 있을 때 나는 그 한 번 앞에서 간편하게 드러누웠다.

구토와 고열과 울음 뒤엔 격렬한 두통이 찾아왔다.

겪어본 적 없는 두통이 머리를 점령할 때마다 일상이 작동을 멈췄다. 손끝으로 통통 치면 잘 익은 수박처럼 머리가 쩌억 쪼개질 것 같았다. 입으로 뱉은 씨가 멀리 가지 못하고 발앞에 떨어지듯 머리가 뱉어낸 생각이 언어가 되기도 전에 고꾸라졌다. 말도 더듬었다. 단어와 단어가 짝을 찾지 못했고 주어와 술어는 서로를 비껴갔다. 내가 말하면서도 '왜 이러지' 하는 당혹감에 어리둥절했다. 말이 부자연스럽다는 것을 알아차린 사람들이 "괜찮냐"고 물었다. 머릿속에서 조합한 단어들을 입 밖으로 밀어내기 직전에 누군가 정돈된 단어장을 확 흐트러뜨리는 느낌이었다.

초등학교 1학년 운동회 때였다. 1학년만을 대상으로 고안된 달리기가 있었다. 달리기도 잘해야 하지만 한글도 깨치고 있어야 높은 등수를 얻을 수 있었다. 두 차례의 관문이 기다리고 있었다.

따앙.

총소리가 울리고 아이들이 달려 나간다. 빨리 달린 순서대로 1차 관문에 도착한다. 각각 다른 단어를 적은 종이들이 바닥에 뿌려져 있다. 아이들이 그중 하나씩을 집어 들고 다시 달린다. 2차 관문에도 서로 다른 단어들이 흩어져 있다. 1차 관문에서 주워 온 단어와 짝이 맞는 단어를 골라 결승선으로 달린다. 결승선을 통과하자마자 아이들이 들고 온 두 개의 단어를 선생님이 확인한다. 하나의 정답이 있는 것은 아니다. 어떤 단어를 선택해도 괜찮지만 두 단어는 서로 호응해야 한다. 먼저 '사과'를 고른 아이가 다음으로 '좋다'나 '맛없다'를 집으면 성공이지만 '높다'나 '덥다'를 가져오면 실패다. 1등으로 들어와도 단어 조합이 맞지 않으면 등수를 인정받지 못한다. 단어를 어떻게 맞춰야 할지 몰라 망설이거나 제대로 골랐더라도 달리기가 느리면 등수는 뒤로 밀린다.

내가 1등이었다. 달리기도 가장 빨랐고 단어도 가장 빨리 맞췄다.

그 꿈을 꾼다. 가장 먼저 1차 관문에 도착해 가장 먼저 단어를 고른다. 가장 먼저 2차 관문에 닿고 가장 먼저 두 번째 단어를 찾는다. 가장 먼저 결승선을 통과한다. 나는 숨을 다독이며 1등 줄에 가서 앉는다. 내가 가져온 단어를 확인한 선생님이 고개를 저으며 일으켜 세운다. 내가 무슨 문제라도 있냐는 표정으로 쳐다보자 선생님이 나를 1등 줄에서 끌어낸다. 내가 들고 뛴 두 단어를 선생님이 보여준다. '내 탓'과 '아니다'.

맞잖아요. 맞는 거잖아요.

선생님은 두 단어가 같이 묶일 수 없다며 말한다.

비겁한 녀석.

선생님이 틀렸다고 하고 싶은데 말이 나오지 않는다. 내가 제대로 골랐다고 말하려는데 말을 더듬는다. 주술이 어긋나고 어순이 깨진다. 선생님이 단어들을 뿌리며 지시한다.

틀렸어. 다시 골라.

뒤를 돌아본다. 고를 말이 없다. 아이들이 지나간 길엔 가져올 수 있는 단어가 남아 있지 않다. '내 탓'과 '맞다'를 짝짓고 싶어도 찾을 수 없다.

꿈에서 깨면 안개 낀 듯 언어가 뿌옜다. 쓸 수 있는 단어가 머릿속에서 하나씩 지워지는 것 같았다.

"저 좀 살려주세요."

견디다 못해 동네 신경과 병원을 찾아갔다. 살면서 한 번도 해본 적 없는 말이 말릴 틈도 없이 뛰쳐나왔다.

친절한 의사였다. 의사는 성의껏 편두통 약을 처방했다. MRI라도 찍어보고 싶다는 말에 "다른 가능성은 절대 없다"며 나를 안심시켰다.

찌이이이잉.

삐이이이이.

두통이 빨래 짜듯 머리를 쥐어짜기 시작한 뒤부터 내 귀에 들어온 소리들이었다. 뜨거운 치즈가 끊어지기 직전까지 하늘하늘 늘어나는 소리 같기도 했고, 국수 뽑는 기계에서 밀가루가 종잇장만큼 얇게 눌리는 소리 같기도 했다. 소리는 점점 가늘어지고 점점 얇아지면서 점점 고음으로 치달았다. 새벽에 잠을 깨면 소리가 숫돌에 날을 갈았다. 찡과 삐가 가까워지고 커지다가 날카로워지고 뾰족해졌다. 유독 오른쪽 귀에서만 들리는 소리들이었다. 찰싹 달라붙어 떨어지지 않았다.

기원을 알 수 없는 소리의 끝에 무엇이 있을지 궁금했다. 인간의 성대로는 흉내 낼 수 없는 기괴하고 소름 돋는 소리가 들리기 시작한 뒤로 나는 그 소리의 출처를 상상했다. 소리 저편에서 정체 모를 짐승이 웅크린 채 으르렁거리고 있을 것만 같았다. 주위가 고요할수록 짐승은 포효했다. 나는 두 손으로 귀를 막았다.

11

"발을 구르는 소리가 들려." 루이스가 말했다. "거대한 짐승의 발이 사슬에 묶였어. 그 짐승은 계속 발을 구르고 있어."[1]

1 버지니아 울프 《파도》, 박희진 옮김, 솔출판사, 2004년.

12

털이 북실북실한 소리가 잠을 잡아먹었다.

소리에는 소리로 담을 치는 수밖에 없었다. 자려고 눕자마자 귀에 음악을 흘려 넣거나 라디오를 들으며 이명을 덮었다. 잠을 이루려면 밤새 텔레비전이라도 켜둬야 했다. 귓속에서 알 수 없는 소리가 들린 뒤부터 소리 없는 상태를 견디지 못했다. 새벽은 배고픈 짐승이 가장 원기 왕성해지는 시간이었다. 짐승에게 먹히지 않으려면 새벽에 잠을 깨지 않아야 했다. 매일 밤 술을 약처럼 마셨다.

탕탕 탕 탕탕탕.

거칠게 문 두드리는 소리가 들렸다.

어느 새벽 그 소리가 힘들게 든 잠을 흔들었다. 꿈과 현실 사이에서 소리가 멀어졌다 가까워지길 반복했다. 침대 바닥에 납땜한 것처럼 머리가 무거웠다.

텔레비전에서 처음 보는 드라마가 방영되고 있었다. 드라마의 시간대도 새벽이었다. 주인공인 듯한 남자가 커튼을 젖히고 건물 밖을 내다보고 있었다. 도로 건너편에서 트럭과 오토바이의 충돌 사고가 있었다. 구급대원들이 오토바이 운전자에게 심폐소생술을 했다. 깨어나지 않는 사람을 앰뷸런스에 싣고 사이렌을 울리며 출발했다. 오토바이가 배달하던 음식물이 도로 한복판에 흩어져 있었다.

탕탕탕탕 탕탕.

사이렌 소리 사이로 문 두드리는 소리가 들렸다.

커튼을 제자리로 돌린 주인공이 침대로 돌아와 누웠다. 탕탕탕탕. 주인공이 짜증 섞인 표정으로 양쪽 귀를 베개로 감쌌다. 탕탕 탕 탕. 그가 사는 빌라에서 나는 소리였다. 탕 탕 탕 탕. 주인공이 참지 못하고 벌떡 일어났다. 타타타탕. 머리카락을 쥐어뜯더니 욕을 하며 옷을 껴입었다.

"어떤 미친 새끼가."

현관문을 열고 나와 계단 난간 너머로 아래를 내려다봤다. 술 취한 남자가 아랫집 도어록의 비밀번호를 누르고 있었다. 삐삑 삐삐 삐삑. 문은 열리지 않았다. 남자가 다시 눌렀다. 삑삐 삑삑 삑삐. 역시 열리지 않았다.

"에이씨, 왜 안 열리는 거야."

남자가 문손잡이를 거세게 잡아당겼다. 현관이 앞뒤로 덜컹거리며 건물 전체를 울렸다.

탕탕 탕탕 탕탕탕.

문이 열리지 않자 남자가 다시 주먹으로 쳤다.

"왜 그러시는데요?"

주인공이 물었다.

남자가 뭔 상관이냐는 얼굴로 올려다봤다. 남자는 40대 중

후반쯤의 나이로 보였다. 모자를 썼다 벗었는지 머리가 눌려 있었고 검은 점퍼가 왼쪽 어깨 쪽으로 쏠려 있었다. 주인공이 출근해서 퇴근할 때까지 매일 몇백 명쯤은 스칠 법한 사람이었다. 평범한 얼굴과 평범한 키와 평범한 차림새가 너무 평범해서 주의를 기울이지 않으면 눈에 띄지 않을 미세한 어긋남마저 남자의 평범함을 끌어 올리고 있었다. 단 음식의 단맛을 북돋아주는 소금 같은 평범함.

주인공이 다시 물었다.

"누구신데 이 새벽에 시끄럽게 문을 두드리냐고요."

남자가 혀 꼬인 목소리로 말했다.

"누구? 나 이 집 주인이오. 내 집 문이 안 열려서 그래."

한동안 말없이 지켜보던 주인공이 계단 쪽으로 움직였다. 몇 계단 내려가다 중간쯤 되는 곳에서 멈췄다.

"저기요. 그 집엔 여자분 혼자 사는 걸로 아는데요."

끄어어어억.

남자가 긴 트림을 올렸다.

"어후. 많이 마셨어. 어후."

썩은 냄새라도 맡은 듯 주인공이 눈을 꾹 감았다. 감았다 뜬 눈에 의심이 차오르고 있었다.

"진짜 그 집에 사는 거 맞아요?"

삐삐 삐삐 삐삐 삑삑 삑삑.

도어록을 내려다보는 남자의 얼굴에서 입꼬리가 올라갔다.

"이 집 주인이 아니면 그럼 내가 누군데?"

남자가 천천히 고개를 돌리며 눈을 치켜떴다. 주인공이 멈칫했다. 아주 잠깐 눈길을 맞받던 주인공이 휴대전화 액정 위로 시선을 떨어뜨렸다.

"아니 지금 시간이……."

남자가 설핏 웃는가 싶더니 조였던 표정을 다시 풀었다.

"거참 되게 시끄럽네. 형씨, 그냥 들어가서 자요."

남자는 귀찮다는 얼굴로 다시 비밀번호를 눌렀다.

삑삑 삑삑 삑삑 삑삑 삑삑 삑삑삑삑.

남자의 손가락에 힘이 들어갔다. 번호가 여섯 자리인지, 여덟 자리인지, 그조차 모르는지 마구 눌러댔다. 주인공의 목소리가 커졌다.

"여봐요. 시끄러운 게 누군데?"

남자가 비밀번호 누르던 손을 거두며 한숨을 쉬었다.

"사람이란 게 말이야, 참 쓸데없이 오지랖이 넓어요. 그치?"

남자가 계단 두어 개를 딛고 올라서며 말했다. 흐느적거리던 발음도 꼿꼿해졌다. 남자의 행동에 주인공이 티 나지 않게 당황했다. 가만히 있어야 할지 집으로 들어가야 할지 갈피를 잡지 못했다.

그그극.

건물 1층에서 공동 출입문 열리는 소리가 들렸다. 개폐 장치에 문제가 생겼는지 열리고 닫힐 때마다 목에 가시 걸린 소리를 냈다. 지구대 경찰 세 명이 계단을 뛰어 올라오며 소리쳤다.

"거기 남자분. 뒤로 물러서요."

남자가 계단에서 발을 내리며 경찰을 돌아봤다.

"물러나라니까. 경고했어요."

남자의 얼굴이 취기 어린 표정으로 되돌아갔다.

"경찰 선생님들. 저 사람 이상해요. 남의 집 현관을 막 따려고 했어요."

주인공이 일러바치듯 말했다.

"어후, 여기 우리 집 맞는데. 아닌가."

남자가 혀를 다시 꼬며 중얼거렸다.

"주거침입 신고가 들어왔어요. 일단 경찰서로 갑시다."

비틀거리는 그의 두 팔을 남자 경찰 두 명이 양쪽에서 결박하듯 붙들었다.

"아야. 아파요. 이 무슨 행패야. 살살 좀 합시다."

경찰에 끌려 계단을 내려가던 남자가 주인공을 쳐다봤다. 얼굴에 웃음기가 있었다. 주인공이 고개를 돌리며 시선을 피했다. 공동 출입문 닫히는 소리가 들리자 주인공은 조였던 숨을 풀었다. 남은 여성 경찰이 아랫집 벨을 누르며 물었다.

"경찰입니다. 다 정리됐어요. 괜찮으세요?"

잠깐의 침묵 뒤 현관문이 천천히 열렸다. 두 손으로 휴대전화를 감싸쥔 여자가 겁먹은 얼굴로 문 안쪽에 서 있었다.

"왜 이제 와요."

경찰을 확인한 여자가 주저앉았다. 경찰이 여자를 일으켜 거실 소파에 앉혔다. 컵에 물을 따라 여자에게 준 뒤 밖으로 나와 주인공에게 몇 가지 질문을 했다. 경찰의 어깨 너머로 기진맥진한 여자가 보였다. 무릎을 세워 얼굴을 파묻고 있던 여자가 고개를 들었다. 주인공과 눈이 마주쳤다.

나는 침대에 배를 깔고 왼쪽 뺨을 베개에 붙인 채 엎드려 있었다.

눈은 반쯤 뜨고 반쯤 감았다. 눈 감고 드라마를 본 것인지 눈 뜨고 잠을 잔 것인지 분간되지 않았다. 경찰에 끌려가던 남자의 웃음이 머리에 남았다. 어떤 웃음은 악의보다 소름 끼쳤다. 텔레비전 소리와 귓속 이명이 몸싸움을 하는 사이 아침이 오고 있었다.

텔레비전을 끄고 라디오를 켰다. 머리가 흐린 아침에 듣기엔 지나치게 파란 노래가 흘러나왔다.

"파란 하늘 위로 훨훨 날아가겠죠. 어려서 꿈꾸었던 비행기 타고. 기다리는 동안 아무 말도 못 해요. 내 생각 말할 순 없어요."

내 앞에 놓인 세계가 두 개로 나뉘고 있었다. 왼쪽 귀의 세계와 오른쪽 귀의 세계. 현실의 소리로 이루어진 세계와 이명이 목구멍을 열고 이야기를 게워 올리는 세계. 멀어지다가 가까워지고, 밀어내면서도 겹치고 마는, 두 세계 가운데 내가 끼어버렸다. '너는 어느 쪽이냐'고 물어도 내 생각을 말할 순 없었다.

집 앞 전봇대 위에서 까치들이 지저귀었다. 왼쪽 귀는 깍깍 깍으로 들었겠지만 오른쪽 귀엔 하하하로 들렸다.

13

하하하.

발아래에서 까치 소리가 올라온다. 까치 두 마리가 빌딩의 허리를 돌고 있다. 하하하. 하하하. 날개 있는 자신들도 날아오를 일 없는 높이에 날개 없이 매달린 인간을 올려다보며 까치는 감탄하는 것인지 비웃는 것인지.

까치도 내려앉지 않는 고공에 밧줄을 묶고 첨단의 얼룩을 닦는다. 땅의 소리가 들리지 않는 곳이 첨단. 낮고 움푹한 곳의 소리는 이 세계의 뾰족한(尖) 끝(端)으로 기어오르지 못한다. 하늘에서 대롱거리며 들여다보는 창문 안쪽엔 내 것이 아닌 평온이 박물관의 전시물처럼 진열돼 있다. 그 안락함에 낀 불순물을 닦아 광을 내며 나는 삶에 매달린다.

목, 숨, 값, 달, 라.

줄에 매달려 붉은 페인트로 휘갈긴 소리가 빌딩 벽에서 붉게 부르짖고 있다. 빌딩을 하늘까지 쌓아 올리고도 일한 돈을 받지 못한 남자가 매미처럼 달라붙어 쓴 다섯 글자. 그 글자들이 세로로 매달려 만든 문장 위에 나도 매달려 페인트를 칠한다. 빨갛게 아우성치던 글자들이 발음을 씹으며 하얗게 잠잠해진다.

높이감을 잃는 순간 떨어지는 줄도 모르게 떨어지는 것들이 있다.

내가 들어본 가장 큰 소리는 사람 떨어지는 소리.

14

깍깍깍.

까치들이 깡충깡충 뛰었다. 발에 스프링을 단 것처럼 몸을
팅기며 깍깍거렸다. 내가 사는 동네엔 눈에 띄게 까치가 많
았다. 길을 걸으면 어디서나 까치를 만났다. 꾀꼬리의 난입을
피해 이사하자마자 까치가 도처에서 출몰했다.

독립한 뒤 십여 차례의 이사를 했다. 경로는 북상 일변도였
다. 경기 중부의 부모님 집에서 나와 서울의 동쪽으로, 동북
쪽으로, 서북쪽으로 횡단한 다음 다시 서울을 빠져나와 경기
북부로 진입했다. 시도와 군구의 경계를 한 바퀴 돌자 '더 이
상은 곤란하다'는 마음의 경계도 무너졌다. 거침없는 국토 종
단을 감행했다. 경기의 살짝 북쪽에서, 웬만큼 북쪽으로, 마
침내 진짜 북쪽으로 성큼성큼 위도를 높였다. "북으로 북으
로"를 외치며 오직 북쪽에서 살길을 찾았다. 더는 올라갈 북
쪽이 없다는 사실을 깨달았을 때 "다음은 월북"을 공표했다.
친북주의자로서 나는 거리낄 것이 없었다. 친북은 불온이 아
니라 불쌍이었다.

깍깍깍.

이명이 차오르면 동네 천변을 걸었다. 물과 풀이 내뿜는 맑

은 소리를 귀에 담고 싶었다. 그때마다 사방에서 까치들이 툭 툭 튀어나왔다. 데리고 나온 강아지처럼 몇 걸음 앞에서 나를 돌아보며 콩콩콩 뛰었다.

깍깍거려서 까치가 된 새.

내는 소리로 이름이 정해진다면 타고난 소리를 탓할 수밖에 없었다. 맴맴거려 매미였다. 개굴개굴해서 개구리였고 꾀꼴꾀꼴해서 꾀꼬리였다. 멍멍이와 야옹이도 같은 신세였지만 개와 고양이는 특별 대우를 받았다. 짹짹하는 참새나 꽥꽥하는 오리나 흐흐 웃는 인간도 있는 걸 보면 성대 소리와 이름의 관계는 그냥 팔자인가 싶었다. 나는 무슨 소리를 내며 살았길래 이 꼬라지일까. 무슨 팔자길래 꼬끼오도 꼬르륵도 아닌 꼬라지일까.

깍깍깍.

반가운 손님을 부른다는 소리가 기분에 따라 꺽꺽꺽으로 들렸다. 까불대던 소리가 모음 하나 뒤집으면 울음소리로 바뀌었다.

꺽꺽꺽.

사방에서 까치가 울었다. 이명을 달래려고 나간 산책길에서 까치가 부리를 꺾고 울었다.

이명(耳鳴).

[명사] 귀의 울림.

鳴.

[동사] 울다. 울리다. [부수] 새 조(鳥).

이명이 귀에서 우는 새소리라면 나는 도망갈 곳 없이 울음에 포위돼 있었다. 눈앞에서 까치들이 떼 지어 뛸 때마다 떼로 몰려온 울음이 내 귀에서 곡을 했다.

"심각한 이명의 가장 흔한 원인은 중추신경계로 가는 신호 전달이 막혀 발생한다."[2]

책과 인터넷을 뒤져 이명의 의학적 설명을 찾아봤다. 사람이 소리를 듣는 데 문제가 생기면 듣지 못하는 소리만큼 뇌가 다른 소리를 만들어낸다고 했다. 소리를 감지하는 부위로 충분한 소리가 전달되지 않을 때 뇌는 대체 경로를 통해 본래 소리와는 다른 소리를 인지한다.

이명은 귀울음이었다.

그런 생각이 들었다. 이명은 이 세계 질병의 원인을 소리에서 찾으라는 청각신경의 강요 같았다.

배제된 목소리가 이명이 된다. 기존의 소리 전달 경로에서 감지되지 않는 비명이 귀를 찾아와 터뜨리는 울음. 소리의 길을 빼앗긴 존재들이 뇌가 왜곡해서라도 인지할 수밖에 없도록 지르는 고함. 내 말도 들어달라며 둔감해진 청신경으로 달려와 온몸으로 부딪치는 충돌. 이 세계의 고막을 두드리는 신호에 귀 기울이지 않고 불필요한 잡음이나 제거해야 할 소음으로 치부할 때 그 소리들은 고립된 곳에서 혼자 울다 고칠

2 《소음과 이명》, 김규상 엮음, 한국학술정보, 2014년.

수 없는 질병이 되고 말 것이라고. 진공의 우주처럼 말이 입 밖으로 나오자마자 소멸해버리는 세계에선 결국 그 세계 자신의 비명 역시 누구에게도 수신되지 않을 것이라고.

깍깍깍.

까치가 와주겠지.

까치가 굴뚝에 앉으면 좋은 소식도 올 것이라고 그는 기대했다. 까치가 물고 올 소식을 조금이라도 빨리 듣고 싶어 단감을 햇볕 잘 드는 난간에 뒀다. 동료들이 밥과 함께 올려준 단감 중 두 개를 먹지 않고 남겼다. 해가 뜨면 텐트 안에서 꺼내 난간에 내놓았다. 햇빛이 움직이는 방향을 따라다니며 볕이 좋은 곳으로 옮겨줬다. 아침에 굴뚝 동쪽 난간에 있던 단감은 저녁 무렵엔 굴뚝을 반 바퀴 돌아 서쪽으로 가 있었다. 새벽이슬을 맞지 않도록 해가 지면 텐트 안으로 가져와 같이 잤다. 노랗고 딱딱한 단감이 빨갛고 말랑한 홍시가 되면 까치가 먹으러 올 것이라고 그는 말했다.

"오후 운동을 끝내고 봤더니, 허 참."

속을 파먹힌 홍시 조각이 난간 여기저기 흩어져 있었다. 까치가 소리 없이 날아와 소리도 내지 않고 감만 쪼아 먹고 갔다. 완벽한 홍시가 되려면 며칠은 더 필요했다.

"더 맛있게 만들어서 줬을 텐데."

섭섭한 목소리였다.

기다리던 소식도 오지 않았다. 까치가 제 배만 채우고 가버리는 동안 까치와 함께 날아들길 바랐던 협상 진전 소식은 없었다. 이견을 좁혀가고 있다는 말도 들리지 않았다. 그는 궁금해도 물어보지 않았다. 동료들도 그에게 별다른 말이 없었다. 하늘의 일이 있고 땅의 일이 있었다. 하늘에 매달린 사람이 땅의 소식에 몰두하면 하늘을 견디기 힘들었다. 하늘을 버티는 일은 땅의 소리로부터 거리를 두는 데서 출발했다. 거리가 좁혀질수록 초조해졌고 그럴수록 하늘도 가팔라졌다. 체념할 만큼 체념했는데도 고비 때마다 마음이 어지러웠다.

"깍깍깍이라도 해주고 가지. 무정한 녀석."

그가 전화기 저쪽에서 까치를 흉봤다. 늦은 가을의 일이었다. 해가 바뀌었고, 봄이 모습을 비추다 사라졌고, 여름은 쉬어 터졌다. 다시 온 가을은 곧장 겨울로 건너뛸 태세였으나, 까치는 그를 쳐다볼 때마다 '뭘 기다리냐'는 듯 깍깍대기만 했다.

굴뚝이 어둠에 묻혔다. 불빛 없는 공장은 깜깜했다. 경영진이 매각 사실을 통보하고 폐쇄해버린 공장에서 그가 아무도 봐주지 않는 굴뚝에 매달려 공장 재가동과 고용 승계를 요구했다. 다들 떠나고 몇 명 남지 않은 동료들이 굴뚝을 지키며 경영진에게 협상을 요구했다. 그가 굴뚝에서 다섯 번째 계절을 맞고 있었지만 몇 계절을 더 떠나보내야 할지 알 수 없었다.

그의 동료가 농성 천막에 내 잠자리를 봐줬다. 종일 내린 비가 밤이 돼도 그치지 않고 투두둑투두둑 천막을 두드렸다. 약을 뿌리자 천막 안을 날던 모기들이 비처럼 떨어졌다. 흠뻑 젖어 울던 길고양이가 천막 안으로 들어와 입구에 놓아둔 사료를 먹으며 울음을 그쳤다. 구석에 누워 그의 전화를 기다렸다.

그의 고공 농성이 400일째 되는 날이었다. 굴뚝에서 보내는 날들이 국내 최장기 기록을 매일 경신하고 있었지만 사람들은 대기업도 아닌 이름 없는 작은 공장의 하늘을 봐주지 않았다. 그와 동료들은 기념행사를 따로 치르지 않기로 했다. 대신 땅의 동료들이 서울로 올라가 본사 앞에서 집회를 열었다. 막내 혼자 남아 그의 식사를 챙겼다. 본사로부터 수백 킬로미터 떨어진 소도시의 끄트머리에 솟은 굴뚝에서 그는 조용하지만 분주한 하루를 보냈다. 굴뚝에 갇힌 그는 자신을 찾는 곳으로 목소리를 타고 날아갔다. 서울 본사 앞 집회에 불려간 그의 음성은 확성기로 증폭돼 비를 맞는 동료들 앞에 뿌려졌다. 집회 뒤엔 한 단체가 개최한 토론회에 나타나 사회자의 전화기 안에서 참석자들과 인사했다.

"바빠요. 나중에 전화할게요."

그의 동료들이 서울로 올라온 날 나는 그의 굴뚝 곁으로 내려갔다. 도착 사실을 알렸을 때 그는 "지금 정신없다"며 전화를 끊었다. 한밤중이 돼서야 "겨우 고요해졌다"는 연락을 받을 수 있었다.

"보여요?"

천막 밖으로 나가 굴뚝 쪽을 바라봤다. 그가 비를 맞으며 손전등을 깜빡였다. 깜깜한 하늘 저편에서 반딧불이 한 마리가 빛을 내느라 안간힘을 쓰는 듯했다.

"여기, 45미터 하늘에도 모기가 올라와요. 신기해요."

모기마저 반가운 높이에 그가 있었다. "날아오르기 힘들었을 텐데 여기까지 와줘 고맙다"며 그가 모기를 환대했다. 하늘에선 살아 있는 모든 것들이 그리웠다.

말벌 한 마리가 날아온 적이 있었다. 그가 포도 껍질을 벗겨 벌 앞에 놓았다. 벌이 포도즙을 빨아 먹었다. 손가락에 즙을 묻히고 한참을 움직이지 않았다. 손가락에 말벌이 앉았다. 말벌은 이튿날에도 손가락에 올라왔다. 침을 쏘지 않고 사흘을 같이 논 뒤 말벌이 날아갔다. 인간이 살 수 없는 노천의 하늘에 인간이 살면서 음식이 따라 올라왔다. 음식이 등장하면서 음식을 먹는 곤충이 나타났고, 곤충이 출현하자 곤충을 잡아먹는 거미가 줄을 타고 내려왔다. 고공 생태계가 태동하고 있었다. 살아 있지 않은 것들도 말없이 사라지면 서운했다. 굴뚝에 쌓인 눈으로 눈사람을 만들고 말을 걸었다. "나 혼자인데 같이 있어줄래?" 다음 날 아침 눈사람은 녹아서 가버렸다. 오고 가는 것들 중 남는 쪽은 언제나 그였다.

"이 정도는 맞고 잘 만해요."

굴뚝 텐트 안으로 빗방울이 떨어진다고 했다. 태풍에 몇 번이나 날아갈 뻔한 텐트를 몇 번은 더 날아갈 뻔한 그가 사투를 벌이며 지켜냈다. 생사를 함께한 텐트였지만 새어 드는 빗물까지 막아주진 못했다. 나는 땅의 천막에, 그는 고공의 텐트에 누워, 우리는 땅과 하늘의 이야기를 교환했다.

　—하늘콩은 잘 자라요?

　"아주 씩씩해요. 땅콩은?"

　—면목 없습니다.

　"뭐야, 잘 좀 해봐요."

　그에게 "콩을 키워보자"고 한 건 답답해서였다.

　그는 언제나 굴뚝에 있었다. 계절이 네 번 바뀌어도 계속 굴뚝에 있었고, 100일이 네 번 지나갔는데도 변함없이 굴뚝에 있었다. 굴뚝은 높고 동그란 감옥이 돼 있었다.

　100일째를 맞는 기분이 어떤가. 건강은 괜찮나. 200일째를 맞는 기분이 어떤가. 교섭은 진전이 있나. 300일째를 맞는 기분이 어떤가. 더 견디는 것은 무리 아닌가. 400일째를 맞는 기분은 어떤가. 당신은 왜 하늘을 포기하지 못하나.

　그가 어떻게 답할지 알면서 나는 묻고, 쓰고, 묻고, 썼다. 그의 대답은 변함없었고, 나는 묻고, 쓰고, 묻고, 썼다.

　"땅에서 우리 이야기를 안 들어주니까 하늘에 올랐겠지요. 바뀐 것 없이 내려가면 땅조차 감당할 수 없습니다."

　쌓여가는 날들이 '숫자의 계기'를 만날 때마다 나는 거듭 '숫자의 의미'를 물으며 거꾸로 질문을 잃어갔다. 어느 순간부터 그와의 통화는 취재가 아니라 안부 전화로 바뀌었다.

　굴뚝 농성 299일째 되던 날 나는 그에게 "콩을 좀 달라"고 부탁했다. 한 해 전 동료들이 올려준 화분에 그는 강낭콩을 심어 가꿨다. 모두 죽고 살아남은 한 포기가 몇 달 뒤 여덟 알의 콩을 그에게 보냈다. 땅과 먼 높이인 데다 생육 기간까지 짧아 콩은 작고, 납작하고, 허약했다. 죽지 않고 콩으로 돌아와준 사실만으로도 그는 고마워했다. 300일 문화제 날 굴뚝 밑에 닿았을 때 그가 여덟 알 중 네 알을 비닐에 싸서 내려보냈다.

열흘 뒤 그와 나는 절반씩 나눈 콩을 심었다. 그가 이 나라에서 고공 농성을 가장 오래 한 사람이 되는 첫날이었다. 콩이 죽지 않고 삶을 맺어주길 바라며 나는 썼다.

"하늘 강낭콩은 그에게 생명의 기운을 전하고, 땅의 콩은 땅의 존재들에게만 허락된 뿌리를 얻었으면 좋겠습니다. 그가 땅의 노동자로 돌아오는 날, 하늘콩과 땅콩도 재회해 땅에서 살아갈 것입니다."

그날부터 콩의 근황을 사진으로 찍어 보내며 그와 나는 서로의 콩이 안녕하길 기원했다. 시작은 땅콩이 빨랐다. 심은 지 일주일 만에 싹을 틔웠다. 나는 아침에 출근하자마자 물을 주고 햇빛과 바람을 쐬게 했다. 하늘콩은 땅콩보다 두 주나 늦게 발아했다. 따뜻한 봄바람이 땅을 감쌀 때 45미터 굴뚝은 "아직 춥고 바람도 세다"고 했다.

땅의 기세는 오래가지 못했다. 나는 국내외 출장 등으로 자주 사무실을 비웠다. 물을 먹었다 굶었다를 반복하는 동안 땅콩은 생사를 오갔다. 줄기가 빼빼 말랐고 이파리는 노랗게 병들었다. 보다 못한 회사 동료가 분갈이를 하고 콩 간병인을 자임했다.

하늘콩은 바람에 이파리가 찢기면서도 푸르고 생기 있게 커갔다. 콩깍지도 하늘이 먼저 맺었다. 그는 아침에 일어나면 콩부터 돌봤다. 상처 난 몸으로 버텨주는 콩에게 그는 자신과 동료들을 겹쳐봤다. 콩이 외로울까 봐 상추와 열무와 수박을 심어 친구로 삼았다. 굴뚝이 작은 초록을 이루고 있었다.

—그러다 굴뚝에서 농부 되겠어요.

"저 녀석들 죽이지 않으려고 애지중지하면서 다짐해요. 나도 살아야지, 나도 동지들도 어떻게든 살려내야지, 하고요."

—땅의 감촉을 잊진 않았어요?

"요즘 해가 너무 뜨거워요. 아침엔 해 뜨는 반대쪽으로 가서 해를 피하는데 한낮이 되면 그늘이 사라져서 숨을 데가 없어요. 한번은 너무 힘들어서 20미터 아래에 있는 중간 난간으로 내려가서 쉬다 온 적이 있어요. 통로 폭이 50센티미터쯤 넓어지니까 운동장 같더라고요. 한나절을 보내고 꼭대기로 돌아왔는데 처음 굴뚝에 올랐을 때처럼 어지러웠어요. 아무리 더워도 다신 안 내려가요."

바람 한 점 없는 날들이 계속됐다. 태양과 가까워진 만큼 굴뚝은 뜨거웠다. 그가 동그란 굴뚝 위에서 쪄지고 구워졌다. 공장 저편에서 가는 개울물이 흘렀다. 그의 눈길이 공장 담을

넘어 개울로 달려갔다. 공장 부지는 과수원 땅이었다. 2킬로
미터 거리엔 그의 고향 집이 있었다. 10대 때 그는 한여름 더
위가 닥치면 친구들을 개울로 불러 모았다. 과수원 바닥에서
익지도 못하고 떨어진 사과를 주워 입에 물고 개울로 뛰어들
었다. 헤엄을 치고 물싸움을 하고 송사리를 잡았다. 30년 뒤
나이 쉰을 바라보는 그가 과수원에서 돋아난 굴뚝 위에 매달
려 있었다. 그는 "겁이 난다"고 했다.

—뭐가요?

"언젠가 땅에 닿을 날이 올까요?"

—그래야죠.

"모르겠어요. 내려가더라도 발붙이고 살 수 있을지."

그가 갑자기 아아아아아 소리를 질렀다. 그의 텅 빈 고함이
꼬리를 길게 늘어뜨리며 텅 빈 공장을 돌아다녔다.

"아, 시원하다."

그가 하하하 웃었다.

이명이었다.

고공 농성은 땅에서 소리 길이 막힌 사람들이 하늘에 매달
려 지르는 비명이었다. 아무리 고함쳐도 감지되지 않은 목소
리들이 이 세계의 고막에 대고 흐느꼈다. 두 손으로 귀를 가
리고 머리를 흔들어 떨어내려 해도 끝까지 달라붙는 울음이
었다. 흑흑흑을 하하하로 듣는 세상에서 까치는 '웬 난리냐'
는 듯 깍깍깍거릴 뿐이었다.

새벽부터 까치가 울던 날 반갑지 않은 사람들이 찾아왔다. 회사가 공장의 전기와 물을 끊고 업자들을 보내 원료 탱크 철거를 시도했다. 탱크를 떼면 공장 재가동은 영영 불가능했다. 동료들이 정문을 막고 차량 진입을 차단했다. 담을 넘은 철거업자들이 사다리를 타고 탱크 위로 올라갔다.

그가 페트병 하나를 집어 들었다. 그동안 플라스틱 페트병에 소변을 본 뒤 땅으로 내리지 않고 굴뚝에 모아뒀다. 텐트 앞에 쌓인 수십 개의 오줌 병은 한겨울 바람을 막는 벽돌인 동시에 혹시 모를 사태에 대비한 방어 장비였다. 그가 맞은편 원료 탱크로 오줌 폭탄을 던졌다.

콰쾅 쾅.

철판 위에서 오줌 병이 터졌다. 작업복으로 갈아입고 일을 시작하려던 사람들이 깜짝 놀라 동작을 멈췄다. 어디론가 전화를 걸어 상의하는 모습이 보였다. 폭탄의 위력 때문인지 도구를 챙겨 탱크에서 내려갔다. 한동안 다시 오지 않았다.

땅에서 잊힌 사람들은 하늘에 올라 스스로 사건이 됐다. 짧게 눈길을 끌던 농성이 장기화되고 고공의 삶이 일상이 되는 순간 그들이 매달린 하늘엔 깊고 가파른 절벽이 파였다. 낙타가 등에 난 혹의 지방을 짜 먹으며 사막을 견딜 때 퇴로 없는 그들은 자신을 갉아먹으며 하늘을 버텼다. 땅에 머물 곳이 없어 위로 솟을 수밖에 없을지라도 그들은 중력에 속박된 자라는 사실에 안도했다. 떨어지더라도 그곳이 진공의 우주가 아니라 땅일 것이란 믿음이 하늘에서 부여잡은 그들의 지푸라기였다. 만만해지지 않으려면 위험해져야 했다.

굴뚝 농성 1년이 차갈 즈음 그의 어머니가 교통사고를 당했다. 갈비뼈가 여러 대 부러져 장기를 찔렀다. 중환자실에 있는 어머니 걱정에 잠을 이루지 못하면서도 그는 굴뚝을 내려가지 못했다. 아버지가 전화해 호통을 쳤다.

"늙은 어미가 다 죽어가는데 와보지도 않냐. 도대체 거기서 뭘 하고 있는 거냐."

아버지가 전화를 끊었을 때 굴뚝 저편에서 까치가 날고 있었다. 새들은 자유로워 보였다. 좁은 굴뚝을 벗어나 새들처럼 날고 싶다는 생각이 들자 그는 몸을 떨며 긴장했다. 그즈음 그가 꿈 이야기를 들려줬다.

"지인의 결혼식에 참석하고 있었어요. 진심을 다해 축하했지요. 오랜만에 만난 사람들이 제 건강을 걱정해줬어요. 저도 그들의 안부를 물었고요. 허기가 깊어 먹어도 먹어도 배가 차지 않는 거예요. 기름진 음식들을 먹어서인지 속이 안 좋았어요. 먹고 토하기를 여러 번 되풀이하고 나서야 식사를 마쳤어요. 동료들 먹여야겠다는 생각으로 가져갈 음식을 챙기고 있을 때 제가 땅에 있다는 사실을 깨달았어요. 음식을 두고 달려 나와 굴뚝에 다시 오르려는데 뒤따라온 오랜 친구가 막아섰어요. '그만큼 했으면 됐다'며 손을 잡아끌더군요. 칼로 친구를 찔렀어요. 움직이지 않는 친구를 남겨두고 굴뚝으로 되돌아갔어요. 그제야 속이 편해졌어요."

"끔찍했다"고 말하는 그의 목소리가 깊이 잠겨 있었다.

그와 나는 잠들지 못하고 새벽을 맞았다. 천막 안에서 손바닥 크기의 쥐 한 마리가 놀고 있었다. 고양이는 사료를 말끔히 먹고 사라졌다. 굴뚝 위에서 그가 난간을 돌며 아침 운동을 시작했다. 사람 발길 뜸했던 굴뚝 바닥의 페인트칠이 고공인간의 발에 밟혀 지워지고 있었다. 익숙한 풍경이었다. 나는 그가 땅에 있는 모습을 본 적이 없었다.

그래서였을 것이다. 땅에서 그를 마주했을 때 오히려 현실감이 없었다. 멀리서 그를 발견한 나는 한동안 그를 부르지 않고 지켜보기만 했다. 그를 올려다보던 나와 나를 내려다보던 그가 같은 고도에 서 있는 일은 낯설었다. 땅의 그가 너무 생소해서 어둠에 적응하는 눈동자처럼 걸음을 멈추고 그의 모습을 익혔다.

하늘에선 입 밖에 내지 않았던 심장 통증의 원인을 찾기 위해 병원에 입원해 있었다. 폐쇄된 공장 문이 다시 열리진 않았으나 더는 그를 하늘에 둘 수 없었던 땅의 동료들이 요구 조건을 낮춰 회사와 합의했다. 그는 굴뚝에서 내려오자마자 대기하던 경찰에 체포됐고 법원의 구속영장 기각으로 풀려났다. 좁은 굴뚝 통로를 평지 걷듯 속보로 왕복하던 그가 정작 땅에서는 중심을 잡지 못하고 휘청거렸다.

—왜 그렇게 어지러워해요?

"계속 하늘에 떠 있는 기분이에요."

몸은 땅을 밟았지만 몸의 기능들은 착륙이 더뎠다. 입은 굳어 있었고 발음도 엉클어졌다. 머리가 밀어붙이는 생각의 속도를 혀가 따라가지 못했다. "너 이야기하는 게 이상하다"는 아버지의 말을 듣고서야 그도 알아차렸다. 고공에 익숙해진 그의 몸은 오히려 지상에서 멀미로 힘들어했다.

그를 보며 나는 콩의 결말도 땅 멀미의 책임으로 돌렸다. 멀미는 하늘콩이 아니라 땅의 콩이 앓았다. 하늘콩이 여든 알로 일가를 이뤘을 때 고작 일곱 알이 된 땅콩들은 작고 납작하고 누렇게 뜬 얼굴로 나를 원망했다.

깍깍깍.

그가 굴뚝에서 내려온 지 1년여가 지난 그날도 그 공장에선 까치가 울었다. 하늘에서 보낸 시간만큼 땅의 삶이 나아졌는지 자신할 수 없던 그의 귀에 텔레비전이 떠드는 소리가 들렸다. 그의 눈이 커졌다. 뉴스 카메라가 그의 옛 공장을 비추고 있었다.

공장에서 시커먼 연기가 부글부글 끓었고, 연기 사이로 빨간 불길이 타고 있었다. 그가 매달렸던 굴뚝 주위엔 찢기고 구겨진 철판들이 수북했다.

그가 오줌 폭탄을 던져 철거업자들을 쫓아냈던 원료 탱크가 폭탄 터지는 소리를 내며 폭발했다. 굴뚝 농성 종료 뒤 철거업체는 노동자들을 투입해 탱크 해체를 재개했다. 탱크 꼭

대기에서 산소절단기로 배관을 자르던 중 안에 남아 있던 원료 분진에서 불꽃이 일었다.

그 공장 하늘은 까치만 나는 것이 아니었다. 지름 10여 미터의 탱크 뚜껑이 150여 미터 떨어진 개울로 날아갔다. 뚜껑 위에서 탱크를 철거하던 남자도 까치가 깍깍거리며 날던 하늘을 날아 개울에 추락했다. 굴뚝의 그가 10대 때 여름마다 친구들과 풋사과를 물고 뛰어들던 그 개울이었다. 그 개울에서 들어본 적 없는 큰 소리가 들렸다. 사람 떨어지는 소리였다.

"휴우우우우우."

뉴스가 끝나는 순간 그가 참고 있던 깊은 탄식을 뱉었다.

"우리는 왜 고작 이렇게 만나는 겁니까."

삶을 구하려 탱크 철거를 막아야 했던 자신과 삶을 구하려 탱크를 철거해야 했던 남자[3]가 30여 년을 사이에 두고 한 개울에서 마주치는 운명을 그는 저주했다.

깍깍깍이었겠지.

쇠뚜껑에 실려 날개 달린 자신을 앞질러 날아가는 인간을 보며 하늘에서 까치가 놀라 혀를 씹었는지도 모른다.

---

[3]   개울로 날아가 사망한 남자는 바다에 기대 살던 사람이었다. 남자는 목수였다. 어촌 마을에서 나무를 깎고 잇고 붙여 작은 배를 만들었다. 육지를 넓히려는 욕심이 갯벌을 지우고 바다를 쪼그라뜨렸다. 배 만드는 기술의 쓸모를 잃은 남자는 철거 현장을 따라다니며 일용직으로 일했다. 굴뚝의 남자가 하늘에서 내려오기 넉 달 전 그는 전구 공장을 철거하다 수은에 중독됐다. 남자는 홀어머니를 모시고 살았고 몇 달 뒤 결혼을 앞두고 있었다. 몸이 회복되지 않은 채로 굴뚝 농성 끝난 공장의 원료 탱크를 해체하러 올라갔다('수은중독 피해자 박씨와 김씨에게 무슨 일이 있었나', 배혜정, <매일노동뉴스>, 2016년 11월 10일).

꺽꺽꺽이었을까.

"야, 왜 여기서 이래?"

내가 고개를 쳐들며 빽 소리를 질렀다.

집 앞 전깃줄 위에서 까치들이 시끄럽게 지저귀며 똥을 쌌
다. 공장 굴뚝의 발목에도 못 미치는 높이에 앉아 엉덩이 밑
에서 성질부리는 인간을 무시했다. 고개 숙여 나를 내려다보
는 시늉도 없이 상쾌하게 장을 비웠다. 전깃줄 아래 주차해둔
내 자동차 위로 묽은 똥이 주르륵 쏟아졌다. 검은색 자동차에
하얀 까치 똥이 꽃처럼 피었다. 줄지어 앉은 까치들이 목청을
뽑으며 똥 무더기를 배출할 때마다 이명이 흐드러졌다.

15

사각사각. 맛있게 갉아먹히고 있다. 성장이란 그런
것이다.

　황제의 두개골을 쪼개자 새 한 마리가 나왔다.

　로마의 제10대 황제 티투스는 서기 39년에 태어나 81년에 죽었다. 즉위 2년 만이었다. 로마 역사가는 열병 등에 따른 죽음이라고 적었으나 유대 문서는 저주의 결과라고 썼다.

　황제가 되기 전 티투스는 레기온(그리스어로 '군대')의 지휘관이었다. 유대 독립 전쟁을 진압하는 총사령관으로 예루살렘을 멸망시켰다. 로마인들은 티투스를 유능하고 선량한 황제로 칭송했다. 개선문에 독수리를 타고 승천하는 모습을 새겨 신의 반열에 올렸다.

　유대인에게 티투스는 원수였다. 그의 군대는 예루살렘을 불태우고 성벽을 허물며 유대인들을 살육했다. 탈출을 시도하는 유대인들을 붙잡아 십자가에 매달았다. 예루살렘 패망은 유대인들이 나라 없이 흩어져 핍박받는 계기가 됐다. 성서의 〈마가복음〉은 예수가 귀신 들린 사람을 고치는 장면에서 단어 '레기온'을 사용했다. 예수가 "네 이름이 무엇이냐"고 물었을 때 귀신의 대답은 "군대"[4]였다.

4　〈마가복음〉 5장 9절. 예루살렘 함락(70년) 무렵에 쓰인 것으로 추정되는 〈마가복음〉은 병든 사람의 몸에서 축출해야 할 악귀를 로마군에 비유했다.

로마 역사서가 언급하지 않은 티투스의 최후를 유대인들이 기록으로 남겼다. 티투스를 괴롭힌 이명이 예루살렘 침공과 학살의 대가라고 탈무드는 설명했다. 침략당한 민족의 증오가 침략자의 죽음에 신화적 저주를 보탰다.

모기[5] 한 마리가 티투스의 콧속으로 날아들어 뇌로 올라갔다. 뇌를 쪼고 뜯어먹는 소리가 티투스의 머리를 어지럽혔다. 어느 날 대장간 옆을 지나는 황제의 귀에 쇠망치 소리가 들리자 모기가 조용해졌다. 티투스는 매일 대장장이를 불러 그의 앞에서 망치질을 하도록 했다. 효과는 오래가지 않았다. 모기가 망치 소리에 익숙해지면서 다시 물어뜯기 시작했다. 티투스가 죽었을 때 그의 두개골 안에서 비둘기 크기의 동물이 발견됐다. 새처럼 보였으나 새는 아니었다. 티투스의 뇌를 파먹고 비둘기만큼 성장한 무엇이었다. 더는 모기일 리 없고 그렇다고 비둘기일 수도 없는 그것이 결국 티투스를 죽음으로 몰았다고 탈무드는 유대 후손들에게 대를 이어 가르쳤다.[6]

2000여 년이 흘렀다. 영웅이므로 학살자인 황제의 머릿속에서 뼈를 일으키고 살을 채운 생명체가 어느 날 내 귀에 와서 앵앵거렸다. 모기 소리처럼 들렸으나 모기 소리만은 아니었다.

---

5 '각다귀(gnat)'로 번역되기도 한다.

6 'Titus's Tinnitus', Bernard Dan, <Journal of the History of the Neurosciences>, 2005.

앵.

딱.

애앵.

따악.

두 손바닥이 서로의 뺨을 때렸지만 모기는 잡히지 않았다. 헛손질과 헛발질로 팔다리가 허우적거리면서 몸이 탈춤을 추듯 나풀거렸다.

얼씨구.

뭐 하노.

쯧쯧쯧.

그때마다 탄식인지 놀림인지 모를 추임새가 방 곳곳에서 터졌다.

"이 씨."

내 입에서 쌍시옷이 튀어나왔다.

아휴, 지도 답답한갑다. 우예 안 그렇겠노.

저들의 비웃는 소리에 발끈했는데 저들은 내가 나를 비웃는 줄 알았다.

흥.

속으로 콧방귀를 날린 나는 눈앞에서 얼쩡거리는 모기를 노려보며 손바닥에 기를 모았다. 이때다! 온 힘을 다해 두 손을 마주 후려쳤다. 잡았, 따악.

애앵.

모기는 순간 이동을 했는지 보이지 않았고 손바닥은 뼈끼리 부딪쳤는지 저리고 얼얼했다. 펄쩍펄쩍 뛰며 두 손을 탈탈 털었다.

안쓰럽구마.

점마 와카노.

역시 좀 모자란 게 틀림없지 말입니다.

'마음대로 지껄여요'가 입 밖으로 나올 뻔했다. 그 말을 이빨 사이에 물고 방 안 가득 모기약을 뿌렸다. 약이 모기를 잡는지 나를 잡는지 매캐한 현기증을 일으켰다. 숨을 곳 없는 방구석에 잘도 숨어 있던 모기가 약이 밍밍하다는 듯 다시 앵앵거리며 방 안을 우아하게 날아다녔다.

이눔아, 신경 사나버서 잠을 몬 자겄다아아아.

억근 할아버지의 불평이 시작됐다.

저 쪼깐헌 거를 놓고 환도를 휘둘른다고 모기가 지 모가지 빼고 언능 베어갑쇼 할 거여? 모기든 뭐시기든 잡겄다고 맘묵었으믄 살랑살랑 춤을 출 거이 아니라 배때기를 갈라서 창시를 뽑아뿐다는 자세로다가 독허게 달려들어야제.

억근 할아버지는 없는 낫이라도 당장 찾아 들고 일어설 기세였다.

그니까 할배 썽나기 전에 제대로 좀 몬 하냐.

필식 아저씨가 딱하다는 목소리로 채근했다.

"우 씨."

꼬리 잡는 말들이 다시 쏟아졌다.

아까는 이씨라카더니 이젠 우씨라 칸다.

이 방에 이씨는 있어도 우씨는 읎는데 우짜제.

아이고 할배, 핥핥핥.

핥핥핥이라니. 필식 아저씨는 웃는 소리까지 기분 나빴다. 평생 허파에 담배 연기를 얼마나 뿜어댔으면 저런 소리가 날까.

치이이이이이이이이이이이이이익.

성질 뻗친 나는 모기약 한 통을 다 비울 기세로 끝없이 분사했다.

억근 할아버지가 마른기침을 했다. 살충제를 마신 할아버지의 기침 소리가 평소보다 깊었다. 그러니까 뭐가 재밌다고 사람을 그렇게 놀려요. 마음이 뜨끔했지만 나는 살포를 멈추지 않았다.

할배, 이건 약도 아니라예. 내가 왕년에 제초제 좀 마셔봐서 안다 아이요.

콜록콜록.

시끄럽다. 저 쪼매난 거이 캑캑대는 거 안 뵈나?

할아버지가 아기를 걱정하며 아저씨를 타박했다.

험한 시상 살아낼라믄 깐얼라 때부터 강하게 키워야 쓴단 말입니다. 야 뭣 하냐. 고마 팍팍 뿌리라. 나도 모기라믄 아조 치가 바들바들 떨리는 사람이다.

아저씨가 독려했다.

참 인정머리하고는. 여름 다 가고 살날이 며칠 안 남았으니 저놈들도 얼마나 안달이 나겠어요. 조금 빨려줍시다.

금로 씨만 태평했다. 쇠 금(金)에 밥그릇 로(盧). 이름이 '금밥그릇'인데 평생 배를 곯았다. 배고플 때 피 팔아 번 돈으로 허기를 넘겼다는 그는 배고픈 모기한테 마음을 쓰면서도 지기 배고픈 건 해결하지 못했다.

우리 아가가 콜록대는 것도 결국엔 배가 고파서예요. 어서 젖을 물려야 할 텐데. 어찌 좀 안 되겠습니까?

금로 씨가 아기를 달래며 물었다.

…….

아이고 형씨요. 대꾸도 안 할 거를 뻔히 알믄서 뭘 또 묻고 그래쌌소.

필식 아저씨가 금로 씨를 핑계 삼아 누군가에게 투덜댔다.

할아버지의 불평이 시작되면 낫이든 칼이든 찾아 들고 일어설 때까지 끝나지 않았고, 아저씨의 채근이 시작되면 밀림의 전우와 동지를 부르며 울고불고할 때까지 계속됐다. 그때마다 아기는 콜록거리거나 칭얼거렸고, 아기를 달래던 금로 씨는 '어찌 좀 안 되겠냐'고 물었고, 묻는데도 언제나 돌아오는 대답은 없었다.

약 냄새와 약보다 독한 참견에 어질어질해진 나는 불을 끄고 자리에 누웠다. 귀에 이어폰을 꽂고 음악을 들었다. 볼륨을 높였다. 심장박동보다 빠른 노래가 흘러나왔다.

"수많은 사람들 속을 지나쳐 마지막 게이트야. 나도 모르게 안절부절하고 있어."

이 방에서 인간의 언어로 내게 말을 거는 것은 노래 가사들 뿐이었다. 짜증이 치밀어 이불을 뒤집어썼다.

저 자슥은 뭐 하나 할 줄 아는 것도 없음서 지가 와 성질이고.

그라제.

맞습니다.

콜록.

필식 아저씨의 논평에 모두가 동의를 표했다.

"아 진짜."

내가 이불을 걷어차며 팔을 휘저었다.

허허허.

지금 뭐 한 기가?

본인도 본인이 한심하겠지요.

콜록.

그들의 쉼 없는 수런거림이 내 귀를 파고들며 앵앵거렸다. 모기 물린 자리보다 그들이 말로 긁어대는 자리가 더 가려웠다. 한번 들리기 시작하면 꿈속까지 주둥이를 꽂는 모기 소리처럼 한번 입이 터지면 꼬리를 물고 이어지는 그들의 말말말 탓에 잠을 이룰 수 없었다. 그들은 내가 모기를 잡겠다고 팔을 휘두른 줄 아나 본데 내가 사지를 허우적거리며 떨치려 한 것은 모기보다 성가신 그들의 기척이었다. 그들은 내가 자신들의 말을 못 듣는다고 믿고 있겠지만 나는 단지 티를 안 낼 뿐이었다. 잘 알지도 못하면서.

그 방에 거주하는 존재는 나까지 최소 여섯이었다.

말 그대로 최소였다. 할아버지와 아저씨, 금로 씨 사이의 대화를 듣고 파악한 존재만 나 빼고 다섯이었다. 얼마나 더 많은 존재들이 방 구석구석에 달라붙어 있는지 알 수 없었다.

얼빠진 놈이라고 그들은 나를 놀렸지만 내가 얼이 빠진 것처럼 보이는 건 그들 탓이었다. 그 방에 입주한 첫날부터 나는 그들의 와자지껄에 정신이 곤두섰다. 까만 곰팡이를 벽지로 엉성하게 덮은 빈방에 들어섰을 때 그들이 수군거렸다.

할배, 쟈 말이요이. 맞지요이?

필식이 말마따나 가만 보이 그러하네. 금로 자네 생각도 그런겨?

전 처음 봅니다.

할배요. 형씨는 그때 없었다 아인교.

이삿짐이랄 것도 없었다. 라면 상자 몇 개에 쑤셔 넣은 짐을 용달차 한 대 불러 트럭 기사와 같이 싣고, 내리고, 날랐다. 상자들을 방으로 옮기던 중 듣게 된 대화는 얼마 안 되는 이사

비를 받아 든 트럭 기사가 '이런 데서 어찌 살 거냐'는 표정으로 방을 나간 뒤에도 계속 들렸다. 방음이 안 돼 옆방에서 넘어오는 소리라고 생각했는데 아니었다. 혼자 조용히 살긴 글렀다는 사실을 바로 직감했다. 방 보러 왔을 땐 왜 조용했냐고. 그땐 아무도 없는 것처럼 가만히 있다가 이사 첫날부터 이러면 어쩌라고. 속에서 화가 부글거렸다.

저눔아 말이여. 용역덜이 너구리 작전인지 살쾡이 작전인지 건물 앞에다 폐타이어 쌓코 불붙있을 때 옥상서 웃통 벗고 뛰어내린다고 지랄 발광하던 놈인디.

뛰내리긴 개뿔. 고래고래 소리만 돌고래처럼 지르더마요. 용역 놈덜이 밑에서 '어여 뛰내리라, 사뿐 뛰내리라, 와 몬 뛰내리노' 함서 놀리니깐 '인권 유린 강제 철거 반대한다, 반대한다' 팔뚝질만 겁나게 해대다가 몸이 휘청했다 아인교. 튀나온 철근에 발이 걸렸는지 우쨌는지 지 혼자 주접떨다 화들짝 놀라가꼬 고마 폭삭 주저앉아뿐 기지. 옥상 난간을 얼싸안고는 귀신 본 강새이마냥 덜덜 떨더란 말이지. 용역덜은 웃기 죽겠다고 난리고, 저거 학교 선배덜은 저 새끼가 왜 시키지도 않은 짓을 해가꼬 우리꺼정 바보 맹그냐고 쑥떡거리고, 정작 불이 집에 옮겨붙을지 몰라 겁나 죽겠는 철거민덜은 웃어야 헐지 울어야 헐지 가슴이 낭창낭창하고. 보고 있던 내가 다 창피스러버서 불난 거이 내 얼굴이다 싶구로 화끈거렸다 아입니꺼.

그때가 언제랍니까?

금로 자네가 이 방에 오기 전이었응께 그 세월이 솔찬허제.

원래 여기가 옛날부텀 판잣집만 수두룩하던 동네다 보이까 지나가는 사람들도 어두컴컴하고 추접다믄서 빙 둘러가던 곳이었다꼬. 주위에 높은 빌딩들이 한나둘썩 들어서이 돈 있는 인간들이 가만두겠능교. 눈이 시뻘기져가 집덜을 사들인 기라. 땅값이 올라뿌니까 재개발 이야기가 안 나오겠냔 말이지. 철거한다꼬 지랄을 떨믄서 오만 집덜 쌔리 뿌사놓고는 고마 조합원덜끼리 소송이 붙어삤어. 재개발 소송 붙으면 우예 되는지 알잖소. 공사 중단된 지가 하마 10년은 됐을 기라고. 그사이 세입자덜만 존나게 쫓기나서 얼로 갔는지도 모르구로 죄다 흩어져삤지.

살면서 가장 심란했던 시절이었다. 누구한테도 방해받지 않는 방을 갖고 싶다는 열망은 강렬했지만 방을 골라가며 이사할 능력이 내겐 없었다. 그때 내가 가진 돈으로 얻을 수 있는 곳은 그 동네 그 방뿐이었다.

근디 저 우스븐 놈이 여긴 왜 왔을꼬.

할배도 참요. 무신 이유가 있겄소. 암것도 없으이 온 거 아이요. 대학생이랍시고 폼 잡는다꼬 철거 투쟁이니 연대 투쟁이니 하루 이틀 하다 가믄 뭐 하노. 꼬라지도 꼬라지 나름이지 저 생긴 꼬라지 함 보이소. 그때나 지금이나 얼굴에 기름기 한나 없이 꾀죄죄한 놈이 없는 돈 긁어다가 대가리에 비싼

등록금 처넣어본들 뭣이 달라졌을꼬. 주거권 보장이고 나발이고 소리만 지를 줄 알았지 지 똥도 몬 닦는데 말해 뭐 하겠소. 저 나이 처묵도록 졸업은 했나 싶은 면상으로 고작 찾아온 기 여긴 것을.

고작 거기.

사람 없는 소리로 시끌벅적한 동네였다. 래커로 휘갈겨 쓴 '철거'가 빈집 현관과 담벼락을 뱀처럼 기어다니며 붉은 혀를 날름댔다. 깨진 유리창 위로 무언가 한 발 내디딜 때마다 빈 골목에 깔린 얇은 적막이 자박자박 깨졌다. 목줄에 묶여 버림받은 개들은 돌아오지 않는 인간들을 기다리다 헛구역질을 하며 굶어 죽었고, 털 빠진 길고양이들은 뒤질 것 없는 쓰레기 더미를 뒤지다가도 어김없이 오는 발정에 겨워 없는 정을 흘렸다.

귀신이 출몰하는 동네란 말들이 떠돌았다. 떠날 사람들이 모두 떠날 때 떠나지도 못하고 남은 사람들은 자신들도 모르게 귀신이 돼 있었다. 벽이 뚫리고 창문이 깨지고 가스관 끊긴 공가들이 귀신을 불러 모았다. 집 없이 떠도는 사람들이 밤을 타고 귀신처럼 스며들어 빈집 구석에서 고단한 잠을 잤다. 그 동네 말고는 방을 구할 수 없는 사람들이 그 동네로 찾아와 귀신의 일부가 됐다. 나도 그 동네에 살아 있는 귀신으로 전입했다.

재개발 소문이 돌기도 전에 낡은 집들을 휴지 줍듯 사들인

타지의 집주인들이 있었다. 자신이 살지 않는 집에 귀신이 살든 말든 그들은 신경 쓰지 않았다. 재개발이 마무리될 때까지 버티기만 하면 투자한 돈의 몇 배로 돌려 받는다는 사실을 그들은 오랜 경험으로 알았다. 전쟁터로 변한 동네에서 포클레인들이 공사를 멈추고 빠져나가자 아직 철거되지 않은 집들에 세입자를 들였다. 철거 예정일을 앞두고 서둘러 세입자들을 내보냈던 그들이 공사 재개를 기약할 수 없는 동네에 다시 세를 놨다.

나는 그 동네에서 그나마 성한 건물에 월세방을 얻었다. 방값 인상을 노린 예전 건물주가 낡은 여인숙을 원룸으로 개조했다. 벽을 터서 방을 붙였지만 개조인지 땜질인지 모를 리모델링 뒤 새로 입주한 사람들의 처지도 여인숙 시절 손님들과 크게 다르지 않았다.

어르신은 언제부터 이 방에 계셨는가요?

금로 씨가 억근 할아버지에게 물었다.

내? 내는 한 30년은 됐제.

할배는 그 정도 됐을 기요. 내가 이 방에 짐 풀고 옆방 할배한테 인사하니까 '하필 그 방에 들었냐'며 씩 웃어요.

왜요?

금로 씨가 궁금해했다.

이 방에서 여남은 명은 죽어 나갔을 거라나. 이 건물 어느 방이 우예 안 그렇겠냐마는 별나게도 이 방서 혼자 죽은 사람들이 그리 많다꼬요. 할배 이야기도 하대요. 몇 년 전에 술 묵고 죽어서 한참 만에 발견됐담서요. 할배는 거의 녹아 없어져뿌고 그 자리에 굼벵이들만 쌩쌩하게 기다니더라꼬.

필식 아저씨의 회고에 억근 할아버지가 역정을 냈다.

누가 그려? 옆방 남씨가? 술은 그 자석이 맨날 처묵었제, 내는 하루에 한 꼬뿌 이상은 안 마셔. 이눔아, 몰르믄 함부로 지껄이지나 말어. 나는 술 묵고 죽은 기 아녀. 한 땜시 죽은 겨. 평생 이 가심에 똬리를 틀고 앉아 간이고 심장이고 썩어 문드러지게 맹근 한 말이여. 니까짓 거이 한을 알기나 알어?

한 말이요?

필식 아저씨가 목청을 높였다.

없다믄 내가 설움지. 이 좆 겉은 시상에 할배 혼자만 살았소? 누구 한이 큰지 어데 함 대보까. 함 까보까. 함 디비보까. 엉?

두 사람 말에 날이 서자 금로 씨가 끼어들어 화제를 돌렸다.

그럼 우리 아가가 언제부터 여기 있었는진 필식 씨도 모르겠네요?

몰르지. 나도 이 방서 목심 끊기고 나서야 할배 말도 들리고 저 얼라도 보이고 한 거니.

억근 할아버지가 금로 씨를 나무랐다.

뭐래는 겨? 저 애기는 내가 이 방에 오기 전부텀 있었어. 나도 몰르는 걸 필식이 저 핏덩이가 워떻게 안단 말여? 여기서 몸을 푼 어린 어미가 말 못 할 사연 땜시 애만 두고 가버린 거인지, 애기 버릴 데를 찾던 몹쓸 인간이 무턱대고 이 건물에 들어와설랑 사람 없는 방에 두고 간 거인지, 어미 젖도 못 물어본 애기가 워쩌다 이 방에 혼자 남아 죽었는지 그 속 쓰린 사연을 누가 알 거여. 이 방에선 저 애기가 왕고여. 애기 적에 죽어부러서 우리가 애기 대하듯 하는 것이제 지금껏 나이를 묵었으믄 애기인지 우리 할무이 뻘인지 워째 알것능가.

필식 아저씨가 말끝을 잡았다.

그니까 할배도 뻑하면 나이 앞세워 행세하지 말라 그 말이요. 우리 애기 할매가 보믄서 얼매나 가소롭겠능교.

억근 할아버지의 고함이 터졌다.

야, 이필식이. 니가 이 방에서 워떻게 살다 뒈졌는지 내가 한나한나 모르는 것이 읎어. 너 조심혀. 자꾸 수틀리게 허믄 너 거시기 했던 거 내가 모다 소상히 밝힐 것잉께.

거시기? 거시기가 뭔데? 나는 하늘 아래 오점 하나 없는 놈이요. 밝혀. 밝혀보라꼬.

이 방에선 나중에 죽은 자들의 삶을 지켜본 먼저 죽은 자의 경륜을 무시하기 어려웠다.

콜록콜록.

우스운 말싸움이라는 듯 아기가 기침을 했다.

귀신의 방이었다.

나는 산 귀신으로 그 방에서 생활했고, 그들은 죽은 귀신으로 그 방에 붙어 있었다. 억근 할아버지와 필식 아저씨, 금로 씨와 아기는 모두 그 방에서 죽었다. 각자의 이유로 죽었으나 동일한 이유로 그 방에 있었다. 혼자 죽어 발견된 뒤 몸은 방을 떠났지만 치워지는 몸에서 빠져나온 혼은 문지방을 필사적으로 붙들며 그 방에 남았다. 살았을 때 이 도시에 묻은 얼룩 취급을 받았으나 얼룩처럼 닦여 나가지 않으려는 몸부림이 죽은 그들에게 남은 마지막 본능이었다.

귀신들이 차곡차곡 쌓인 방이었다.

"지어진 지 50년은 넘었다"고 그 방을 보러 갔을 때 부동산 중개인이 말했다. 아기가 할머니가 될 시간은 아니었지만 방장으로서 위엄을 갖출 시간으론 충분했다. 그동안 얼마나 많은 혼들이 몸과 함께 불태워지길 거부하며 그 방에 달라붙어 있었는지 나는 물론 그들도 알지 못했다.

아르바이트를 마치고 그 방으로 돌아갈 때마다 그들은 진심으로 나를 반겼다. 낮 동안 따분해하며 말수를 줄였던 그들이 내가 문을 열고 들어서는 순간 졸다 깬 술꾼들처럼 나를 새 안주 삼아 다시 떠들어댔다.

소리로 투시하던 동네에서 자란 덕에 갖게 된 예민한 귀가 그 방에선 오히려 나를 괴롭혔다. 귀가 잡아내는 그들의 말소리 탓에 나는 날마다 잠을 설쳤고 날마다 멍한 얼굴로 일하러 나갔다. 내 귀는 남들이 듣지 못하는 소리를 듣는 장점이 있었으나 듣기 싫어도 듣지 않을 수 없는 치명적인 단점도 있었다.

내 일상을 지켜보며 그들은 나를 모조리 안다고 생각하겠지만 가장 중요한 사실 하나는 알지 못했다. 죽고 나서야 선임자들의 동거를 알아차린 그들은 후임자가 그들의 존재를 인지하지 못하는 것을 죽은 자의 특권이라고 믿었다. 착각이었다. 그들이 지겹도록 놀리는 내가 자신들의 말을 고스란히 듣고 있으리란 사실을 그들은 몰랐다. 그들의 말을 알아듣는 일이 내겐 특권이 아니라 참을 수 없는 고역이었다.

그럼 우리 중에 이 방의 제일 선임은 아가예요? 이모예요?

금로 씨의 질문에 억근 할아버지와 필식 아저씨가 조용해졌다. 누군가가 답을 말해주길 기다렸으나 역시 돌아오는 건 침묵뿐이었다.

이모도 필식이 자슥은 물론이고 내 보담도 먼저인디 애기하곤 우째 되는지 본인이 말을 않응께 몰르제.

콜록콜록.

아기가 아는 바를 이야기했다.

뭐라카는지 원.

필식 아저씨가 답답해하며 가슴을 쳤다.

글고 선임을 따진들 뭐 하겠노. 저기 보소. 우리한텐 몇 년째 아는 체도 않코 천장에 가마이 붙어만 있는 혼들이 어데 한둘인교. 몰르지. 우리도 세월 더 지나뿌믄 말도 잃고 기척도 잃고 저래 파리똥마냥 쪼그라들어설랑 우리끼리도 있는지 없는지 모를 신세가 될런지.

이모는 한마디도 하지 않았다.

나는 이모의 목소리를 들어보진 못했지만 다른 목소리들의 대화로 그 방에 있다는 사실은 알 수 있었다. 이모의 존재는 확인했으나 이모의 이름이 무엇인지, 왜 이모로 불리는지, 누구의 이모인지 짐작할 수 있는 정보는 없었다. 이모는 있지만 없기도 했다.

여자가 살기엔 벅찬 방이었다. 가로등 뽑힌 골목을 어슬렁거리며 철거 용역들이 밤길을 위협하는 동네에서, 한여름 더위에 벌겋게 익은 사내들이 옷을 훌러덩 벗은 채로 방문을 활짝 열고 술 먹고 노래하고 삿대질하는 건물에서, 여자가 아무렇지 않게 생활하기란 괴롭고 곤혹스러울 수밖에 없었다. 방 구석 어디엔가 다른 여자가 있는지는 알 길이 없었지만 있더라도 똑같은 이유로 이모처럼 없는 듯 있을 것이었다.

그래도 우리가 이 방에서 한 식구로 지내는 것도 인연 아니겠습니까. 이모도 말은 안 하지만 죽어서까지 집 없이 떠도느니 이 방에 있는 걸 다행으로 여길 겁니다.

금로 씨가 다정하게 말했다.

지랄. 인연은 무슨. 형씨가 그리 물렁하니 이 조막만 한 방에 그 뜨그랄 인간 하나를 더 데불고 살았던 거 아니냔 말이지. 형씨나 내나 살았을 적에 다리 뻗을 방 하나 없었는데 죽어서까지 이 좁아터진 데서 칡넝쿨맹키로 얽키설랑 다글다글 살고 싶은교. 내는 아조 지긋지긋하요.

내 말이 그 말이었다.

필식 아저씨의 핀잔에 억근 할아버지가 위로했다.

금로 자네 마음 씀이 그리 따뜻항께 자네캉 살다 죽은 인생도 덜 설움을 기라. 아무리 가차운 사이라 카지마는 노숙 때 만난 동상 아프단 소문 듣고 이 사람 저 사람 물어감서 기어이 찾아설랑 이 쪼매난 방에 들일 수 있간디. 그 동상이 병원 치료도 지대로 몬 받고 죽어뿐 뒤로 자네가 월매나 원통혀혔는지 동상도 알 것잉께 너무 애끓이지 마소. 생전 두 사람 사이에 워떤 사연이 있었는지 나는 몰르지만서도 솔직허니 피한 빵울 안 섞인 넘 아닌가벼. 넘이 죽었다고 자네처럼 식음작파허고 허구한 날 술 퍼마시다가 시상 버릴 뻔한 사람이 워딨냔 말여. 그 맴씨가 갸륵혀서 동상은 이 방서 쓸리 나갔시도 자네는 여기 남은 거 아닌가 싶구마.

동생도 여기 있을 줄 알았는데 말입니다.

금로 씨의 목이 메었다.

제가 죽고 나니까 할아버지, 필식 씨, 우리 아가, 이모님 다 보이는데 동생이 안 보여서 얼마나 원통했는지 모릅니다.

원통할 일 암것도 엄쏘.

필식 아저씨의 말은 달래는 것도 아니고 들쑤시는 것도 아니었다.

원통하기로 따지자면야 붕어나 고래나 매한가지. 토벌대가 빨치산 집이라꼬 불 싸지르는 통에 부모가 타 죽음서도 뒤주에 숨기고 잡아뗌서 살려낸 할배나, 베트남전서 미군이 뿌린 고엽제를 모기약으로 알고 몸에 처발랐다가 암이 주렁 주렁 열린 내나, 우리가 어디 인간이긴 했소. 평생 내장에 까 득찬 연기로 질식하듯 살다가 죽어서까지 복수한다꼬 뻑하 믄 낫을 가는 할배나, 그 씨부랄 독극물 때매 폐암에 걸리가 꼬 개미핥기도 아임서 핥핥핥 웃는 듯 우는 내나, 우리가 언 제 한번 그 잘난 국민으로 살아봤냐꼬. 어떤 놈은 빨갱이여서 저래 죽어 여기 있고 어떤 놈은 우국지사여서 이래 죽어 여기 있냐 말이지. 그냥 힘없고 빽 없고 우리 생각함서 향 한 줄 꽂 아줄 자식들도 없으이 귀신이 돼서까지 여서 눌러붙어 있는 기지. 안 굶어 죽겠다꼬 없는 피 뽑아 팔아묵음서 연명하다가 정작 빈혈로 쓰러져서 세상 하직한 형씨꺼정 말이오. 우리 원 통은 원통도 아니라꼬. 심심하믄 이 건물 다른 방들도 함 털 어보든가. 우리는 쩹도 안 되는 귀신들이 봄날 사쿠라 떨어지 듯이 후두둑 떨어질 거구마.

눈이 감겼다.

저들의 말소리가 틀어놓은 텔레비전 소리에 섞여 겨우 가 물가물해질 때였다. 올까 말까 재던 졸음이 고양이 간지럼 태 우듯 약 올리며 접근했다.

저 봐라 저 봐.

잠결에 필식 아저씨의 목소리를 들은 것 같았다. 언뜻 눈을 떴는데 나를 내려다보는 검은 물체의 반짝이는 눈과 마주쳤다. 다시 눈을 감았을 때 혼미한 의식 속에서도 소름이 돋았다. 뭔가 잘못되고 있다는 생각이 스쳤지만 얼어붙은 몸은 움직이지 않았다. 나는 계속 자는 척했다.

천하가 태평이구마. 왜구가 쳐들어오는 난리 통인디 음풍농월함서 나라 말아잡순 조선 간신배덜이 저 짝이었을 거여.

억근 할배가 한숨을 쉬었다.

금로 씨는 말보다 행동이었다. 방에서 미세한 기운들이 일었다. 벽에 걸린 옷걸이가 떨어졌다. 바람 없는 방에서 커튼이 흔들렸다. 수도꼭지 없는 방에서 물 떨어지는 소리가 났다. 필식 아저씨가 핥핥핥거렸고 아기의 콜록 소리도 까슬해졌다.

오매 이모꺼정 나서네.

뭘 하는지 숨이 턱에 찬 억근 할아버지의 목소리가 들렸다. 나를 타고 넘어가던 물체가 순간 멈칫하는 게 느껴졌다.

어여 일나라, 새꺄.

필식 아저씨가 나를 향해 버럭했다.

"으음. 뭐냐고."

나는 잠꼬대 흉내를 내며 몸을 뒤척였다. 심장 뛰는 소리가 들릴까 걱정하며 천천히 눈을 떴다. 나를 내려다보던 물체의 눈과 다시 마주쳤다. 머리가 쭈뼛했다. 그것은 내 눈을 피하지 않았고 나는 눈을 감을 수도 숨을 쉴 수도 없었다. 한동안 꼼짝하지 않던 그것이 천천히 몸을 돌리더니 창문을 넘어 밖으로 나갔다. 아래층에서 위층으로 올라가는 계단이 벽을 타고 이어진 건물이었다. 마음만 먹으면 계단 중간에 있는 창문으로 침입할 수 있었다. 필식 아저씨의 일장 훈계가 계속됐다.

아무리 더버도 창문을 저래 화들짝 열어놓고 자믄 우짜노. 도둑들아 어여 온나 하는 거가 뭐이가. 들와봐야 갖고 갈 것도 없으이 도둑만 쌩 고생이겠지마는 그래도 조심은 혀야 할 거 아이가. 저 자슥은 우리가 있어서 얼매나 다행인지 모를 거구마. 그간 우리가 쫓아준 도둑이 몇 놈이고. 도둑이 다 뭐꼬. 이사 안 나가는 집마다 찾아다님서 오줌 지르는 용역 놈덜 겁쥐가 그 쪼매한 꼬추들 뻔데기 맹근 기 몇 번인 줄 알 턱이 없지. 아이고 할배요, 우리가 점마한테 뭔 효도를 받겠다꼬 이래 헌신인교. 일마야. 단디 알그래이. 우리가 니놈 방을 지키는 거이 아니라 우리 사는 방을 깔끔히 지키는 거구마.

모르지 않았다.

나를 놀리고 씹고 야유했지만 그들은 내가 동거인이란 사실만큼은 부정하지 않았다. 나는 대대로 그 방에 살아온 세입자 중 한 명의 자격으로 그들 사이에 있었다. 날마다 다투는 할아버지 아저씨와, 그때마다 애써 화해시키는 금로 씨와, 작고 허약해 골골대기만 하는 아기와, 말이 없는 것인지 말을 못 하는 것인지 분명치 않은 이모와, 점 하나 크기로 쪼그

103

라들어 소멸 직전 상태로 붙어 있는 수많은 혼들처럼, 그들이 말끝마다 멍청하다고 비웃는 나 역시 그들에게 삐지고 투덜대고 화내는 그 방의 일원이었다.

모르지 않았지만 일부러 모른 척했다.

내가 무의식중에라도 그들의 목소리에 반응하면 그들은 내가 자신들의 말을 알아듣는다는 사실을 깨닫게 될 것이었다. 그 사실이 그들을 방에서 내몰 수도 있었다. 그들이 그 방을 떠나지 못하는 이유는 내가 그 방으로 이사 간 이유와 다르지 않았다. 그 방에 깃든 사람들은 언제든 떠날 준비가 돼 있었지만 어디로도 떠나지 못했다. 그들도 나도 쫓겨난 가난이 갈 수 있는 곳은 없었다. 공존이 생존하는 법이었다.

야야, 묵어도 좀 지대로 해서 묵어라. 불쌍히 뵈구로 그리 퍼묵지 말라니께 그라네.

젓가락 숟가락 부딪치며 냄비째 라면을 먹고 있으면 억근 할아버지의 혀 차는 소리가 들렸다. 한여름 에어컨 없는 방에서 내가 웃통을 벗을 때마다 필식 아저씨는 자기도 온통 벗고 있으면서 '점마까지 벗고 지랄이냐'며 이모의 눈치를 봤다. 편의점 밤샘 아르바이트를 끝내고 돌아온 내가 속이 뒤틀려 밤참으로 먹은 폐기 음식을 게워낼 때면 말없이 등을 두드려주는 금로 씨의 촉감 없는 손길이 느껴졌다. 수산물 도매시장에서 새벽 일을 마치고 비린내를 풍기며 학교 갈 준비를 할 땐 머지않아 바닥나 없어질 나를 걱정하며 이모가 말하는 듯했다.

나도 그랬지만 젊어서부터 그렇게 몸을 허비하면 머지않아 투명하게 증발할 거야. 젊은 사람들은 몰라. 젊음이 얼마나 쉽게 말라버리는지.

일주일 중 엿새는 눕지 않고 살던 때가 있었다. 밤새 일한 일터에서 곧바로 등교했다. 잠은 수업 없는 시간에 빈 강의실이나 잔디밭에서 구겨져서 잤다. 마지막 수업이 끝나면 집이 아닌 일터로 돌아가 다시 밤새워 일했다. 학교 과제와 시험공부는 쉬는 시간 틈틈이 하거나 유일한 휴일인 일요일에 몰아서 했다. 일요일은 일주일 치 잠을 몰아서 자는 날이기도 했지만 스물네 시간 꼬박 잠만 자도 일주일 치가 안 됐다. 자려고 누웠는데 잠이 들지 않으면 그렇게 애가 탈 수 없었다.

어느 일요일 새벽 오토바이 소리가 시끄러웠다. 집 앞에 집결한 10여 대의 오토바이가 동네를 짓밟을 듯 난폭한 소리로 공회전을 했다.

"씨발 새끼들."

신경이 날카로울 대로 날카로워진 나는 욕을 하며 벌떡 일어섰다. 참을 수 없는 분노로 핏대가 불거졌다. '조용히 안 하면 죽여버린다'며 고함을 지르려고 창문을 열던 나는 봤다. 나의 분노를 압도하는 분노로 가득한 얼굴들이 있었다. 몇 명인지 한눈에 파악되지 않는 10대 남자들이 골목 땅바닥에 우르르 앉아 분을 누르며 담배를 피우고 있었다. 그 분을 식히려 폭주를 뛰던 그들이 경찰 단속을 피해 달아나다 철거촌으로 숨어들었는지도 몰랐다. 대부분 삼선 슬리퍼를 신은 그들이 사포로 성대를 갈아 없애듯 가래를 뱉었다.

깍캭 캭 크크끅 꺄아아학 캬야아아아아아아아아아악.

내가 그때까지 들어본 가장 무서운 침 뱉는 소리였다. 그 모습과 그 소리에 공포를 느낀 나는 순식간에 기가 죽어 몸을 숨겼다. 창문 여는 소리에 그들 중 한 명이라도 나를 쳐다보지 않았을까, 그들이 내 방문을 깨부수고 쳐들어오진 않을까, 잠을 못 자 벌게진 눈을 손가락으로 누르며 나는 진심으로 두려웠다.

저 경우 없는 자슥들은 뭣이여?

점마 잠도 몬 자구로 이 신새벽에.

나의 격한 욕설이 의외라는 듯 잠자코 있던 혼들도 가래를 대포 쏘듯 뱉는 소리에 언짢아하고 있었다.

잠 부족한 우리 친구 쪽잠이라도 재우려면 가만히 있어선 안 되지 않겠습니까.

콜록콜록.

…….

그 이야기가 오간 직후였다. 갑자기 오토바이들이 일제히 시동을 걸더니 도망치듯 동네를 빠져나갔다. 몇 명이 지르는 겁먹은 비명을 들은 것도 같았다. 무슨 일인가 싶어 창문 틈으로 내다봤다. 오토바이는 한 대도 없었고 끈적한 침 자국들만 흥건했다. 골목 저편에 떨어진 삼선 슬리퍼 한쪽이 오토바이를 따라가지 못한 채 뒹굴고 있었다.

내 동거인들이 무슨 일을 벌였는지 나는 알지 못했다. 단지 내가 잠들 수 있도록 그들이 애쓴 것만은 틀림없다 믿으며 나는 깊은 잠 속으로 끌려갔다.

동네 전체가 묽어지고 있었다.

공사가 재개되면 완전히 사라질 동네였다. 재개발은 옛 동네에 새 옷을 입히는 것이 아니라 옛 동네를 뿌리 뽑고 전혀 다른 동네를 이식하는 일이었다.

죽어 묽어진 존재들이었다.

살았을 때 그들의 이야기를 들어주는 사람은 없었고, 죽어서도 그들의 삶을 기억해주거나 기록해주는 사람은 없었다. 죽은 그들이 끝없이 말을 쏟아내는 이유는 살았을 때 누구도 그들에게 귀 기울인 적 없기 때문이었다.

나도 묽은 사람이었다.

또렷하고 도드라진 사람들 사이에서 나는 그저 희미했다. 학교에서나, 직장에서나, 거리에서조차, 나는 선명한 사람들 틈에 끼어 있을 때면 화선지에 스민 옅은 먹물처럼 윤곽선이 지워졌다. 살아 있는 나나 죽은 그들이나 모두 묽었으므로 우리는 묽은 그 동네에 어울렸다. 내 겨드랑이 밑에 겸손하게 숨어 있던 묽점이 눈에 띄게 자신을 드러내기 시작한 것도 그 방에서였다.

그 방에서 서른을 맞은 나는 기자가 된 직후 그 방을 떠났다. 그 방을 떠났지만 나는 여전히 그 방에 있었다. 그 방의 혼들처럼 기록 없이 죽은 자들의 목소리가 어딜 가나 널려 있었다. 그 방에 필사적으로 달라붙은 혼들처럼 그 목소리들은 듣기 싫을 때도 듣지 않을 수 없도록 내 귀에 바짝 달라붙었다. 그 목소리들 위에 쌓인 먼지를 후후 불고 그 위에 찍힌 발자국을 살살 닦아내며 나는 그들을 받아 적었다. 죽은 자의 말을 적는다는 것은 건방진 일이었지만 뭉쳐지지 않는 혼이 말의 형태라도 갖추지 않으면 그들의 흐린 기척을 더듬을 방법이 산 자들에겐 없었다. 그냥 두면 깨끗이 흩어질 그들의 이야기를 쓰는 것은 그냥 두면 묽어져 없어질 나를 붙드는 일이기도 했다.

콜록.

혼의 시간도 한철이었다. 중단된 재개발이 마무리되고 분양이 완료됐다는 소식을 듣고 찾아갔을 때 말끔하게 솟은 아파트 숲 어디에도 그들의 기척은 남아 있지 않았다. 얇고 가늘고 미약해 정전기만큼도 거슬리지 않는 혼으로서 그들은 포클레인이 벽을 밀고 들어올 때까지 최선을 다했을 것이다. 뜻을 갖지 못한 음성기호로 무시되더라도 가진 것이 그 소리밖에 없는 혼들은 여름의 끝을 예견한 매미처럼 동정 없는 청각신경들을 향해 끈질기게 발성했을 것이다. 이모의 말 없음까지 대변하느라 폐활량이랄 것도 없는 아기가 숨을 모아 최대 성량을 뽑아 올렸을 것이다.

콜록콜록.

18

쿨룩쿨룩.

기침이 거칠어진다. 쇳가루가 폐에 쌓여 내는 소리
는 뱉어보지도 못하고 산화돼버린 말들이 목구멍
까지 쌓였다는 신호일지 모른다.

해머로 철판을 깡깡깡 때리는 소리가 귀마개를 뚫
는다. 쇠를 자르고 두드리고 이어 붙이는 소리가
해안선을 긁으며 쇳소리를 낸다. 잘리고 얻어맞고
엉겨 붙으며 쇠가 쩌렁쩌렁 운 뒤에야 배는 바다에
뜬다. 조용한 쇠는 배가 될 수 없다.

용접복에 갇힌 몸이 땀 속을 헤엄친다. 땀에 전 피
부에 비늘이 맺힌다. 가슴에서 돋은 지느러미는 용
접에 방해되지 않도록 등으로 휘어진다. 예민한 청
각은 작업장 소음에 시달리다 예민한 죗값을 치른
다. 귀마개를 하지 않아도 서로의 비명을 듣지 못
한다.

선체 블록에 비계발판들이 층층으로 매달려 있다.
평생 아무리 많은 발판을 올라도 원청으로 가는 계
단엔 가 닿지 못한다. 십수만 톤의 쇳덩이를 바다

110

에 띄우느라 사람 추락하는 일이 흔한 곳에서 하청은 언제나 하층. 바다만큼 깊은 바닥. 떨어지면 부서지기 가장 좋은 높이다.

세로로 쇠막대 1미터를 세우고 가로로 쇠막대 1미터를 잇는다. 까치집 크기의 직사각형 쇠틀 안으로 기어 들어간다. 달빛 아래서 용접꽃이 활짝 핀다. 쿨룩쿨룩. 단순한 기침에도 뜻이 있음을 모른 척하는 세계에 말 걸기 위해 쇠틀을 봉쇄한다.

19

아발로키테슈바라.

두통과 이명을 견딜 수 없어 찾아간 바다였다. 바다를 접한 낮은 산 위에서 그가 수평선을 바라봤다. 두통과 이명은 호흡이 잘 맞았다. 두통이 심해질 땐 이명도 세졌고, 이명이 세지면 두통은 머리를 눌러 짰다. 아발로키테슈비라. 차가운 바닷바람을 맞으며 파도 소리를 귀에 넣으면 이명이 잔잔해지고 두통도 잦아들길 바랐다. 이명이 파도 소리를 뚫고 나오자 바닷바람도 두통을 모른 척하며 뜨끈하게 달아올랐다. 아발로키테슈바라. 이 소리는 안 들리십니까. 주문을 외우듯 그를 불렀지만 소용이 없었다. 세상의 모든 소리를 살핀다[7]는 그도 이명만큼은 살펴주지 못했다.

바닷새들이 떼로 울었다.

파도가 밀려오는 해변을 걷고 있으면 이명이 파도를 앞질러 밀려왔다. 두통이 만수위까지 차올랐을 땐 머리를 떼서 발로 차버리고 싶었다. 잘못 그린 그림 위에 물감을 떡칠하듯 귀에 이 음악 저 음악을 마구 집어넣었다. 귓구멍으로 새가 들어올 줄은 몰랐다.

7   관세음(觀世音).

드보르자크를 듣고 있었다. 이명을 이기려면 웅장한 오케스트라 연주 정도는 돼야 한다고 생각했다. 당연히 <신세계로부터>였다. 음악에 문외한이던 내가 고등학생 때 유일하게 구입했던 클래식 음반이었다.

학교 맞은편에 작은 기차역이 있었다. 정차하는 기차보다 통과하는 기차가 더 많은 간이역이었다. 당시 철도청의 방침이었는지 역장의 취향이었는지는 모르지만 아침 7시 정각이 되면 <신세계로부터>가 울려 퍼졌다. 곡은 언제나 앞부분을 잘라먹고 4악장부터 시작했다. 씩씩거리며 달려 나가는 증기기관차의 발차 소리를 묘사했다는 도입부는 씩씩거리며 아무 데나 전속력으로 들이박고 싶던 10대의 내 귀를 붙잡았다. 곡이 속도를 끌어 올리는 동안 바람을 일으키며 질주하는 기차 소리는 개표구 앞에 삐딱하게 서 있던 내 갑갑함까지 채어 갈 만큼 속 시원했다. 언제부턴가 나는 '그 순간 그 음악'을 들으러 시간 맞춰 역에 갔다. 등교 전 기차 바퀴와 오케스트라의 빵빵한 합주를 듣고 나면 학교에서도 쭈글쭈글한 마음이 조금은 펴지는 것 같았다.

풋내 가득한 기억이 지금은 전철역으로 바뀐 옛 기차역 앞을 서성이고 있을 때였다. 음원 앱이 드보르자크의 다음 곡을 재생했다.

체코슬로바키아의 스메타나 콰르텟이 1967년 녹음한 현악 4중주 12번이었다. 2악장에서 애잔함과 그리움을 실어 깊고 느리게 흐르던 선율이 3악장으로 넘어가면서 경쾌한 박자를 탔다. 새소리가 끼어들었다.

새들이 모래사장에서 발맞춰 뛰며 놀았고, 수컷들은 날개를 부딪치며 힘을 겨뤘다. 수면 위를 낮게 날며 물고기를 잡아채기도 했다. 계절을 무시하듯 햇살은 따끔거렸고, 공기는 텁텁했으며, 철모르고 찾아온 새들은 기운이 뻗쳤다. 저음의 첼로를 찌르며 바이올린이 급상승하는 순간 쇳소리가 돌출했다. 새들이 날아올랐다. 거대 육식 조류에게 쫓기는 작고 어린 새가 전속력으로 도망치다 해안 절벽을 들이박으며 비명을 질렀다.

안토닌 드보르자크(1841~1904)는 1892년 미국 국립음악원 원장으로 초빙됐다. 프라하음악원 교수로는 꿈꿀 수 없는 연봉을 제안받고 그해 가을 체코슬로바키아에서 미국으로 건너갔다. 발견해줄 필요 없는 땅을 콜럼버스가 굳이 발견했다고 선언한 지 400년 되는 해였다. 드보르자크는 미국 도착 1년 만에 <신세계로부터>를 작곡했다. 광대하게 펼쳐진 대륙의 에너지와, 팽창하는 대도시의 낙관과, 발전을 끌고 미는 노예들의 신음과, 그 세계로부터 쫓겨난 원주민들의 비탄이 달궈진 증기처럼 곡을 몰아쳤다.

교향곡을 쓴 직후 드보르자크는 아이오와주의 작은 마을로 휴가를 떠났다. 마을에서 그는 새벽 산책으로 하루를 시작했다. 강과 숲을 따라 걸으며 그를 감싸는 소리들에 귀 기울였다. 산책길에서 그는 빨간 몸에 까만 날개를 가진 새를 만났다. 울음소리가 독특했다. 그 새의 소리를 음표로 붙잡아 현악 4중주 12번 3악장을 작곡했다.

그가 산책길에서 본 새가 무엇이었는지는 지금까지도 논쟁거리지만 그 바닷가에서 내가 들은 쇳소리는 새소리였다.

3악장이 시작되자마자 새들이 깡충깡충 튀었다. 발에 스프링을 단 것처럼 몸을 퉁겼다. 사방에서 툭툭 튀어나온 새들이 데리고 나온 강아지처럼 몇 걸음 앞에서 나를 돌아보며 콩콩콩 뛰었다. 이명이 쇳소리와 새소리의 구분을 없애면서 새들이 깃털을 곤두세웠다. 내 머리 위로 올라와 껑충껑충 밟았다. 발톱 세운 발로 쿵쿵쿵 찧었고 뾰족한 부리로 쿡쿡쿡 쪼았다.

세상의 새란 새는 모두 모인 것 같았다. 히치콕의 새들처럼 하늘 가득 새까맣게 몰려왔다. 귓구멍으로 머리를 들이밀며 내 불안의 방 한가운데로 침입을 시도했다. 깍깍 캭 크크끅 꺄아아학 캬야아아아아아아아악. 사포로 성대를 갈아 없애듯 문밖에서 괴성을 질렀다. 날개 스치는 소리, 몸통 부딪치는 소리, 창틀에서 자리를 다투는 소리, 유리창에 부딪혀 떨어지는 소리도 들렸다. 강력한 부리를 가진 새들은 창문 따위는 무시하고 현관을 집중 겨냥했다. 부리로 탕탕 탕 탕탕탕 때리는 소리를 들으며 나는 저 작은 두뇌 안에 어떤 기억이 쌓여 있기에 이토록 정확하고 집요하게 나를 파괴하려 드는

지 궁금했다.[8] 나는 바닷가로 뛰어가 바위 구석에 허리를 꺾었다. 세상 귀여운 척하다 돌변한 새들의 정체를 궁금해하며 맹렬하게 토했다.

바다는 끊임없이 물을 밀어 보냈다. 밀려오며 파도가 된 물이 바위 밑을 들이박고 토사물을 데려갔다. 이명에게 두들겨 맞은 파도가 엉엉 울며 엄마한테 이르듯 바다로 쪼르르 달려갔다.

파도가 도망간 깊은 바다로 배는 나아갔다.

내비게이션 경고음을 무시하며 100어 차례 속도위반을 하기까지 브레이크를 밟지 못한 아빠가 그 배에 있었다.

배가 뜨기 전 항구는 빨갛게 달궈진 프라이팬이었다. 소리들이 절절 끓었다. 진척 없는 구조에 절망한 실종자 가족들의 분노가 사방으로 튀었다. 뜨거운 기름에 떨어진 물방울들처럼 온몸을 튕겨내며 반발했다. 살려내라 고함치고, 살려달라 애원하고, 고함치다 탈진하고, 애원하다 실신하는 소리들이 항구에 고여 스스로를 태웠다. 그 상태 그대로 식지 않으면 살과 뼈와 마음까지 무엇 하나 남지 않고 모조리 녹아 없어질 것 같았다. 도대체 왜 구조하지 않는 거냐며 그 아빠가 프라이팬 한가운데서 벌겋게 익은 얼굴로 소리치고 있었다. 가족들이 조명탄 솟는 먼바다를 바라보며 돌처럼 앉아 이튿날을

---

8 영국 작가 대프니 듀 모리에의 단편소설 <새>의 마지막 장면에서 빌린 표현. 이 단편은 앨프리드 히치콕의 영화 <새>의 원작이 됐다.

맞았을 때 여객선은 겨우 수면 위에 머리꼭지만 남겨놓고 있었다.

여객선 침몰 뒤 실종자 가족들을 모두 태워 바다로 나간 첫 배였다.

가족들의 요구로 긴급하게 준비된 배는 자동차나 화물을 적재하는 공간이 대부분이었다. 배에 오른 가족들은 서거나 쪼그려 앉아 거세고 차가운 바닷바람을 맞았다. 파도의 요동을 감각하자마자 그들은 오열했다. 배 안에 갇혀 그 파도에 요동치고 있을 아들딸의 이름을 부르며 목 놓아 울었다.

그날 그 배에 나도 있었다.

나는 승선이 금지된 사람이었다. 참사 하루 만에 언론은 모두의 적이 돼 있었다. 치명적인 오보와 무신경한 보도로 승객을 버리고 탈출한 선장만큼이나 저주받았다. 구조에 실패한 국가만큼이나 사실을 알리는 데 실패한 참사의 책임자들이었다. "기자 새끼들 다 죽여버린다"는 소리가 출항 직전 항구에서 쏟아졌다. 기자들 옷을 잡아당기거나 주먹으로 치려는 사람들도 있었다. 사다리를 밟고 서서 촬영하던 방송사 카메라를 손들이 에워싸며 끌어 내렸다. 가족들은 "있는 그대로 생중계하겠다"는 다짐을 받고 방송사 한 곳만 배에 태웠다. 다른 기자들이 올라타지 않는지 지켜보는 성난 눈들이 배 안에 가득했다.

무서웠다.

기자란 직업을 드러내는 일이 처음으로 두려웠다. 부끄러
웠다. 참담했다.

배가 승선을 마치고 엔진 시동을 걸었다. 나는 취재 수첩과
볼펜을 옷 속에 감췄다. 사진기자에겐 항구에 있으라고 한 뒤
실종자 가족인 것처럼 배에 올랐다. 어떻게든 현장을 봐야 한다
는 생각으로 탄 배였지만 기자처럼 보일까 봐 마음을 졸였다.

배는 느리게 움직였다.

달려도 기어간다고 느낄 가족들이 기어가는 배 안에서 발
을 굴렀다. 먹구름이 비를 뿌렸다. 파도가 질긴 근육을 자랑하
며 배를 상하좌우로 흔들었다. 예고된 비와 바람이었다. 가족
들은 비바람이 파도를 자극하지 않도록 하늘에 빌고 바다에
빌었다. 주저앉아 머리를 바닥에 닿도록 숙이고 기도했다. 주
저앉지도 못한 사람들은 목을 길게 빼고 바다 너머를 살폈다.

해양경찰 수색선이 배를 앞질러 지나갔다.

"꼭 구해달라"는 외침들이 도망자 쫓듯 수색선을 뒤쫓았다.
수색선이 곡선을 그리며 휘어지는 방향으로 여러 척의 군함
들이 떠 있었다. 출항 한 시간 40여 분 만에 배가 멈췄다. 침
몰 장소를 500여 미터 앞둔 위치였다. 수색에 방해돼 더는 가
까이 갈 수 없다고 선장이 확성기로 말했다. 가족들이 크고
작은 선박들 사이에서 여객선을 찾았다. 길이 146미터짜리
쇳덩이가 수평선 위로 점 하나 크기만큼만 남아 있었다. 여객
선의 머리카락 한 올이었다. 관세음보살의 눈에도 보이지 않

을 크기였다.

사랑해, 사랑해, 사랑해.

심장에서 꺼낸 뜨거운 말들이 다신 기회가 없을 것처럼 다급하게 배출됐다. 시선이 닿는 거리에 자식들을 두고도 다가가지 못하는 부모들이 그 말이라도 파도에 실어 보내려는 듯 남은 힘을 다해 "사랑해"를 짜냈다. 기진한 엄마들이 정신을 잃고 쓰러졌다. 배는 오래 머무르지 않았다. 응급 환자 발생과 기상 악화를 이유로 선장이 배를 돌렸다.

"안 돼. 그만둬."

아버지들 중 한 명이 뱃머리로 올라가 소리쳤다. "회항하면 바다로 뛰어내리겠다"며 뒷걸음쳤다. 배는 아랑곳하지 않았다.

조타실 외벽에 설치된 백미러가 한 남자를 비췄다.

얼굴이 파랬다. 얇은 옷이 세찬 바람을 막지 못해 빨갛게 쓸린 목덜미와 대조를 이뤘다. 후드티셔츠 모자를 뒤집어쓰고 끈을 바짝 잡아당겼지만 얼굴과 목덜미가 잃어버린 색깔은 돌아오지 않았다.

남자는 파랗다 못해 검게 탄 얼굴들 사이에 있었다. 바닷바람이 오랜 시간 천천히 부식시킨 철제 거울 안에서 만 하루도 안 돼 부식된 얼굴들이 부서져 내렸다. 소금기 가득한 바람을 맞고 바짝 말라버려 녹슨 쇳가루처럼 떨어지고 있었다.

남자는 그 배에서 가장 조용한 사람이었다. 물속에 두고 온 이름들을 부르며 울부짖는 사람들 틈에서 그는 아무 말이 없었다. 애끓는 소리들에 둘러싸여 입을 꽉 다물고 바다만 바라봤다. 남자는 자신의 숨소리에도 긴장한 듯했다.

그는 배에 탔을 때부터 거울 안에 들어와 있었다. 조타실 옆 난간에 밧줄로 꽁꽁 묶인 것처럼 한자리에서 꼼짝하지 않았다. 몸을 주체할 수 없이 떨면서도 얼굴은 딱딱하게 얼어 있었다. 그를 얼린 것은 추위가 아니라 공포였다.

그는, 거울 속의 나는, 겁에 질려 있었다.

실종자 가족들이 또렷한 슬픔과 분노로 울고 있을 때 나는 내가 왜 우는지도 모른 채 울었다. 나는 그 배에서 아무것도 하지 못했다. 기자 신분이 들통날까 두려운 것인지, 어디서도 본 적 없는 애통의 끝을 봐버렸기 때문인지, 찾아도 찾을 수 없는 국가의 실종을 목격해서인지, 여객선의 선내 방송에 복종하듯 나는 가만히 있었다.

수첩과 볼펜은 꺼내지도 못했다. 누구에게도 질문할 용기가 나지 않았고, 무엇을 질문해야 할지도 떠오르지 않았다. 질문을 했다가 거꾸로 질문을 받을까 걱정됐다. 질문하는 직업을 가진 자가 질문해야 할 상대를 찾지 못하고 있을 때 답을 기다리다 지친 사람들이 스스로 국가를 향해 질문하고 있었다. 눈 마주치는 사람들마다 '너는 왜 여기서 묻고 있냐'고 묻는 듯했다. 물어야 할 것은 우리의 심정이 아니라 단 한 사람도 구조하지 못한 이유가 아니냐고 되묻는 것 같았다. 질문할 권리와, 질문할 책임과, 질문하는 폭력 사이에서, 나는 그

동안 내가 뿌린 질문들이 어디쯤 굴러다니고 있을지 생각해 본 적이 없었다.

참사는 여객선만 가라앉힌 것이 아니었다. 묻고 쓰고 전하는 자들의 언어를 통째로 바다에 빠뜨렸다. 어떤 단어와 어떤 문장으로도 침몰한 배를 건져내지 못했다. 물살 세찬 바다에 둥둥 뜬 언어들이 구조선에 올라타지 못한 채 허우적거렸다. 그날 그 배는 기자가 된 뒤 내가 겪은 가장 공포스러운 취재 현장이었다.

등 뒤에서 전화 통화 소리가 들렸다. 집에 혼자 있을 아들에게 엄마가 말했다.

"형아 찾아서 갈 거야. 그런 일 없어. 꼭 찾아서 데려갈 거니까 울지 마."

나오지 않는 목소리를 끄집어내 아들을 달래던 엄마가 거울 안에서 이를 악물고 있었다. 엄마는 점점 멀어지는 여객선에서 눈을 떼지 못했다.

사물이 눈에 보이는 것보다 가까이 있어요.

백미러 하단에서 반쯤 지워진 문장이 말했다. 엄마 눈엔 커다랗게 보이는 여객선의 형체가 거울에선 한참 전에 사라지고 없었다. 거울은 무언가를 비췄지만 멀리 밀어내 비췄다. 언론은 사회를 비추는 거울이라고 했지만 너무 동떨어져 비추면 아무것도 보여주지 못했다.

갈매기들이 끼룩거리며 배 위를 선회했다. 바다보다 깊은 바닥에서 인간의 울음소리를 듣고 놀란 갈매기들이 떼 지어 울었다. 깃털을 곤두세웠다.

20

아이오와주에서 휴가 중이던 드보르자크ᴗᴗ 한 권의 책에 빠져 지냈다.

1년 전(1892년) 출간된 성공회 신부의 ᴗᴗ고집이었다. 뉴욕 주의 사제였던 시미언 피즈 체니는 새소ᴗ를 기보한 최초의 작곡가였다.[9] 그는 자연의 모든 소리들을 ᴗ악으로 감지했다. 쥐, 개구리와 두꺼비, 풀들의 소리를 모았ᴗ 수도꼭지에서 양 동이로 떨어지는 물방울 소리를 채집했다. ᴗ아지는 소나기 소리와 겨울바람에 옷걸이가 흔들리는 소리, ᴗ작에서 불꽃 이 튀는 소리, 경첩에 매달린 문이 삐걱대는 소리ᴗ 받아 적었 다. 물과 불, 적도와 극지, 생물과 무생물, 거대 야수ᴗ 작은 곤 충, 그 사이의 모든 존재들이 만들어내는 리듬에 경탄했ᴗ

신부가 가장 집중해서 귀 기울인 대상은 새였다. 온갖 새들 의 지저귐을 오선지로 옮겼다. 둥지를 틀고, 날개를 파닥이

---

9 시미언 피즈 체니(1818~1890)는 새들의 소리를 묘사한 글과 악보를 책 (《Woods Notes Wilds》)으로 남겼다. 프랑스 작가 파스칼 키냐르는 체니 신부 의 이야기에 상상을 더해 소설 《우리가 사랑했던 정원에서》(송의경 옮김, 프란 츠, 2019년)를 썼다. 소설에서 신부는 세상을 떠난 아내를 그리워하며 아내가 사랑했던 정원에서 종일 시간을 보내는 인물로 재창조된다. 그는 사제의 일을 소홀히 하면서까지 정원에서 들리는 모든 소리를 기보한다. 소설에선 딸이 아 버지의 작업을 정리해 유고집을 펴내지만 현실에선 신부의 아들이 자비를 들 여 그 일을 한다.

고, 새끼를 낳아 먹이고, 계절 따라 떠나고 돌아오는 소리들이 그의 악보에 내려앉았다. 파랑새의 애절한 울음소리에 음표를 붙여 D단조를 부여하거나, 울새 소리에 맞는 키를 찾으려고 비 오는 새벽 정원을 서성였다. 박새, 딱새, 꾀꼬리, 쏙독새, 아비새, 종다리, 풍금새, 딱따구리, 황금방울새, 흰목참새, 쌀먹이새, 목도리뇌조, 수리부엉이, 붉은눈비레오, 붉은배지빠귀, 붉은가슴밀화부리새……. 마흔두 종의 새와 새의 자격을 얻지 못한 암탉의 소리가 그를 만나 멜로디를 얻었다.[10]

신부 이전엔 미국에서 누구도 새소리에서 음악을 길어낼 생각을 하지 않았다. 자연의 소리는 스스로 음악이 될 수 없다는 학자들의 비웃음을 반박하며 그는 이 지구가 얼마나 아름다운 음악으로 가득 차 있는지 논증했다. 그는 책 서문의 마지막 문장을 메시아의 일갈로 대신했다.

들을 귀 있는 자는 들을지어다.[11]

드보르자크가 신부의 유고집을 읽은 것은 사망 3년 뒤였다. 그도 신부처럼 산책길에서 만난 새들을 관찰하며 소리를 기보하기 시작했다. 그의 현악 4중주 12번 3악장은 체니 신부의 작업에 영감을 받아 탄생한 곡이었다.

들을 귀 있는 자들에게도 혼란스러운 소리가 있었다.

10 Simeon Pease Cheney 《Woods Notes Wilds: Notations of Bird Music》 (Lee and Shepard Publishers, 1892).

11 <마태복음> 11장 15절이 전하는 예수의 말.

드보르자크의 악보에 앉았던 새가 어느 날 학문과 과학의 세계로 끌려 나왔다. 12번 3악장이 소리를 딴 새에 의문을 품는 사람들이 있었다. 무슨 새인지에 따라 그 소리를 본뜬 곡을 이해하는 방식도 달라진다고 그들은 주장했다. 정작 드보르자크는 생전에 새의 이름을 말한 적이 없었다.

곡 탄생 60여 년이 지났을 때 한 새가 호명됐다. 드보르자크의 전기를 쓴 영국인 작가 존 클래펌이 1954년 '그 새'로 풍금새(scarlet tanager)를 지목했다. 작곡가의 개인 비서였던 요제프 얀 코바르지크가 1927년 다른 전기 작가이자 체코의 음악학자인 오타카르 슈레크에게 보낸 편지가 추측의 근거가 됐다. 몸이 빨갛고 날개가 까만 새에 대한 드보르자크의 목격담을 전하며 그 소리가 3악장 작곡의 기초가 됐다고 비서는 썼다. 드보르자크의 묘사는 풍금새의 모습과 동일했다. 존 클래펌은 풍금새의 노랫소리가 매우 빠르고 노래와 노래 사이의 간격이 짧아 드보르자크의 곡과 일치하지 않는다는 사실을 인정하면서도 결론을 바꾸진 않았다.[12] 그의 의견은 오랫동안 정설로 받아들여졌다.

반박 주장은 60여 년이 한 번 더 흐른 뒤 나왔다. 미국의 조류 전문가 테드 플로이드가 2016년 '그 새'는 풍금새가 아니라 붉은눈비레오(red-eyed vireo)란 견해를 냈다. 3악장의 박자와 리듬이 붉은눈비레오의 소리에 가깝다는 사실이 근

---

12 'Dvořák and the Impact of America', John Clapham.

거였다.[13] 5년 뒤 미국 칼턴대학교 생물학과 교수 마크 J. 매콘은 아이오와주에 서식하는 조류를 전수 조사했다. 드보르자크의 말과 일치하는 외모는 풍금새뿐인 반면 3악장의 스케르초는 확실히 붉은눈비레오의 소리를 닮았다고 확인했다. 모습과 소리의 불일치가 혼란을 키웠다. 그는 코바르지크가 편지에서 사용한 표현에 주목했다. 코바르지크는 '드보르자크가 그 새를 꼬박 한 시간 동안 관찰했다'고 썼다. '관찰했다(watched)'에 해당하는 체코어 'sledoval'엔 '따라다녔다(followed)'나 '뒤쫓았다(pursued)', '추적했다(tracked)'의 뜻도 있었다. 드보르자크가 눈앞의 새를 관찰한 것이 아니라 소리만 들리고 보이진 않는 새를 찾아다녔다는 의미일 수도 있다고 그는 해석했다. 다양한 가설과 데이터들을 검토한 끝에 그의 논문[14]은 테드 플로이드를 지지했다. 그의 논리와 여러 기록들을 토대로 1893년 6월 6일부터 8일 사이의 어느 날 아침을 재구성하면 이렇게 된다.

6월 5일 드보르자크가 스필빌에 도착한다. 그의 스필빌 여행엔 코바르지크의 제안이 영향을 미쳤다. 스필빌은 코바르지크가 어린 시절을 보냈고 그의 부모가 여전히 살고 있는 마을이었다.

---

13 'Reassessment of a Scarlet Tanager', Ted Floyd.

14 <Nineteenth-Century Music Review>, Volume 18, Issue 3, December 2021, Cambridge University Press.

이틀째 또는 사흘째 날 이른 아침 드보르자크는 첫 산책을 나선다. 날씨가 맑고 기온은 적당하다.[15] 숲과 강가를 천천히 걷는다. 새소리가 들린다. 귀를 기울인다. 소리가 특이하다. 체니 신부의 책을 읽고 있던 그도 그 소리를 기보하고 싶어진다. 청각을 가다듬고 소리의 출처를 찾아다닌다. 빨간 몸에 검은 날개를 가진 새가 그의 눈앞에 나타난다.

소리를 잊어버리기 전에 서둘러 숙소로 돌아온다. 새소리를 떠올리며 현악 4중주 12번 3악장의 뼈대를 만든다. 사흘 만에 곡의 스케치를 모두 끝낸다. <신세계로부터>에 뒤지지 않는 빛나는 곡이 탄생한다. 바이올린을 들고 코바르지크와 연주해본다.

"이런 빌어먹을 새."

바이올린이 고음을 뽑아내는 순간 드보르자크가 침을 뱉으며 소리친다. 코바르지크가 놀라 쳐다본다.

"내 연주가 새소리를 따라가지 못하는구나."[16]

드보르자크가 탄식하며 곡의 기초가 된 새의 생김새를 비서에게 설명한다. 그의 죽음 뒤 곡의 명성이 높아지면서 곡에 얽힌 새의 이야기도 전설이 된다.

마크 J. 매콘 논문의 결론은 '드보르자크의 착각'이었다. 눈

---

15 후대 연구자들이 미국 해양대기청과 국립환경정보센터의 과거 날씨를 확인한 결과 1893년 6월 6일부터 9일까지 스필빌엔 비가 내리지 않았다. 기온은 최저 섭씨 7~15도에서 최고 24~28도였다.

16 《Three Years with the Maestro》, Nová and Vejvodová.

으로 본 새와 귀로 들은 소리의 주인공이 달랐다는 사실을 작곡가는 알지 못했다. 빨강과 검정의 강렬한 색깔로 뒤덮인 풍금새는 당시 아이오와에서 가장 눈에 잘 띄는 조류였다. 붉은눈비레오는 칙칙한 색의 깃털을 가진 데다 높은 곳에 집을 짓는 탓에 쉽게 관찰되지 않았다. 산책길에서 붉은눈비레오의 소리를 들은 드보르자크가 두리번거리고 있을 때 그의 눈에 풍금새가 들어왔다. 그는 서로 다른 두 새를 하나의 새라고 인식[17]했다. 새의 정체를 둘러싼 오랜 논쟁이 작곡가 사후 100년도 더 지나 도달한 추정이었다.

누구 탓이든 새들은 관심이 없었다. 자신이 무엇이든 그저 자기 소리를 낼 뿐이었다. 그들의 소리를 음악으로 만든 것도, 그 소리가 누구 것인지 규명하는 것도, 동의하고 반박하는 것도 모두 그들과는 상관없는 인간의 일이었다. 논쟁과 멀찍이 떨어진 높이에서 새들은 그때나 지금이나 인간이 아니라 자신들을 위해 노래[18]했다.

---

17 테드 플로이드가 유추한 드보르자크의 실수는 마크 J. 매콘과 비슷하면서도 차이가 있었다. 그는 추정하지 않고 단정한다. "스필빌에서 현악 4중주 작곡을 막 시작한 드보르자크는 짜증스러울 만큼 쉴 새 없이 지저귀는 새소리를 들었다. 미국 새에 대한 지식이 부족했던 드보르자크가 누군가에게 새 이름을 물었을 때 풍금새란 답변을 받았다." 'How to Know the Birds: No. 10. Dvořák's Vireo', Ted Floyd. <AmericanBirding>, June 18, 2019.

18 체니 신부의 책엔 풍금새와 붉은눈비레오에 대한 묘사가 모두 나온다. 따로 관찰해 따로 기보했다. 그의 기록도 드보르자크 연구자들의 의견과 닮아 있다. 풍금새의 생김새는 경쟁자가 없을 만큼 아름다운데 소리의 특색은 두드러지지 않고, 붉은눈비레오의 맑고 높은 소리를 듣긴 쉬워도 노래하는 모습을 눈으로 보긴 어렵다. 상관없이 살아온 두 새가 한데 묶여 비교 대상이 된 것은 드보르자크 사후 한 세기가 지난 뒤였다.

바장조. 포르테 알레그로. 16분음표 라시도, 16분음표 라시도, 16분음표 라시도, 8분음표 시, 8분쉼표, 16분음표 라시도, 16분음표 라시도, 16분음표 시라시.

체니 신부가 풍금새의 수려한 외모에 맞설 유일한 라이벌로 꼽은 새의 소리[19]였다. 위층 아이가 "못 찾겠다"며 악을 쓰는 바람에 내 방으로 탈출해 날아다니던 새 소리가 이렇게 상쾌했다니.

나를 향해 낄낄대던 그 소리가.

---

19 체니 신부가 책《Woods Notes Wilds》에 기보한 미국 꾀꼬리(Baltimore Oriole) 소리.

21

목, 숨, 값, 달, 라.

붉은 페인트로 빌딩 외벽에 휘갈겨 쓴 문장을 잡지 기사로 읽는다.

"어떤 느낌일까 정말 새들처럼 나는 기분 세상 모든 것이 점처럼 보여지겠지."

서점 스피커가 서점에 어울리지 않는 랩을 뱉는다. 어떤 느낌?

작아지는 기분은 내가 작을 때가 아니라 나를 작게 볼 때 온다. 높은 곳에서 내려다보는 사람은 세상 모든 것이 점처럼 보이겠지만 높은 곳에 매달려 있는 사람은 세상 모든 것들로부터 점처럼 보인다.

서점 계단에 앉아 잡지를 넘기고 있을 때 네다섯 살쯤 돼 보이는 남자아이가 영차영차 계단을 기어오른다. 한 칸 한 칸 등산하듯 오르더니 내 옆에 앉는다. 낑낑거리며 신발을 벗고 다리를 쭉 편다. 내 왼쪽 다리에 등을 기대고 그림책을 펼친다. 진지한 얼굴로 한 장 한 장 넘긴다. 내 다리를 의자 등받이라고 생각하는지 아이의 등에 점점 몸무게가 실린다. 다리에 아이의 온기가 느껴진다. 아이는 나를 쳐다보지도 않고 그림책에 몰두한다. 고대 농경신의 그림을 한참 동안 들여다본다. 아이를 내버려둔 채 나도 잡지를 계속 읽는다.

빌딩에서 내려온 노동자가 경찰 조사를 받는다. "그러다 죽을 수도 있었다"는 경찰의 말에 그가 냉소한다. "줄을 끊을 각오로 빌딩 벽에 올랐다"며 그가 충혈된 눈으로 진술한다. 목숨 건 인간의 문장을 만나면 심장이 욱신거린다. 문장에 맞아 휘청거리는 사람도 몸의 절반이 심장이다. 심장은 아파도 문장을 원망하진 않는다. 박동은 본래 심장의 일이다.

한여름 햇볕에 탄 그의 날갯죽지가 새까맣다. 날지 못하는 인류가 조류의 감각을 탐하며 붙인 신체 부위의 이름이 지나치게 사치스럽다고 나는 생각한다. 죽지에 붙은 것이 팔이 아니라 글자 그대로 날개였다면 그는 매달리지 않고도 목숨값을 요구할 수 있었을까. 아닐 것이다.

우빈아.

맞은편 서가에서 엄마가 아이를 부른다.

여기 있으면 어떡해.

아이를 데려가던 엄마가 의심 어린 눈으로 나를 쳐다본다. 엄마 손에 이끌려 가던 아이가 처음으로 내 얼굴을 본다. 나는 손을 흔들어준다. 아이가 엄마를 따라간 뒤에도 아이가 기댔던 왼쪽 다리가 따뜻하다.

경찰서를 나온 노동자는 마음의 불이 꺼지지 않아 편의점에서 깡소주를 사 마신다. 늦은 밤 집으로 돌아가는 그의 손엔 아들에게 줄 화집 한 권이 들려 있다. 현관문을 열자 오지 않는 아빠를 기다리던 아들이 지쳐 잠들어 있다.

우빈아.

불러도 아들은 눈을 뜨지 않는다.

말없이 아들의 얼굴을 바라보던 아빠가 집까지 동행한 기자에게 말한다.

화가가 꿈인 아이입니다.

그가 몸을 일으켜 냉장고 문을 연다. 냉장고 불빛에 비친 얼굴이 환하게 맑다. 그가 물병에 입을 대고 벌컥벌컥 마신다. 목구멍을 타고 내려가는 울분이 엑스레이에 찍히듯 포착된다.

너도 목말랐지?

물병을 들고 식탁으로 걸어가 화분에 붓는다. 콩이 시들고 있다.

우빈아. 뛰면 안 돼.

엄마가 주의를 주지만 아이는 서가 사이를 멈추지

않고 달린다. 나는 잡지 기사 속 우빈이란 이름과 엄마를 피해 달아나는 우빈이를 번갈아 쳐다본다. 아닐 거야.

읽던 잡지를 사서 집으로 돌아온다. 지하철 안에서 마저 읽은 잡지를 방구석 책 더미 위에 던진다. 〈신세계로부터〉와 드보르자크의 이야기로 시작해서 어떤 새에 대한 잡설로 날아가버리는 이상한 글을 꾹꾹 눌러 짜면 이 한 문장이 남는다.

들을 귀가 있다고 제대로 듣는 것은 아닐지니.

나는 글자들이 바글거리는 방에 산다. 책장을 채우고 흘러넘친 책들이 작고 좁은 방의 사면 벽에 등을 기대고 쌓여 있다. 책의 무게가 더해질수록 책 더미에 눌린 글자들이 자기를 꺼내 달라며 아우성친다. 그 소리들로부터 놓여나기 위해 나는 범인 색출하듯 책을 읽는다. 한 권 한 권 살피며 소란을 피우는 글자들을 뒤쫓는다. 추적에 몰두하다 문장들이 쳐놓은 함정에 빠져 길을 잃기도 한다. 엉뚱한 데서 헤매다가도 책들이 바닥을 드러낼 때쯤엔 꼬리가 보인다. 단행본, 잡지, 팸플릿 등 가리지 않고 훑으며 찾아낸 문장들이 뱀장어처럼 꿈틀거린다. 미끄럽고 끈적하고 징그럽다. 글자들을 탈탈 털어 짜낸 책의 기름이다. 밟으면 그동안 기를 쓰고 매달려온 세계가 중심을 잃고 흔들린다. 그 기름 한 방울.

"괴물들은 그의 안에 있고, 그 자신이며, 그의 안에 있는 동시에 그의 밖에도 있다."[20]

---

20   리온 포이히트방거《고야, 혹은 인식의 혹독한 길》, 문광훈 옮김, 문학과지성사, 2018년.

22

내 귀에 박동 소리.

소리에 소리가 추가되더니 그 소리가 왔다. 매끄럽게 뻗던 찌이이이잉이 찌르르르르 떨면서 소리 표면이 오돌토돌해졌다. 하나의 소리가 가고 새로운 소리가 오는 대신 하나의 소리에 다른 소리가 더해졌다. 귀 안에서 몇 개의 소리들이 화음 없는 합주를 했다. 베이스가 비었다고 느껴질 즈음 웅 웅 웅 웅 소리가 저음을 채우기 시작했다. 둥 둥 둥 둥 북을 때리며 어느 순간부터 다른 소리들을 압도했다. 일정한 간격으로 신경을 두드리는 무언가가 내 안에 있었다. 손을 청진기 삼아 나를 샅샅이 뒤졌다.

심장이었다.

심장이라니.

가슴에 붙은 심장이 귀에 와서 뛰고 있었다. 심장이 두근두근할 때마다 귀에서 같은 박자로 웅웅둥둥했다. 귀에서 심장이 지르는 소리를 듣고 있으면 두 신체 기관 사이의 거리쯤은 문제도 아니었다. 심장이 귀로 이사를 왔을 수도, 청신경이 심장까지 뻗어 내렸을 수도 있지만, 귀와 심장은 처음부터 하나였을 수도 있겠다는 생각이 들었다. 아프리카와 아메리카의 해안선처럼 오랜 시간 붙어 있다가 서로를 지겨워하며 밀어낸 것인지도 몰랐다. 귀로 듣고 이해하는 것과 심장으로 느끼며 공감하는 것이 자주 어긋나는 것을 보면 둘의 결별이 진화인지 퇴화인지 판단하기 어려웠다.

어린 시절부터 눈치와 주저라는 능력을 갖고 살았지만 눈치 없이 몸속 내장의 소리를 귀로 듣는 초능력까지 얻게 되리라곤 예상하지 못했다.

내 심장의 상태가 실시간으로 귀에 전달되고 있었다. 심장은 생각보다 훨씬 예민한 장기였다. 무거운 물건을 들거나 길음을 빨리 걷거나 계단을 오르내릴 땐 귀의 박동도 빨라졌다. 누워 자다가 몸만 뒤척여도 심장 소리가 달라졌다. 마음의 변화를 뇌보다 귀가 빨리 감지했다. 걱정거리가 떠오르거나 무언가에 놀라거나 갑작스러운 긴장 상태가 되면 심장이 뻐근해지기도 전에 귀가 먼저 알아차렸다. 심장은 시키지 않아도 알아서 뛰었는데, 귀는 심장이 쉬지도 못하고 혹사당하는 것이 내 책임이라는 듯 그의 근태를 빠짐없이 고지했다.

박동.

생명의 뜀박질.

박동은 본래 심장의 일이었지만 가슴이 아닌 귀에서 뛰는 심장은 두근대기보다 욱신거렸다. 내가 살아 숨 쉬고 있음을 의미하는 소리가 귀에서 들리면 내 몸 어딘가에 문제가 생겼음을 뜻했다. 내 몸 어딘가에 문제가 생겼음을 뜻하는 소리가 귀에서 점점 커지면 나를 살아 숨 쉬게 하는 바로 그 소리가 나를 병들게 한다는 사실을 의미했다. 살아 있음을 증명하는 소리가 삶을 괴롭힌다는 사실만큼 난처한 일도 없었다. 숨을 참아도 귓속 심장은 멈추지 않고 뛰었다. 귀에서 심장 뛰는 소리가 숨 가빠지면 살아 숨 쉬는 것 자체가 숨 가쁜 일임을 심장이 뛸 때마다 상기시키는 것 같아 삶이 안쓰러웠다.

누구?

잠결에 내가 물었다.

누군가 있었다.

심장 소리에 시달린 뒤부터 잠자리에 누우면 손이 느끼는 심장과 귀가 감각하는 심장이 동시에 뛰는지 확인하는 습관이 생겼다. 깊은 수면에 들지 못하는 날들이 이어지면서 자는 것도 아니고 깨어 있는 것도 아닌 새벽이 잦아졌다. 그 비몽사몽 중에 가슴의 심장과 귓속 심장의 박동이 불일치하는 순간들이 찾아왔다. 그때마다 숨소리가 어긋났다. 내가 숨 쉬는 타이밍과 숨소리가 내 귀에 들리는 타이밍이 엇박자를 냈다. 어느 심장이 내 심장이고 어느 숨소리가 내 숨소리인지 구분되지 않았다.

누구세요? 나 아니죠?

내 심장 뛰는 소리가 아니라면.

내가 숨 쉬는 소리가 아니라면.

그 남자라고 나는 생각했다.

들리지 않던 소리들을 내 귀로 데려온 사람. 귓속 심장이 가슴 속 심장과 따로 뛸 때마다 나는 생각했다. 더는 뛰지 않는 그의 심장이 내 귀로 와서 뛰는 것일 수도 있다고. 내 귀의 심장박동은 멈춰버린 그 남자의 심장 소리일지 모른다고. 잊고 싶을 때마다 잊지 말고 살라며 죽은 그 남자가 주먹으로 내 고막을 치는 소리라고. 사실이든 아니든 나는 그렇게 생각하기로 했다.

"잘 지내십니까."

꽃을 놓으며 내가 물었다.

누군가 가져다 둔 국화 한 다발이 언제부턴지 먼저 와서 시들어 있었다. 가을이 깊게 내려앉은 야산이었다. 단풍 타는 숲에서 단풍을 물리친 솔잎이 푸르게 타올랐다. 시드는 것은 꽃이 아니라 사람의 마음이었다. 시들지 않는 마음으로 사람은 살아갈 수 없었다.

장례 2년 뒤였다. 그 시간이 흐르고서야 나는 시든 마음으로 그 남자에게 갈 수 있었다.

남자의 공장 동료가 길을 안내했다. 옥상 체포자들과의 인터뷰를 주선해준 사람이었다. 남자의 사망 소식을 처음 들었을 때 나는 생각의 회로가 끊긴 채로 그에게 전화를 걸었다. 그가 전화를 받자마자 나는 덤비듯이 물었다.

"제 기사 때문인가요?"

남자의 빈소에서 절을 하며 고인에게 던진 첫마디도 그것이었다.

"그렇게 생각할 것 같아 바로 연락하지 않았어요."

전화기에서 침통한 목소리로 그가 말했다. 남자의 묘소에 묵념한 뒤 나는 그에게 물었다.

"평안하실까요?"

묘소 옆에서 나를 지켜보던 그가 말했다.

"그랬으면 좋겠어요."

그도 가장 앞에서 바람을 맞아온 사람이었다.

정리해고 뒤 "함께 살자"고 호소했던 노동자들이 잇달아 세상을 떠났다. 복직 교섭을 열기 위해 그는 동료 해고자와 공장 굴뚝에 올라 고공 농성을 했다. 굴뚝으로 전화했을 때 바람이 그의 목소리를 해체하고 있었다. "눈앞의 저 새처럼 자유롭게 날고 싶다"고 그가 말했다. 그가 뛰어내리려는 자신과 싸우고 있었다는 사실은 나중에 알았다. 그가 들었던 새소리가 깍깍깍이었는지 하하하였는지 낄낄낄이었는지는 굳이 물어보지 않았다.

굴뚝에서 내려온 뒤 그는 오래 아팠다. "살려고" 굴뚝이 보이지 않는 먼 고향으로 내려갔다. 기름 대신 흙을 만지며 공장과 거리를 뒀다. 어느 날 두고 온 사람들을 떠올리며 펑펑 운 그는 결국 자신의 노동자 됨을 어쩌지 못하고 굴뚝 아래로 돌아왔다. 복직 교섭을 마무리하는 실무를 맡아 동료들을 먼저 공장으로 돌려보냈다. 그 남자의 죽음 직후 해고 노동자들은 서울 한복판에 분향소를 차렸다. 남자의 죽음은 여론을 움직여 해고자들의 복직을 마무리하는 계기가 됐다. 그 죽음을 치르며 그도 자주 울었다. 옥상을 떠올리고 싶지 않은 사람을 옥상의 증언자로 불러내 죽음으로 이끈 것 아닐까 그는 자책했다.

남자의 첫 기일에 그가 묘소에서 찍은 추도식 사진을 보내왔다. 그 사진을 제대로 쳐다보지 못하는 시간이 길었다. 내가 썼던 인터뷰나 발인 기사도 외면했다. 그 죽음에 내가 연루된 증거인 것 같아 쳐다볼 용기가 나지 않았다. 묘소 위치를 물은 것은 고인의 두 번째 기일이 지나고 몇 달 뒤였다. 귀에서 심장 뛰는 소리가 커지고 있을 때였다.

남자는 가족묘에 안장돼 있었다. 일가의 공동 묘실에 합장돼 꽃도 함께 받고 추모객도 함께 맞았다. 묘비 머리 아래 벌들이 집을 지어두었고, 잔디에선 개미들이 굴을 파며 분주했다. 바람이 쓰다듬을 때마다 이파리들이 팔랑거렸고, 떠는 잎들 사이에서 풀벌레들의 일하는 소리가 부지런했다. 산책 나온 주민이 강아지를 데리고 나타났을 땐 손으로 입을 가리듯 소리들이 일제히 멈췄고, 발걸음이 멀어지면서 참았던 숨을 내쉬듯 소리도 천천히 되살아났다. 그 수런거리는 소리들 가운데 고인의 소리도 섞여 있을 것 같아 가만히 귀 기울였다. 그가 혼자 있지 않아 다행이었다.

그날은 토요일이었다.

남자에게 가는 길에 주말 나들이 차량이 몰려 곳곳이 정체됐다. 교통사고까지 겹쳐 도로가 더 흐느적거렸다. 그 도시에 가까워졌을 때 범퍼가 깨진 화물차 한 대가 몸을 틀어 도로 한가운데에 가로로 서 있었다. 바닥에 주저앉아 양쪽 귀를 손으로 감싸 쥔 트럭 기사의 모습이 지나는 차들 사이로 언뜻 보였다. 트럭에 가려서인지 충돌 상대는 확인되지 않았다. 팅겨 날아갔을지도, 트럭 아래로 쓸려 들어갔을지도, 애초에 없었을지도 모를 일이었다. 고인이 숨 가쁜 심장을 손으로 누르며 몰던 배달 트럭도 그 길을 숨 가쁘게 오갔을 것이란 생각이 들었다.

내비게이션에도 찍히지 않는 야산의 위치를 설명하며 남자의 동료는 근처에 제법 큰 교회가 있다고 했다. 오른쪽에 교회가 나타났을 때 운전대를 왼쪽으로 꺾고 좁은 농로를 따라 올라가자 작고 낮은 산이 나타났다.

교회 앞에서 좌회전하며 짧은 기원을 올렸다. 만약 신이 있다면 깨지고 조각나 보이지 않는 생명들의 기도를 외면하지 말아달라고 부탁했다. 나는 더 이상 신을 믿지 않았지만 기도하는 마음은 믿었다. 그 마음은 갈수록 빠듯해질 세상에 아이들을 두고 가며 남자가 남긴 마지막 말들이기도 했다. 그 마음을 모른 척하는 신은 신의 형상을 한 괴물일 뿐이라고 나는 대들었다.

사투르누스.[21]

토요일의 신.

튀어나올 듯 두 눈을 부릅뜨고, 컴컴한 동굴처럼 입을 활짝 벌리고, 사냥한 먹이의 숨통을 조이듯 손가락을 깊숙이 박아 넣어, 자신에게 받은 피를 비처럼 흘리는 자식들을 산 채로 머리부터 뜯어먹는 아버지. 씨를 뿌리고 낫으로 거둬 인간에게 풍요를 선물한 농사의 신을 그리면서 화가는 신과 괴물의 경계를 지웠다.

그 기괴한 그림[22]을 볼 때마다 나는 늘었다.

소리를 분수처럼 뿜는 그림이었다. 두 엄지손가락에 짓눌린 몸이 우두둑우두둑 으스러지는 소리. 단단한 이빨들 틈에서 연한 뼈가 오도독오도독 씹히는 소리. 머리가 잘려 나갈 때 입이 지르는 고통의 비명 소리. 승리인지 패배인지도 모르고 포효하는 신 혹은 괴물의 소리. 그 모든 소리들을 듣지 못하게 만든 욕망의 소리. 무엇보다 내 귓속 심장이 벌떡벌떡 날뛰는 소리.

사투르누스의 눈은 전능한 신의 근엄한 눈이 아니었다. 희번덕거리다 못해 뒤집혀버리거나 당장이라도 얼굴에서 쏟아

---

21 로마신화의 농경신. 토요일(Saturday)은 사투르누스(라틴어 Satúrnus)에서 유래했다. 사투르누스의 영어식 표기인 새턴(Saturn)에는 토성이란 뜻도 있다. 미국이 달 탐사 계획 아폴로 프로젝트를 추진하며 1961년부터 개발한 일련의 우주 발사체 이름도 새턴이었다.

22 프란시스코 데 고야 <자식을 잡아먹는 사투르누스>, 1820~1823년, 캔버스에 유화, 146×83cm, 스페인 프라도미술관.

저 발밑으로 굴러떨어질 것 같았다. 두 눈은 통제할 수 없는 광기에 휩싸인 듯 보이다가도 달려드는 두려움으로 잔뜩 겁에 질린 듯 보였다. 자식들을 잡아먹으며 공포 그 자체가 된 신 스스로가 가장 공포스러운 얼굴을 하고 있었다.

자식을 입에 욱여넣고 씹는 순간 그 소리에 정신이 든 아버지는 그제야 자신이 무슨 짓을 하고 있는지 깨달았을지도 모른다. 권력욕 앞에서 더할 나위 없이 끔찍해질 수 있음을 인지했을 때 사투르누스는 신과 괴물이 원래 하나였다가 둘이 된 존재라고 여기며 안도하진 않았을까. 필요할 때마다 이도 저도 될 수 있는 존재, 인간을 보호하기도 하지만 멸망시킬 수도 있는 존재, 귀와 심장의 관계보다 훨씬 효율적인 관계라고 흡족해하며 사투르누스는 다시 자식들을 씹기 시작했을까.

스페인 화가 프란시스코 데 고야(1746~1828)는 1792년 친구 집을 방문하던 중 청력을 잃었다. 마흔여섯 살 때였다. 매독, 수은 또는 납 중독, 메니에르병, 뇌종양 등이 가능성 있는 원인으로 꼽혔다.

듣지 못하게 된 그는 노년(1819년)에 마드리드 근처의 땅과 집을 샀다. 사람들이 '킨타 델 소르도(Quinta del Sordo)'[23]라고 이름 붙인 2층짜리 건물이었다. 그 집에 은거하며 그는 '검은 그림' 연작에 매달렸다. 불편하고 흉측하고 참혹한 그

---

23 스페인어 quinta는 '별장'을, del은 '~의'을 뜻한다. sordo는 명사로 '농인 또는 청각장애인, 절벽'과 형용사 '잘 듣지 못하는, 둔한, 둔탁한, 먹먹한' 등의 의미를 지닌다.

림들로 벽을 채웠다. 사투르누스는 1층 정면에 위치한 식당 벽에서 자식을 잡아먹었다. 모두 열네 점의 벽화였다. 그 그림들은 소리를 잃은 고야가 집 안에 가득 채운 소리라고 나는 생각했다.

소리가 빠져나간 고야의 귀엔 이명과 환청이 들어찼다. 머릿속에 귀신이 산다고 믿으며 착란에 빠지기도 했다. 물 흐르는 소리가 이명으로 밀려오면 자신이 물속으로 가라앉고 있다며 무서워했다.

고야의 시대는 말년의 그림들만큼이나 공포스러웠다. 프랑스의 혁명 사상이 피레네산맥을 넘어 남하할 것을 우려한 스페인은 종교재판소의 권한을 강화해 체제에 위협이 되는 사상들을 이단으로 처단했다. 공포가 필요할 때마다 마녀를 만들어 불태웠다. 프랑스에서 목이 잘린 부르봉 왕가가 스페인에선 왕좌를 다지며 계몽주의를 탄압했다. 나폴레옹의 침공과 학살까지 덮치면서 스페인 민중의 절망은 깊어지고 두꺼워졌다. 뜨거운 출세욕으로 궁정화가의 꿈을 이룬 고야는 미신과 광신과 전쟁을 통과하며 시대의 소리를 들었다.

고야가 그린 사투르누스의 얼굴은 신의 것이었고, 괴물의 것이었으며, 환청에 사로잡혀 평정을 잃어가는 화가 자신의 것이기도 했다. 그 모두가 모여 악몽 같은 사투르누스의 표정이 됐다. 당대라는 현실을 그리려면 고야에겐 악몽이 필요했을 것이다. 사실의 빈칸을 상상으로 채우지 않으면 진실은 거리를 좁혀주지 않았다. 화가를 괴롭히는 환청과 시대가 발산하는 소음이 사투르누스의 괴성과 합세했다.

"유족은 어떻게 지내고 계세요?"

남자의 가족이 통과해온 고단한 시간을 그의 동료가 전해줬다.

남자의 장례 뒤 그의 아내를 인터뷰한 언론 보도를 읽은 적이 있었다. 생을 끝낼 장소로 가기 위해 집을 나서기 전 남자는 가족의 빨래를 세탁기에 넣고 돌렸다. 남편이 세상을 떠나고 뒤늦게 세탁기를 열어본 아내는 젖은 옷을 집어 들고 얼굴을 묻었다. 해지하지 못한 남편의 휴대전화로 그가 일했던 배송업체의 업무 일정과 대출 권유 문자가 쉴 새 없이 날아왔다. 남편의 마지막 말들을 정리한 내 기사를 아내는 남편의 유서로 받아들였다. 죽음을 앞둔 남편이 가족에게 하고 싶은 이야기를 남긴 것이라고 믿었다. 기사에 달린 댓글들이 남편을 죽음으로 몰았을 수도 있다는 생각이 아내를 괴롭혔다.

이성이 잠들 때 깨어나는 괴물[24]은 나와 당신을 잡아먹었다.

괴물은 사투르누스의 초상화에만 있는 것이 아니었다. 한 사람의 절망을 조롱하는 댓글들 안에 서식하고 있었다. 그의 죽음과 무관하다고 믿고 싶어 하는 내 안에, 죽을 용기가 있으면 그 각오로 열심히 살라고 훈계하는 우리 안에, 해고를

24 "이성이 잠들면 괴물이 나타난다." 고야가 1799년 《카프리초스(Capri-chos)》라는 책으로 묶어 출판한 연작 동판화 80점 가운데 제43번 판화에 새긴 유명한 문장.

탓하지 말고 자신의 능력 없음을 탓하라는 사회의 시선 안에, 경쟁력 없는 산업과 노동자는 구조조정되는 것이 발전의 순리라는 시스템의 논리 안에서, 괴물은 으르렁거렸다. '기업이 잘돼야 노동자도 잘된다'는 신화와 '기업이 잘돼도 노동자는 잘못될 수 있다'는 현실의 간극에 무감할 때, 그 간극을 좁힐 의지 없는 정치가 '나는 아니어서 다행'이라고 안도하는 세계를 대표할 때, 괴물의 괴성은 귀를 막은 두 손을 뚫고 들어와 우렁찬 소리를 토했다. 서로의 고통을 들으려 하지 않는 것이 추락이었고, 타인의 삶을 상상하길 멈춘 사람이 괴물이 됐다. 괴물은 내 안에 있고, 당신 안에, 우리 안에 있는 동시에 우리 밖에도 있었다.

지독한 적막으로 고막이 터져버릴 것 같을 때 짐승의 심장 박동을 들은 것도 같았다.

23

타앙.

오지 마.

멀리 날아가.

새의 말로 대화하는 사람들을 부러워한 적이 있다.

타앙.

여기서 먹이를 찾지 마.

활주로는 너희들의 살 곳이 아니야.

인간들끼리 주고받는 새의 말이 아니라 새에게 닿
는 새의 말을 하고 싶었다.

타앙.

폭음기가 총소리를 쏜다.

총소리가 총알처럼 날아간다.

인간의 말이 닿지 않는 새들에게 새의 말로 해야

할 이야기가 있다.

타앙.

제발 이 말을 알아들어.

계속 날아오면 내가 진짜 총으로 너희를 쏠 수밖에
없어.

타앙.

어느 날 소리의 절반이 날아갔다. 잠에서 깬 뒤 침대에 걸터앉아 있다 몸을 일으키던 순간이었다. 머리가 핑 돌아 주저앉으며 침대 옆에 둔 탁상시계를 건드렸다. 시계가 방바닥으로 떨어졌다. 타앙. 시계 부서지는 소리가 멀었다.

아침부터 웬 비행기.

비행기를 타고 있는 줄 알았다. 오른쪽 귀가 멍했다. 비행기가 하늘을 향해 고도를 높일 때 귀가 먹먹해지는 느낌과도 같았다. 비행기 안에서 했던 것처럼 손가락으로 코를 잡고 숨을 훅훅 내쉬었다. 뚫리지 않았다. 왼쪽 귀를 막아봤다. 구름에 가려 소리가 희미했다.

이명은 몇 배로 커졌다. 크기와 질감이 전날과 완전히 달랐다. 거친 음들이 폭발했고 머리통이 얼얼했다. 땅을 차고 오르는 비행기가 엔진 출력을 최대로 끌어 올렸다. 난기류에 휘말린 비행기처럼 소리도 급상승하고 급하강했다. 그날 이후 나는 비행기에서 내린 적이 없었다.

피곤하고 분주한 월요일 아침이었다. 다를 것 없는 날의 반복이었다. 따라나서지 않는 나를 집에 두고 출근했다. 부서

회의를 끝낸 뒤 점심시간에 회사 근처 이비인후과를 찾았다. 일시적인 현상이라고 믿었는데 청력검사를 한 의사가 뜻밖의 말을 했다.

"응급 상황입니다."

나는 의사의 입을 쳐다봤다.

"빨리 큰 병원으로 가세요."

의사의 입과 그 입에서 나오는 소리가 따로 놀았다. 청력이 급격히 떨어지고 있으니 서둘러 정밀검사를 받으라고 의사의 입이 말했다.

"왜요? 뭔데요?"

"정확한 건 검사를 해봐야 알겠지만 틀림없는 사실은 지금 환자분의 몸에서 무슨 일인가 벌어지고 있다는 거예요. 시간이 많지 않아요."

귀가 막힌 느낌은 실제로 막혀서가 아니라 소리를 감각하는 기능이 망가질 때 온다고 했다. 어리둥절한 얼굴로 의사에게 물었다.

"처리해야 할 일들이 있는데요. 언제까지 가면 됩니까?"

마감을 기다리는 장문의 기사가 있었다. 의사가 정색을 했다.

"환자분. 제 말 똑똑히 들으세요. 응급이라고요."

이 의사는 왜 이리 호들갑인가.

반응 속도가 느린 나의 표정에 나보다 어려 보이는 의사가 할아버지처럼 혀를 찼다. 의사가 진료 의뢰서에 알아볼 수 없는 단어들을 써넣으며 말했다.

"이대로 두면 며칠 안에 청력을 완전히 잃을 수도 있어요. 처방해드리는 약부터 드시고 어디든 빨리 갈 수 있는 대형 병원으로 가세요. 진료 예약 잡고 어쩌고 할 틈이 없어요. 곧바로 응급실로 들어가서 이거 보여주세요."

약국에서 스테로이드제를 한 뭉텅이 받아 삼킨 뒤 회사 부서장에게 알렸다. 택시를 타고 대학병원 응급실로 향했다. 의사 경고대로 최대한 서둘러 갔는데 정작 응급실 앞에서 막혔다. 전 지구를 휩쓸고 있는 감염병이 출입을 차단했다. 의료진이 문 앞을 지키며 이름을 적고 체온을 쟀다. 응급실에 온 이유를 확인하며 "기다리라"고 했다.

응급실 앞이야말로 응급 상황이었다. 대비 없이 들이닥친 바이러스와 싸우느라 환자도 의료진도 서로의 인내에 기대고 있었다. 고성이 오갔다. 쓰러진 노모 옆에서 구급차를 타고 온 아들이 "언제까지 기다려야 하냐"며 화를 냈다. "응급한 순서대로 불러드린다"는 설명에 "열이 40도가 넘는데 어떻게 응급 순위에서 밀리냐"며 소리를 질렀다. 노모가 휠체어에 앉아서도 몸을 가누지 못했다.

"쟤들은 언제까지 저래야 하는지."

막 호명된 자매를 들여보내며 문밖에서 그들의 고모가 말했다.

대기하는 동안 언니는 알 수 없는 행동을 했다. 싸늘한 날씨에도 자꾸 겉옷을 벗어 던졌다. 닫히는 자동문 사이에 맨발을 끼우고 말리는 의료진에겐 고함을 쳤다. 쪼그려 앉아 고개를 숙인 채 두 손을 하늘로 치켜들며 뻑큐를 날렸다. 바닥에 등을 대고 누워 두 팔과 두 다리를 들어 덜덜 떨기도 했다. 크게 웃었고, 작게 울었고, 안타까운 듯 찡그렸다가, 경멸하듯 얼굴을 일그러뜨렸다. 색깔이 다른 그 감정들을 한꺼번에 폭발시키는 것은 기쁨일까, 분노일까, 상실일까, 단어조차 부여받지 못한 그 무엇일까. 언니가 암호 같은 행동을 할 때마다 동생이 말없이 언니를 읽고, 달래고, 챙겼다. 동생이 언니를 데리고 간호사를 따라간 뒤 고모가 한숨을 쉬며 하소연했다.

"재는 한평생 언니만 돌보다 늙을 건지. 내가 보다 못해 둘째 조카한테 그랬어요. 차라리 어디로 사라져버리라고. 너도 살아야지 하고요."

고모의 목소리가 안개 같았다. 그 이야기를 제대로 듣지 못하는 것은 그 이야기를 정확하게 알아듣는 것만큼이나 막막한 일이었다.

나는 두 시간을 기다린 끝에 응급실 안으로 들어갈 수 있었다. 응급실로 오기 전 받았던 검사를 똑같이 되풀이했다. 응급실 전공의도 앞서 만난 의사 이상의 설명은 하지 못했다. 내 머리가 자꾸 오른쪽으로 돌아갔다. 의사의 발음이 뭉개진다고 느낄 때마다 나도 모르게 왼쪽 귀를 소리 나는 방향으로 갖다 댔다. 알아서 움직이는 몸의 반응이 한쪽 귀의 소리 수신 기능이 고장 났음을 일깨웠다.

왼쪽 귀를 손으로 가리자 몇 시간 전보다 소리가 더 멀리가 있었다. 나 잡아보라며 전속력으로 달아나는 것 같았다. 의사가 말을 하면 단어는 붙잡히지 않고 웅웅웅웅 하는 공기의 진동만 느껴졌다. 웅 웅 웅 웅 하는 귓속 심장 소리와 구분하기 힘들었다. 손가락을 귓구멍에 넣고 돌리면 고막 주위를 마찰하는 미세한 금속성 소리가 났다. 정밀검사 일정을 잡고 추가 처방을 받아 응급실을 나왔다. 밤이 찾아온 하늘에 홀쭉한 달이 걸려 있었다. 시끄럽고 적막한 꿈을 꾼 것 같았다.

"꿈이요? 친절하고 예쁜 노인이 되고 싶어요."

오른쪽 귀가 담은 마지막 소리가 천사의 말이어서 다행이었다.

청력이 떠나기 전날 저녁 나는 천사를 인터뷰했다. 천사를 위해 그의 멋진 친구들이 준비한 멋진 파티에서 그들이 함께해온 멋진 분투를 기념했다. 팬데믹으로 참석 인원이 제한된 자리에 초청받고 취재할 수 있어서 소리 실종 전야의 오른쪽 귀에겐 영광이었다.

"푸하하하하하."

폭죽 같은 웃음들이 터졌다.

사회자가 축하 화환에 다는 대형 리본을 그의 목에 걸자 그는 한 송이 꽃이 됐다. 그 꽃을 축하하러 모인 사람들의 얼굴에도 환한 꽃이 폈다. 리본에 쓰인 문장이 꽃들을 대견해했다.

"잘 싸우고 함께 살아냈다."

사회자의 선창에 따라 꽃들이 구호를 외쳤다.

"살아냈다, 살아냈다, 살아냈다, 투쟁."

20년을 살아낸 그와 20년 동안 그를 살게 한 친구들이 자신에게, 서로에게, 함께해온 시간에 색색의 웃음을 뿌렸다.

—생존하셨습니다. 문자 그대로요. 많은 것들로부터.

"뿌듯하면서도 마음은 복잡해요. 잘 견뎌왔다지만 언제까지 그럴 수 있을진 모르겠어요. 그래도 분명한 건 있어요. 우린 아직 지지 않았어요."

'살아냈다'는 말만큼 그를 투명하게 설명하는 단어는 없었다.

폭력과 가난으로부터.

아버지와 그 아내가 아닌 '다른 여자' 사이에서 태어난 그는 갓난아기 때 엄마인 '다른 여자'로부터 그의 아버지에게 보내졌다. 다른 여자의 아들이란 이유로 엄마가 다른 형들이 아버지가 없을 때마다 그를 때렸다. 그를 낳은 엄마가 없는 집에서 아버지는 형들의 폭력을 방관하는 폭력을 휘둘렀다. 그는 중학교 2학년이 되던 해 살기 위해 집을 탈출했다. 아버지와 형들에게 붙잡힐까 봐 뒤도 돌아보지 못하고 도망쳤다. 가난이 그를 맞았다.

극한 노동으로부터.

봉제 공장에서 시다도 아닌 시다 보조가 됐다. 선배 노동자가 근로기준법 책을 껴안고 몸에 불을 질렀던 시장에서 그 시절과 다르지 않은 노동을 했다. 그 선배의 죽음 뒤 '하루 열두 시간 이상은 일하지 않는다'는 원칙이 생겼지만 납품일이 다가오면 사장들은 공장 문을 잠그고 밤샘 작업을 시켰다. 시다 누나들이 나눠준 온기로 버텼다. 그 노동에서 벗어나본 적 없었으나 그 노동에 짓눌려 살지도 않았다.

그리고 질병으로부터.

"환자분. 제 말 똑똑히 들으세요. 심각한 상황입니다."

의사가 그에게 정색하며 말했다. 그가 복용해온 약에 내성이 생겼다고 했다. 백혈구 수치가 급격히 떨어져 면역력이 제로에 가깝다, 치료제 복용을 중단해야 하는데 약을 끊으면 거대세포바이러스[25]의 공격을 받게 된다, 신경마비가 올 수 있고 뇌사 상태에 빠질 수 있다며 의사는 덧붙였다. 병원에선 할 수 있는 게 없으니 마음의 준비를 하시는 게 좋겠습니다. 의사의 입과 그 입에서 나오는 소리가 따로 놀았다. 그의 생명을 구할 약이 없지 않았지만 그 약을 구할 방법이 그에겐 없었다. 약을 개발한 다국적 제약 회사는 원하는 약값을 한국 정부가 맞춰주지 않는다는 이유로 약을 공급하지 않았다. 투약 시기를 놓친 그는 망막이 손상돼 시력을 잃었다.

"흡."

찬 바람이 얼굴을 때리자 놀란 내가 내쉬던 숨을 들이켰다.

---

[25] 성인 대부분은 거대세포바이러스(CMV)에 감염돼도 증상이 없거나 감염 사실도 모른 채 살아가지만 면역력이 떨어진 환자나 면역이 형성되지 않은 아기에게는 치명적일 수 있다.

"춥네요."

그가 옷깃으로 목을 감싸며 말했다.

일주일 전 그와 첫 인터뷰를 한 날이었다. 겨울을 촉구하는 늦가을 폭우가 기상 관측 이래 11월 최고 강수량을 기록했다.

"아무래도 겨울은 힘들어요. 길이 얼면 위험하니까. 눈 오는 날은 신나기보다 겁이 나고."

그가 붉은 나뭇잎들로 뒤덮인 보도블록을 흰 지팡이로 두드리며 걸었다.

"여기도 있네."

인도 한복판에 세워진 차량 진입 방지 기둥을 찾아낸 그가 걸음을 멈췄다.

"쇠 봉이 너무 높고 단단해서 부딪힐 때마다 다쳐요. 고무 봉으로 만드는 나라도 많은데 한국은 여전해요. 같은 길이라도 다른 조건의 사람들이 걷는다는 생각을 안 하니까. 눈이 보일 땐 저도 몰랐어요. 당사자가 돼야 아는 것들이 있어요."

길을 안내하는 활동지원사가 쉬는 날이어서 그는 약속 장소까지 혼자 왔다. 그는 길을 찾을 때 손을 쓰고 기억을 썼다. 시력을 잃기 전에 새긴 기억과 새로 익힌 손의 기억이 그를 이끌었다.

"옛 기억에 의지해서 어디쯤 턱이 있고 어디쯤 계단이 있을지 가늠해요."

개발과 재개발은 건물만 부수는 것이 아니었다. 그가 공들여 건축해온 기억까지 부숴버렸다. 시력이 살아 있을 때 오 갔던 장소들이 어느 순간 낯선 곳, 기억이 선 곳, 손이 선 곳이 돼 있었다. 손으로 보는 사람들은 도시가 옷을 바꿔 입을 때마다 와르르 무너진 기억을 처음부터 재건해야 했다. "뒤바뀐 공간을 생전 처음 온 사람처럼 더듬다 보면 그곳을 눈 감고도 빨빨거리며 돌아다니던 내 옛 모습이 생각난다"고 했다. 낯익을 일이 더는 없을 그는 기억이 철거당할 때마다 벽돌 한 장한 장 얹듯 다시 손으로 익혔다.

"제 집은 건물이 밀집한 주택가에 있는데 손으로 담과 벽을 만지며 걷다 보면 신기하게 집 앞에서 몸이 멈춰요."

그는 그렇게 살아내고 있었다.

무엇보다 차별과 혐오로부터.

의사의 선고를 받은 그는 마음의 준비를 했다. 상대는 죽음이 아니라 제약 회사였다. 환자복을 입고 회사 건물 앞에서 시위를 했다. 사람을 살리는 의료가 생명보다 이윤에 몰두하면 사람을 죽이는 흉기가 된다는 사실을 자신의 몸으로 증언했다.

그는 HIV 감염인이었다. 부모가 지어준 이름 대신 세례명으로 불리길 택했다. 차별받는 감염인들의 목소리를 전하겠다는 마음으로 신의 뜻을 전하는 천사의 이름을 성씨 뒤에 붙였다. 그는 정작 자신이 믿는 신의 신도들로부터 가장 멸시받았으나 언제부턴가 그의 이름은 한국 HIV/AIDS 인권 운동

역사의 맨 앞자리에 올라 있었다.

그는 성소수자 사회에서도 불편한 존재였던 감염인들의 인권을 국내에서 처음 공론화했다. 감염인이란 사실이 노출되는 순간 생존을 위협받던 때부터 '감히' 얼굴을 드러내고 그들의 현실을 알렸다. 그에게 저절로 살아지는 삶이란 없었다. 에이즈가 치명적인 질병이던 때부터 수많은 만성질환 중 하나가 된 지금까지 그는 있는 힘을 다해 살아냈다.

—차별과 혐오가 바라는 대로 해주시지 않았어요.

"차별과 혐오는 '우리 눈에 띄지 말라'고 해요. 차별하고 혐오하는 사람들도 자신이 차별하고 혐오한다고 말하지 않아요. 보이지 않는 한 그들도 사랑을 말해요. 그러니 눈앞에 나타나서 불편하게 하지 말라는 거예요. 성소수자란 사실은 밝히지 않으면 모를 수도 있지만 감염인이란 사실은 달라요. 치료를 받으려면 드러낼 수밖에 없어요. 살려면 드러내야 하지만 드러나면 살 수가 없어요. 그 적의와 냉대를 견디지 못하고 깊이 숨거나 스스로 목숨을 끊는 감염인들이 많았어요. 저는 오히려 숨지 않았기에 살 수 있었어요. 자신을 숨길 수밖에 없었던 사람들이 세상을 떠날 때 스스로를 드러낸 저는 죽지 않았어요. 이 차이는 정말 중요해요. 절망 속에 혼자 고립되면 누구도 살 수 없어요. 사람은 바이러스 때문이 아니라 차별과 혐오 때문에 죽어요."

그가 '나는 지지 않았다'고 말하는 대신 '우린 지지 않았다'

고 한 까닭이 있었다. 그를 살린 것은 약이 아니었다. 약을 움켜쥔 제약 회사 대신 외국의 지원 단체들에 호소해 약을 구해온 친구들이었다. 친구들은 고비 때마다 그를 지지하며 곁을 지켰다. 그의 싸움이 친구들의 싸움이었다. 친구들이 그의 용기였고, 그는 친구들이 용기를 내는 이유였다.

팬데믹 초기에 국가가 이동 경로를 공개하면서 확진자들은 과녁이 됐다. 감염인을 쫓아다니는 가시에 오래 찔려온 그는 비난의 화살이 행위가 아닌 정체성을 겨냥할 것을 알고 있었다. 게이 클럽에서 확진자가 나오자 사람들은 일반 클럽에서 집단 확진이 발생했을 때와 다르게 반응했다. 성소수자와 그들의 성적 지향에 공격이 집중됐다.

"이 사회가 소수자들을 고립시키지 않았다면 특정 공간을 찾아 모일 리가 없잖아요."

바이러스는 배제하며 번식했다. 감기 걸리는 것만큼 감염이 자연스러워진 시대에도, 슈퍼항체를 가졌다며 감염을 축하하는 시대에도, 어떤 감염에만 여전히 낙인을 찍고 있었다.

"좀 더 크게 말해주시겠어요?"

내가 질문할 때마다 그는 보청기를 낀 귀를 내 쪽으로 기울이며 부탁했다. 그는 시각뿐 아니라 청각도 크게 손상돼 있었다. 장애에 장애가 더해졌다. 그의 몸은 사람이 겪을 수 있는 모든 소수성의 집합체 같았다. 암까지 그를 찾아왔다.

—'다중 소수자'로 사는 감각은 어떤가요?

"그걸 어떤 말로 설명할 수 있을까요. 성소수자로서 누군가를 만나면 감염인이라는 이유로 거부당하고, 감염인으로서 누군가를 만날 땐 제 장애가 부담스럽다는 말을 들어요. 가난하고 성소수자고 감염인인 제가 장애인 등록증까지 받았을 때는 정말 우울했어요. 이젠 장애인들이 겪는 차별까지 더해지겠구나 생각하니 끝없이 쫓겨나는 느낌이었어요. 장애가 신체의 불편만을 의미하진 않잖아요. 감염인을 대하는 한국 사회의 태도와 오랫동안 불화해왔는데 이젠 이 사회가 장애인을 어떻게 대하는지 생생하게 경험하고 있어요."

—새로 얻은 감각도 있나요?

"그동안 들리지 않던 이야기들이 들리기 시작했어요. 장애인들의 이야기, 이주 노동자들의 이야기, 이 세상에서 차별받는 사람들의 이야기가 들려요. 소수자성이 하나씩 더해질 때마다 세상은 그만큼 제게 문을 닫았지만 그만큼 다른 세계가 열렸어요. 제가 성소수자가 아니고 감염인과 장애인이 아니었다면 몰랐을 세계와 만나고 있어요. 선배 장애인들의 싸움에서 배우고 있어요. 배우다 보면 제게도 싸울 무기 하나가 더 생길까요?"

그와의 인터뷰를 나는 기사로 쓰지 못했다.

메모 수준의 초고는 응급실로 들어간 나를 기다리다 오랜 잠에 빠졌다. 그날 이후 나는 회사로 돌아가지 못했다. 내 부탁을 받은 선배 기자가 인터뷰 자료를 넘겨받아 대신 기사로 정리해준 것도 몇 달이 지난 뒤였다.

　지지직 지지직.

　응급실을 나온 직후였다. 붙잡히기 싫은 도마뱀처럼 소리가 꼬리를 자르고 달아났다. 그 소리가 마지막이었다. 그 소리를 끝으로 내 오른쪽 귀에선 세상과의 연결선이 끊겼다. 짧은 기계음만 남기고 나를 호출하던 신호들이 사라졌다. 지구로부터 교신을 거부당한 폐우주선같이 소리 세계로부터 단호하게 추방됐다. 누군가와 대화할 때마다 나는 상대를 향해 왼쪽 귀를 내밀었다. 천사가 내게 했듯이 부탁했다.

　"좀 더 크게 말해주시겠어요?"

25

"좀 더 크게 말해주시겠어요?"

내 요청에 경찰이 목을 가다듬는다.

"이 여자 보신 적 있어요?"

경찰의 입에서 가늘고 높은 목소리가 튀어나온다.

빌라 계단이 찌이이이잉 울린다.

현관에서 벨이 징징거려 문을 여니 경찰 두 명이 서 있다. 그들이 사진 한 장을 보여준다. 단정하게 찍은 증명사진이다.

"누군데요?"

"아래층에 사는 걸로 파악돼서 왔는데 집에 아무도 없는 것 같아서요."

아랫집?

"왜 그러시는데요?"

내 질문에 경찰이 말끝을 자른다.

"자세한 건 말씀드릴 수 없고요. 그냥 본 적 있는지만 확인해주세요."

"못 봤어요. 그리고 아래층엔 다른 여성분이 사시는 걸로 아는데요."

경찰이 뜻밖이란 얼굴로 말한다.

"그래요? 며칠 전부터 찾아왔는데 계속 문이 잠겨 있어요."

"일하러 갔겠죠."

"종일 기다려도 집에 안 들어와요."

"그래요?"

내가 더 뜻밖이란 얼굴로 되묻는다.

"나중에라도 보시면 연락 부탁드립니다."

경찰이 쪽지에 전화번호를 적어 내민다.

"무슨 일인지 알아야 연락을 드리죠."

계단을 내려가던 경찰이 고개를 돌려 짧게 말한다.

"실종 사건입니다."

"뭐라고요? 좀 더 크게 말씀해주세요."

머리만 남은 경찰의 목소리가 높아진다.

"실종 사건이라고요."

빌라 계단이 삐이이이이 울린다.

"실종이요?"

"부산에서 신고가 들어왔는데……."

머리가 사라진다.

"최근 이 위치에서 휴대전화 신호가 확인됐어요. 더는 말씀 못 드립니다."

그그그극.

1층 공동 출입문이 열렸다 닫히는 소리가 들린다.

실종된 사람이 왜 여기에?

실종이란 단어에 호기심이 인다. 컴퓨터 앞에 앉아 인터넷 창을 띄운다. '실종 신고'와 '여자'와 '부산'이란 단어를 넣어 검색한다. 호기심을 뿌리자마자 기사와 소문들이 과발효된 빵 반죽처럼 부풀어 모니터 밖으로 흘러넘친다. 잠적, 증발, 살인, 스토킹 등을 제목에 단 글들이 눈을 자극한다. 반년 전쯤 작성된 기사가 보인다.

제주를 출발해 부산으로 향하던 여객선에서 40대 여자 승객이 실종돼 해경이 수색에 나섰다. 부산항 도착 직전 여객선 직원이 갑판에 가방만 남겨둔 채 사라진 승객을 확인하고 입항하자마자 신고했다. 해당 여성은 일행 없이 혼자 탑승했다. CCTV를 돌려본 결과 입항 네 시간 전인 새벽 2시께 여객선 매점에서 마지막 모습이 포착됐다. 해경은 매점 상인 등을 상대로 탐문하는 한편 경비선을 동원해 여객선의 항로를 수색하고 있다.

추측과 추리와 억측과 비약이 기사 링크를 물고 퍼져나간다.

그런데 바다에서 사라진 여자가 이 건물에? 헤엄쳐서? 날아서? 무엇을 위해서? 무엇을 피해서?

말도 안 되는 상상을 하다 피식 웃는다.

그래도 이상하긴 하다. 경찰이 찾는 여자의 흔적이
왜 아랫집에서 잡혔을까.

아래층엔 전혀 다른 여자가 산다. 이사 온 지 몇 달
되지 않은 사람이다. 그러고 보니 그 여자도 못 본
지 오래다. 최근 퇴근하면서 아랫집 창문에서 불빛
을 본 적이 없다.

삐빅 삐삐 삐빅.

이삿짐 들어오는 걸 본 직후의 일이다. 늦은 밤 기
분 나쁜 소리가 난다. 켜놓은 텔레비전 소리인가 싶
었는데 삑삐 삑삑 삑삐 되풀이해서 울린다. 현관 도
어록이 비밀번호를 거부하는 소리에 모처럼 오던
잠이 가버린다. 문이 열리지 않자 계속 눌러댄다.
삐삐 삐삐 삐삐 삑삑 삑삑. 열쇠를 꽂는지 문 긁는
소리가 난다. 손잡이를 철컥철컥 잡아당긴다. 기분
이 싸늘해진 나는 전화기를 찾아 신고 버튼을 누른
다. 그때 문밖에서 사람 말소리가 들린다. 전화 걸
기를 멈추고 살금살금 걸어가 현관에 귀를 댄다.

"왜 안 열리지?"

당황한 여자의 목소리다.

"이 번호 맞는데."

목소리에 울음이 섞여 있다.

"뭐예요?"

벌컥, 내가 문을 연다. 문 앞에서 깜짝 놀란 얼굴이 파랗게 질린다. 내 얼굴과 집 호수를 번갈아 쳐다 보던 여자가 어쩔 줄 몰라 한다.

"아아, 죄송해요."

자동인형처럼 머리를 숙이고 또 숙인다.

"지난주에 아래층으로 이사 왔는데 벨을 잘못 눌렀어요. 딴생각을 하다가 저도 모르게 한 층을 더 올라왔나 봐요. 죄송해요. 정말 죄송합니다."

나는 반신반의하지만 따져 묻기엔 너무 늦은 시각 이다. 나는 퉁명스럽게 말한다.

"조심해주세요."

계단을 내려가는 중에도 여자는 거듭 사과한다.

다음 날 아침 현관을 열자 문 앞에 작은 상자 하나 가 놓여 있다. 복숭아 다섯 개가 담겨 있고 포스트 잇 한 장이 붙어 있다.

"어제는 왜 그랬는지 저도 모르겠어요. 그동안 한 번도 하지 않은 실수였는데 뭔가 홀린 기분이에요. 폭포를 생각하던 중이었어요. 술도 마시지 않았는 데…… 큰 폐를 끼쳤어요. 다시 한번 사과드립니다. 앞으로 좋은 이웃이 될게요."

그날 이후 계단을 오르내리며 아랫집 여자와 몇 차

례 스친다. 계단 위아래에서 마주치면 서로 길을 비켜주며 눈인사만 한다. 엘리베이터 없는 빌라에서 평소 말도 섞지 않는 주민들끼리 좁은 계단에서 마주치는 일은 어색하고 불편하다. 출근이 늦어 신발에 한쪽 발만 밀어 넣고 뛰어나가다가도 아랫집에서 문 여는 소리가 들리면 계단을 내려가는 구두 소리가 희미해질 때까지 기다린다. 매일 나와 비슷한 시각에 출근하는 것 같은데 언제 퇴근하는지는 모른다. 동거인이 있는지도 모르고 관심을 둔 적도 없다. 폭포를 생각하던 중이었어요. 그 말만 가끔 떠오르곤 했는데.

"아래층에 아무도 없는 것 같다"는 경찰의 말이 사실이라면 그 여자의 행방도 알 수 없다는 뜻이다. 왠지 느낌이 좋지 않다. 경찰이 남긴 번호로 전화를 건다.

"말씀하신 여성분은 아직 못 봤는데요. 그보다 아랫집에 사시는 분한테 무슨 일이 생겼을지도 모르니 한번 확인해보시는 게 어떨까 해서요."

경찰이 출동해 문을 딴다.

나는 심장이 둥둥 뛴다. 문이 열리는 순간 눈을 감는다. 설마 집 안에.

아무도 없다.

이상하다. 집에 아무것도 없다. 묽다 못해 깨끗하게 텅 비어 있다.

다리가 풀린다. 기름방울을 밟았는지 중심을 잃고 주욱 미끄러진다.

"그런데 바로 그때부터 앙루이유 씨가 자신의 몸에 괴이한 증세가 있음을 느끼기 시작하였다는 것이다. (……) 그의 증세란, 현기증이 일어나는 듯하다가 양쪽 귀에서 기적 소리 같은 것이 들린다는 것이다. (……) 의사가 그에게 혈압 이야기를 해준 이후, 그는 동맥의 박동이 자기의 귀 깊숙한 곳에서 귀의 내벽을 후려치는 소리를 유심히 듣곤 하였다. 또한 밤에 자다가도 일어나서 자신의 맥박을 짚어본 다음, 침대 곁에서 오랫동안 꼼짝도 하지 않고, 자신의 심장이 고동칠 때마다 힘없는 박동에 흔들거리는 자신의 육체를 직접 느껴보곤 하였다."[26]

경찰이 내 팔을 잡고 부축하며 묻는다.

"괜찮으세요, 앙루이유 씨?"

---

26   루이-훼르디낭 쎌린느 《밤 끝으로의 여행》, 이형식 옮김, 최측의농간, 2020년.

구급대원이 "괜찮냐"고 물었을 때 잘 알아듣지 못했다.

"제 목소리 들리세요?"

그 말일 거라 짐작했지만 그 말이 아닐 수도 있었다.

정신을 차리지 못하는 나를 구급대원들이 부축해 들것에 실었다. 몸이 붕 떠올랐다. 들것일 거라 생각했지만 들것이 아닐 수도 있었다. 중력이 나를 퇴출시켜 우주로 내다 버리는 중인지도 몰랐다. 대기권 위로 날아올랐다는 사실에 좋아 죽다가 진짜 죽어버린 용의 이야기가 기억났다. 승천은 했는데 너무 높이 승천해버린 용이 목청 터지도록 으르렁거리다 자기 소리조차 들리지 않자 말라 죽었다.

사방이 돌고 있었다. 회전목마보다, 레코드판보다, 헤드뱅잉보다 빨리 돌았다. 고속의 원심분리기에서 추출당한 영혼이 몸에서 빠져나와 나를 지켜보는 기분이었다. 혼까지 어지러웠다. 눈꺼풀 아래에서 눈동자가 발작을 일으켰다. 눈만 요동쳐도 지진이 온다는 사실을 알게 됐다. 비명을 터뜨리며 구토를 했다. 방 안이 토사물로 뒤덮였다.

"엉망진창"

널브러진 채로 계속 그 말을 중얼거렸다.

나는 어디서부터 망가진 걸까.

"응급 환자인데요. 도착하는 데 얼마 안 걸립니다. ……네?"

"환자를 이송 중인데요. 응급실로 가고 있습니다. ……그렇습니까."

내 코에 산소 줄을 물리던 구급대원의 말에 난감함이 물려 있었다.

사이렌을 울리며 출발한 앰뷸런스가 목적지를 잡지 못했다. 전화를 받은 병원들이 감염병 비상사태를 이유로 응급 환자를 거부했다. 거부당해온 존재들의 감가이 의식 저편에서 어렴풋했다.

며칠 전 응급실을 찾아갔을 때만 해도 일주일도 안 돼 쓰러질 줄은 몰랐다. 나는 걸어서 나왔던 응급실로 실려서 들어갔다. 도로를 떠돌던 구급차가 겨우 한 병원 앞에 도착했을 때까지 구토가 멈추지 않았다. 휠체어로 옮겨진 뒤에도 몸이 계속 획획 넘어갔다. 하늘과 땅이 그때마다 위아래를 바꿨다. 중심을 잃으면 세상도 뒤집혔다.

"이제 오른쪽 해볼게요."

청능사의 목소리가 헤드폰 왼쪽에서 들렸다.

"들리면 버튼을 누르세요."

응급처치 뒤 진료받던 대학병원으로 옮겨 청력검사부터

다시 했다. 여러 번 받아본 순음검사[27]였다. 어떤 소리가 들릴지 알고 있었다.

삐이이이이이이.

버튼은 누르지 못했다. 청능사가 소리를 증폭시켰지만 예상했던 소리는 없었다. 착암기로 돌 깨는 크기의 소리(100데시벨)가 들어왔지만 오른쪽 귀에선 돌멩이 하나 구르지 않았다.

"농(deaf)입니다."

검사 결과지를 보며 의사가 또박또박 말했다.

"환자분 상태를 한마디로 표현하면 그렇습니다. 고용량 스테로이드제를 투약하면서 청력 감소 속도가 잡히길 기대했는데, 이상하네요. 검사할 때마다 청력이 급격하게 떨어졌어요. 오늘 결과는 청력 상실에 해당합니다."

어지러운 마음이 논리의 혼돈을 트집 잡았다.

어차피 존재하지 않는 소리를 듣지 못한다는 사실이 내 귀의 문제를 입증하는 근거가 되나.

단일 주파수로만 이뤄진 순수한 소리(순음·pure tone)란 현실에 없었다. 인류는 여러 소리가 뒤섞인 잡음 속에 살아왔다. 다른 소리를 몰아내고 순음의 세계를 만들려고 시도할 때마다 그 끝은 폭력과 전쟁이었다. 잡음은 순음으로 이뤄진 청정한 세상을 어지럽히는 것이 아니라 순음으로만 이뤄진 끔

---

[27]　하나의 주파수를 갖는 단일 음을 발생시켜 소리 강도를 달리하며 청력을 검사한다. 소리가 들리면 버튼을 누르고 들리지 않으면 버튼을 누르지 않는다.

찍하게 깨끗한 세상의 도래를 막는다. 순수 혈통이 아니어서 아우슈비츠로 보내졌던 프리모 레비도 "삶을 이루기 위해서는 불순물이 필요하다"[28]고 썼다.

재밌냐.

속으로 나를 비웃었다.

말꼬리 잡을 기운은 있냐.

"오른쪽 귀에 물 찬 느낌도 전보다 심해졌을 거예요."

꼬리가 길면 밟힌다는데. 의사의 설명에서 새로운 꼬리가 보였다.

물은 어디까지 차오를까. 물방울 똑똑 새던 수도는 꼭지가 터져버렸다. 비가 오는데 폭우가 내렸다. 물이 흐르는데 콸콸 흘렀다. 잠수교는 잠긴 지 오래였고 한강 범람을 경고하는 재난 문자가 범람했다. 여기서 물이 더 차면 육지는 사라지고 바다만 남을 것이었다. 구조라곤 없는 차가운 바다.

내가 의사에게 말했다.

"최근 귀에서 심장 뛰는 소리가 심했어요."

"밖에서 들어오는 소리가 막히니까 그만큼 안에서 들리는 소리도 커지는 겁니다. 처음엔 특히 괴로우실 거예요."

괴롭지 않을 리가.

28 프리모 레비 《주기율표》, 이현경 옮김, 돌베개, 2009년.

누가 나를 괴롭히려고 샤리바리[29]라도 하나 싶었다.

박동에 맞춰 소리가 징벌을 내렸다. 귀에 대고 북을 치는지, 숟가락으로 냄비를 두드리는지, 망치로 못을 때려 박는지, 귓속에서 처벌과 응징의 축제가 벌어졌다. 단일대오를 거부하며 다른 소리를 내는 순간 얼굴 없는 모욕과 조롱이 몰려왔다. 어느 편인지 밝히라는 소리가 범람할 때마다 나는 말과 글을 자기 검열했다.

"아무래도 검사를 몇 가지 더 해보는 게 좋겠습니다."

묘하게도 생겼군.

며칠 뒤 결과를 보러 진료실 문을 열고 들어갔을 때 의사의 컴퓨터 모니터에 외계 생물 하나가 띄워져 있었다. 의사가 마우스로 사진들을 훑자 놈은 순식간에 모습을 바꿨다. 산맥처럼 이마가 우뚝 솟다가 계곡처럼 턱이 움푹 꺼졌다. 지구 배 속에서 꿈틀거리는 용암의 무늬 같기도 했고, 용암 끓는 분화구에 머리를 처박은 괴생명체 같기도 했다. 물컹물컹한 것이 변태를 거듭하더니 눈이 이마 위로 기어올라 정수리에서 툭 튀어나왔다. 비밀스러워 보이고 싶지만 투명하게 속을 간파당해 비밀 따위 갖지 못한 해파리의 인상착의도 있었다. 난해하게 독창적이었고, 신선하게 징그러웠고, 기이하게 아름다

---

29 charivari. 프랑스어. 중세 이후 유럽에서 규범을 어긴 자들에게 소리로 가하던 징벌 행위. 한밤중에 변장한 사람들이 응징 대상으로 지목된 집 앞으로 몰려가 고성으로 노래를 부르거나, 고함을 지르거나, 방울을 흔들고, 물건을 깨뜨리고, 냄비를 두드렸다. 짐승이 으르렁대는 소리를 흉내 내며 위협하기도 했다. 희롱과 모욕과 경멸의 소리를 퍼부으며 공동체의 결속을 다지는 의례였다.

웠다.

조영제를 맞고 찍은 뇌 영상에서 혈관들이 가시덤불처럼 얽혀 있었다. 내이도와 연결된 신경 가지에 하얀 덩어리가 앉아 있었다. 백색의 덩어리가 다른 사진에선 깜깜한 공백이었다. 이렇게 보면 무언가 덩치를 키우며 신경에서 자라고 있었고, 저렇게 보면 무언가에 잡아먹힌 듯 신경이 텅 비어 있었다. 출현과 실종은 하나였다.[30] 의사가 또박또박 말했다.

"종양이 있었네요."

헤집어 찾아낸 것이 그것이었다.

30　타티야나 아니시모바 《여성주의 추리의 기초》, 바람의선언, 2020년.

발견돼도 구조되지 않는다. 가만히 있으면 방치된다. 잊히지 않으려면 악이라도 써야 한다.

"나를 찾아줘."

통역의 도움을 받아 전화를 걸었을 때 알아들을 수 없는 타
갈로그어가 건너왔다.

"물속에 갇혀 있어. 혼자서는 못 나가."

필리핀에 있는 아내가 울먹이며 한국에 있을 남편의 말을
전했다.

남편의 실종 소식을 듣고도 한국에 오지 못하는 아내는 속
이 타들어갔다. 마을의 영매를 찾아가 남편의 생사를 물었다.
영매의 입에서 흘러나온 남편의 구조 요청은 다급했다.

"시간이 없어. 늦기 전에 꺼내줘. 내 말 들려?"

남편이 맞나 싶을 만큼 소리를 질렀다고 했다. 자신의 말을
알아듣지 못할까 봐 겁먹은 목소리였다고 했다. 내게 남편의
호소를 옮기던 아내가 "제발 애들 아빠를 찾아달라"며 흐느
꼈다.

실종자를 찾기 위해 시작한 취재였다.

서른다섯 살 필리핀인 이주 노동자가 경기도의 한 소도시
에서 행방불명된 지 1년 되던 시점이었다. 한국 입국이 불허
된 아내는 바다 저편 먼 나라에서 발신하는 남편의 구조 요청

을 1년째 듣고 있었다.

"당신 남편은 실종을 가장해 직장을 이탈[31]한 뒤 어디선가 다른 일을 하고 있을 것이다."

필리핀 주재 한국 대사관이 밝힌 비자 발급 거부[32] 이유였다. 여덟 살과 다섯 살 난 두 딸을 필리핀에 두고 부부가 한국에서 '불법체류자'로 살기 위해 작전을 짰다는 것이 한국 대사관의 판단이었다. 실종 당시 남편의 비자 유효기간은 1년 넘게 남아 있었다.

흡.

한 대 얻어맞은 기분이었다.

그가 마지막으로 목격된 장소를 둘러보고 있었다. 그의 친구가 공장 기숙사 문을 열자 방 안을 점령하고 있던 한여름 열기가 내 얼굴에 주먹을 날렸다. 알통 울퉁불퉁한 거구의 몸으로 '들어올 테면 들어와보라'며 거만하게 손짓했다. 침대 하나가 공간의 대부분을 차지하는 고온의 컨테이너가 기숙사[33]였다. 그 방에서 손님을 맞은 선풍기가 열기를 식히기보

31　한국은 2004년부터 시행하고 있는 고용허가제를 통해 외국인 인력을 수급(국가 간 계약)한다. 이 제도로 입국한 노동자는 직장을 옮기고 싶어도 현 직장 고용주의 허락이 없으면 옮길 수 없다. 인권침해와 사업장 이탈을 부르는 대표적 독소 조항으로 꼽힌다.

32　고용허가제는 가족의 동거를 금지한다. 가족들의 국내 입국도 원칙적으로 허용하지 않는다. "근로자 가족의 관광이나 단기 방문은 자유롭게 가능하다 (2016년 5월 유엔 '경제적·사회적 및 문화적 권리에 관한 국제 협약' 이행에 대한 한국 정부 제4차 국가 보고서)"고 밝히고 있으나 거부 사례가 빈번하다.

33　컨테이너나 화장실도 없는 비닐하우스에 재우고 기숙사 사용료를 별도로 떼는 고용주가 많다.

다 열기를 뿌려댔다. 실종 전날 밤 그는 친구가 쓰는 침대 옆 좁은 공간에 누워 잤다.

친구가 눈을 뜬 시각은 아침 6시께였다. 그의 모습이 보이지 않았다. 잠깐 바람 쐬러 나갔겠지. 그렇게 생각했는데 공항으로 출발해야 할 시각이 가까워지는데도 돌아오지 않았다. 그날은 그가 필리핀으로 휴가를 떠나는 날이었다.

친구가 전화를 걸었을 때 컨테이너 안에서 그의 휴대전화가 울었다. 친구와 동료들이 공장 주변을 다니며 그의 이름을 불렀다.

그는 어디에도 없었다. 그를 본 사람도 없었다. 공장 안에도, 골목 전봇대에도, 그날 새벽을 추적할 CCTV는 설치돼 있지 않았다. 함께 싼 여행 가방, 지갑, 현금과 신용카드, 여권과 외국인 등록증 등이 방에 그대로 있었다. 한국에서 생활하고, 이동하고, 자신을 증명할 모든 것을 두고 그의 몸만 증발했다. 그를 따라간 것은 슬리퍼 한 짝뿐이었다.

"몸이 좋지 않다고 했어요."

출발 전날 남편이 한 말이 아내를 불안하게 했다.

아내는 "필리핀에 와서 잠깐이라도 쉬다 가라"고 했고, 그는 공장 상사에게 휴가를 허락받고 비행기표를 끊었다. 그가 오랫동안 우울증을 앓아왔다는 사실을 친구들은 실종 뒤에야 알았다. 친구들은 그가 아내에게 전화하기 전 지었던 표정을 떠올렸다. 평소 쾌활하고 친구들을 웃기길 즐겼던 그가 그날따라 어두운 얼굴로 하늘을 올려다보며 말했다.

"나, 옛날 병이 다시 오는 것 같아. 무서워. 죽고 싶어."

동네를 휘돌며 제법 큰 강이 흘렀다. 친구들이 강으로 나를 데려갔다. 강줄기 좌우로 깊은 수풀이 우거져 있었다.

"여기서 꺼내달라"는 그의 말을 아내로부터 전해 들은 친구들이 1년 동안 '여기'일 법한 곳을 빠짐없이 뒤졌다. 주야 2교대로 일하는 친구들이 일을 마친 뒤 2교대로 강가를 수색했다. 풀과 덩굴을 헤집으며 그의 흔적을 훑었고 물탱크 뚜껑을 열어보며 저수조를 살폈다. 수로도 빠짐없이 들여다봤다. 사람 몸이 끼어들 만한 구석과 구멍은 하나도 놓치지 않았다. 낚시꾼들을 만날 때마다 그의 인상착의를 설명하며 목격담을 구했다. 시신으로라도 돌아오길 바라며 '물 감옥'으로 추정되는 곳들은 모조리 확인했다.

이주 노동자의 실종에 한국 사회는 무관심했다. 경찰 수사도 오래가지 않았다. 여름이 가고, 가을이 익고, 겨울이 닥칠 때까지, 친구들만 수색을 포기하지 않았다. 주한 필리핀 대사관은 그의 소식을 SNS에 올려 한국의 필리핀인들에게 관심과 제보를 요청했다. 그는 재한 필리핀 커뮤니티에서 유명한 농구 선수였다. 지역별 농구 대회가 있을 때마다 앞다퉈 그를 스카우트했다. 그의 실종은 한국에서 일하는 필리핀인들 사이로 빠르게 전파됐다. 주말이면 멀리서 온 필리핀 노동자들이 친구들과 합류해 강가에서 그의 이름을 불렀다.

그렇게 1년.

그는 끝내 발견되지 않았다. 그의 아내도 여전히 비자를 받지 못했다. 법무부에 상황을 설명하며 비자 발급이 왜 계속 거부되는지 물었다. 법무부가 한국 대사관의 입장을 확인해서 알려왔다.

"남편이 실종됐다고 비자를 내줄 수 있는 것은 아니다. 한국에 가도 남편을 찾으리란 보장이 없지 않나."

더 나은 직장을 찾아 이탈했다는 대사관의 의심은 합리적이지 않았다. 조건 좋은 일자리를 구하는 사람이 돈과 신분·체류 입증 수단, 통신기기까지 두고 갔다는 사실은 납득하기 힘들었다. 가족과 친구들에게까지 연락을 단절한 점도 설명되지 않았다.

경찰은 '정신 질환에 따른 실종'에 무게를 뒀으나 목격자는 나타나지 않았다. "죽고 싶다"는 말을 실행에 옮겼을 수도 있었지만 주검으로도 발견되지 않았다. 공장 사장은 "지난해 가뭄으로 강물이 바짝 말랐을 때도 사람 뼈로 추정되는 것은 나오지 않았다"고 했다. 완벽한 증발이었다.

나는 그가 한국에 온 뒤 밟은 경로를 역순으로 되짚었다. 그의 여권과 외국인 등록증, 고용 기록, 지갑의 내용물, 지인들의 증언 등을 토대로 그 길을 따라갔다.

실종 당시 그가 일했던 회사는 서류 파일 원단을 납품하는 공장이었다. 그는 사라지기 직전까지 2년 동안 그 공장에서 근무했다. 실종 전날 그의 휴가를 허락했던 상사가 그의 작업대로 나를 안내했다. 원단을 주문 크기로 자르고 남은 자투리를 분쇄하는 일이 그의 임무였다. 멈춘 분쇄기 주위로 하얀 플라스틱 가루가 수북이 쌓여 있었다. 상사는 그의 결근 닷새 뒤 그를 무단이탈로 신고했다. 공장 직원 10여 명은 모두 외국인이었다. "한국인 직원을 도통 구할 수 없는 우리 같은 영세 업체는 쟤네 없으면 공장 자체가 안 돌아간다"며 상사가 고갯짓으로 그들을 가리켰다. 그 공장에서 그와 동료들은 하루 열한 시간씩 주야 2교대로 일했다.

그 공장에서 45킬로미터 떨어진 곳에 그의 첫 직장이 있었다. 산업용 오븐을 생산했다. 이름을 말했을 때 "잘 모르겠다"던 인사 담당 직원은 그의 사진을 보여주자 바로 알아봤다.

"아, 산도적."

그는 이름 대신 그렇게 불렸다. 그 공장도 생산직 노동자들 전원을 자기 이름으로 불리지 못하는 외국인들로 채우고 있었다. 한국인 직원이 그의 기록을 찾고 있을 때 회사가 입국 전 그와 맺은 계약 내용을 엿볼 수 있었다. 계약서에 적힌 그의 월급은 103만 5000원이었다. 전체 이주 노동자 평균임금이 월 155만 원일 때였다. 필리핀 노동자 평균임금보다 적었고 그해 최저임금에도 한참 못 미치는 금액이었다. 버는 돈이 충분치 않았던 그는 야근과 잔업을 할 수 있는 공장으로 고용주의 동의를 받아 이직했다.

그에겐 다른 별명도 있었다.

"취미가 알바."

알바가 취미일 수 없다는 걸 아는 친구들이 쉬는 날에도 쉬지 않는 그에게 그 별명을 붙였다. 그는 옮겨 간 공장에서 하루 열한 시간을 일하고도 휴일이면 일거리를 찾아다녔다. 그는 다른 공장에서 일당 노동을 하거나 수확철 과수원을 돌며 과일을 땄다. 쉴 새 없이 일해 번 돈으로 이주 노동자 평균임금을 맞춰 아내에게 보냈다. 실종 전날에도 그는 박스 공장에서 아르바이트를 하기로 돼 있었지만 몸이 좋지 않다며 취소했다.

등록번호 1280.

그의 지갑에서 작은 종이쪽지 하나가 나왔다. 한 달에 두 번 열리는 무료 진료소 방문증이었다. 아플 때도 그는 병원에 가지 않았다. 진료비를 아끼려고 이주 노동자들을 대상으로 하는 무료 진료소에서 진통제를 받아 먹었다. 치료비가 부담스럽거나 미등록이어서 신분을 드러낼 수 없는 노동자들은 아파도 진료소 일정에 맞춰 아팠다. 그를 마지막으로 진료했던 의사를 찾아 특이 사항은 없었는지 물었다. 기록을 확인한 의사가 말했다.

"오래전이라 환자는 기억나지 않습니다. 개인 정보라 자세한 건 말씀드릴 수 없지만 통증 완화제를 처방한 기록이 있네요. 무슨 질병인지는 따로 적혀 있지 않습니다."

마음의 병을 얻고 노숙인이 된 이주 노동자들이 전국에서 보고되고 있었다. 발병 원인은 일정하지 않았지만 이주 노동 중 겪은 차별과 혼란, 가족을 향한 그리움 등이 병을 깊게 만든 건 분명하다고 그들을 상담한 전문가들은 분석했다. 그도 그들처럼 자신을 잃어버린 채 어딘지 모를 거리를 떠돌고 있을 수도 있었다.

거슬러 올라간 그의 첫 자리. 필리핀의 아내에게 물었다.

—건강이 좋지 않은 남편이 왜 한국까지 일하러 온 건가요?

"아이들을 키우려면 돈이 필요하니까요. 연로하신 부모님은 오랫동안 병상에 계세요. 가족을 부양할 일거리가 필리핀엔 많지 않아요. 우리 마을엔 망고·코코넛·바나나 농장밖에 없어요. 우리에겐 선택지가 별로 없어요."

하나 마나 한 질문이었다.

그의 흔적을 좇아 전국을 다닌 나는 결국 그를 찾지 못했다. 그를 찾진 못했지만 그가 거쳐 간 자리마다 얼굴과 이름만 다른 무수한 그를 찾았다. 한국인들이 떠난 논밭에서, 바다에서, 공장에서, 건설 현장에서 실종된 그가 일하고 있었다. 그와 그들의 과로와 저임금에 의지해 우리의 밥상이 차려지고, 우리의 집이 지어지고, 우리 일상의 편리가 영위되고, 우리의 더러움이 닦여 나갔다. 그의 실종에 눈 하나 깜짝하지 않는 우리나라는 그의 노동 없인 매일의 삶이 불가능한 시대를 살고 있었다. 실종자를 찾아 떠난 길에서 찾아낸 것은 그

뻔한 사실뿐이었다.

그렇게 다시 1년.

실종이 미스터리 미제 사건이 돼버린 뒤에도 그는 여전히 "나를 찾아달라"고.

2년.

"혼자선 빠져나갈 수 없다"고.

3년.

"내 목소리를 듣고는 있냐"고.

4년.

"나를 잊은 세계는 언젠가 작동을 멈추고 말 것"이라고.

5년.

영매의 입을 빌려 끝없이 발신하고 있었다.

들려?

스스로에게 확인하는 일이 잦아졌다.

오른쪽 청력 실종 몇 달 만에 나는 수색을 포기했다. 기다려도 돌아올 청력 자체가 없다는 진단이 거듭되자 명의를 찾아다니며 회복의 단서를 추적하던 노력을 중단했다. 대신 끊임없이 왼쪽의 안부를 물었다. 아침마다 눈을 뜨면 왼쪽 귀를 손으로 닫았다 열었다 하며 무사한지 점검했다.

넌 괜찮지? 말도 없이 사라지진 않을 거지?

소리는 외이, 중이, 내이를 거쳐 뇌에 닿는다는데.

"종양이 두 덩어리입니다. 눈사람처럼 생겼어요. 그중 한

덩어리가 내이의 달팽이관 안으로 들어갔어요. 달팽이관엔 림프액이 흐르는데, 외이와 중이를 통과한 소리가 액체를 흔들면 그 파동이 달팽이관을 지나면서 전기 신호로 바뀌어 뇌에 전달됩니다. 종양이 이 림프액의 흐름을 막아버렸어요. 수도꼭지를 잠가 수도관을 틀어막았다고 생각하시면 돼요. 소리의 길목이 차단되니까 단기간에 청력이 소실된 거고요. 회복은 힘들어 보입니다."

의사의 설명이 외이, 중이, 내이를 거쳐 뇌에 닿아야 하는데.

"지금이라도 종양을 발견했으니."

수도꼭지에 가로막혀 오다 말다 했다.

"그래도 다행입니다."

다행인 건가.

두통을 참다 더는 참을 수 없어 찾아간 동네 신경과에서 "뇌종양일 가능성은 절대 없다"며 미소 짓던 의사의 선의 가득한 얼굴이 떠올랐다.

다행이라면.

차라리 그 남자 덕분이었다. 대학병원 의사도 나의 뇌에서 처음부터 종양을 진단한 건 아니었다. 검사와 투약도 한동안 종양과는 무관하게 진행됐다. 몇 차례 진료 끝에 내가 "오른쪽 귀에서 심장이 뛴다"고 말한 뒤 추가 검사들이 이뤄졌다. 그러니까 심장 소리가 들리지 않았다면 종양을 찾지 못했을 수도 있었다. 그러니까 내 귀에 온 그 남자의 심장 소리가 나를 살린 것이다. 사실이든 아니든, 내가 의사를 오해했든 아니든, 그렇게 믿어도 되는 것이다.

앙루이유 씨는 괜찮지 않았다.

그가 공증인 사무실에서 서기로 일한 세월이 50년이었다. 그와 아내는 집 한 채를 마련하는 데 평생을 썼다. 주택 대금을 완납하고 소유권 이전을 마쳤을 때 그는 예순여섯 살이 돼 있었다. 겨우 얻은 말년의 평화가 가망 없는 사업에 뛰어든 아들의 자금난으로 깨지고 있었다. 깨진 틈을 비집고 이상한 소리가 들리기 시작했다. 멈출 줄 모르는 귓속 소음 탓에 앙루이유 씨는 잠을 이루지 못했다. 밤새 울리는 경적 소리, 북소리, 가르랑거리는 소리는 그에게 형벌이었다. 그는 세상의 모든 소음이 자기 몸 안에 들어와 있는 것 같았다.

소리 전달 경로에 문제가 생기면 음과 음의 차이가 흐려졌다. 폭력도 폭력으로 알아듣지 못했다. 폭력은 소리 감지 기능이 망가진 곳으로 몰려와 대포처럼 터졌다.

"그들에게는 대포도 약간의 소음일 뿐이었다. 그렇기 때문에 전쟁이 지속될 수 있는 것이다."

이 문장을 쓸 때 루이페르디낭 셀린(1894~1961)[34]은 '그들'에 자신도 포함될 것이라곤 생각하지 못했을 것이다.

---

[34] 프랑스 소설가이자 의사. 국내 출판물과 연구 논문들에서 루이-훼르디낭 쎌린느, 루이페르디낭 셀린느, 루이페르디낭 셀린 등으로 표기된다. 이 책에선 국립국어원의 외래어표기법에 따라 루이페르디낭 셀린으로 적는다.

왕진을 간 의사 페르디낭 바르다뮈[35]는 남 일처럼 앙루이유 씨의 상태를 읊는다. 특별한 처방을 내리지도 않는다. 앙루이유 씨의 증세는 그를 창조한 셀린 자신의 증상이었다. 그는 제1차 세계대전 때 입은 부상[36]과 트라우마로 평생 이명[37]에 시달렸다. 그의 글을 읽고 있으면 소리가 수도꼭지의 검문 검색에 걸려 역류하는 내 귀에도 고성이 들렸다.

소음과 난청의 미학.

셀린이 자신의 문학에서 가장 앞세운 것은 문체였다. 당대 프랑스 문단에 충격을 준 첫 작품《밤 끝으로의 여행》에서부터 그는 전쟁터, 도시 뒷골목, 시장 등에서 포착한 비속어와 날것의 언어를 난폭하게 구사했다. 셀린은 "신경 체계 중에서도 가장 민감한 것에 작용하는 문체"[38]로 독자들을 두들기고 싶어 했다.

35 《밤 끝으로의 여행》의 주인공이자 작가 셀린의 분신. 셀린처럼 바르다뮈도 전쟁에 참전했고, 아프리카를 떠돌았고, 의사가 된다. 소설에서 바르다뮈가 왕진을 가는 이유는 앙루이유를 치료하기 위해서가 아니라 그의 어머니를 정신병원에 수용하도록 허가서를 써달라는 그 아내의 요청 때문이었다.

36 셀린은 1912년 열여덟 살의 나이로 기갑부대에 입대했다. 1914년 제1차 세계대전이 터졌을 때 플랑드르 전투에서 포화를 맞고 병원으로 이송됐다. 그는 기회가 있을 때마다 두개골에 구멍이 뚫렸다며 자신의 '신화'를 포장했으나 실제 다친 곳은 팔이었다. 두 차례의 수술과 무공훈장을 받았다.

37 'Truth and Untruth: Louis-Ferdinand Céline's Voyage au bout de la nuit and the Memory of the Great War 1914-1918', Thomas Michael Patrick Quinn, 2002.

38 《Y 교수와의 인터뷰》(1955년)에서 셀린이 Y 교수의 입을 빌려 자신의 문체론을 설명하는 장면. 2015년 국내 출간된 번역본(김예령 옮김, 워크룸프레스, 2015년)에서 인용.

"분석, 추상, 사변을 배제하는 셀린식 글쓰기는 문체 혹은 텍스트가 읽히는 것이 아니라 지극히 생생하게, 거의 폭력에 가까울 정도로 생생하게 '들리는 것'이어야 한다고 역설한다. 텍스트가(목소리들이, 온갖 소리가, 나아가 소음마저도) 독자의 귓속 한가운데로 울려 퍼져 강한 정서적 타격을 입혀야 한다는 이 미학은 1차 세계대전 참전 이후로 메니에르병을 앓았던 셀린 자신의 난청 증세와도 어느 정도 관련이 있다." [39]

그 셀린의 수도꼭지는 어쩌다 잠겼을까. 소리를 게걸스레 빨아들여 과격하게 뱉어내는 그의 글쓰기는 소리 전달 경로의 어디쯤에서 길을 잃었을까.

1932년 《밤 끝으로의 여행》 출간 당시 셀린은 '졸라의 후예'로 인식됐다. 이듬해 에밀 졸라의 추도식에 초청받아 '졸라에게 바치는 헌사'를 발표한 배경이었다. 그 셀린이 4년 뒤엔 졸라의 정반대 쪽에 서 있었다. <학살을 위한 바가텔>과 <시체들의 학교> 등 정치 팸플릿을 잇달아 내놓으며 과격한 인종주의로 달려갔다. 드레퓌스를 종신 감옥에 가둔 반유대주의와 애국주의에 맞서 프랑스 사회에 진실과 연대를 호소했던 졸라와는 완벽하게 멀어졌다. 드레퓌스 사건이 발생한 해에 태어난 셀린은 '유대인의 제일가는 적'을 자처하며 유대인을 박멸해야 할 세균으로 몰아갔다. 그는 유대인 문제가 '정

---

39 《Y 교수와의 인터뷰》에서 역자가 각주 38의 의미를 풀어 쓴 주석 중 일부.

치와 선거의 문제가 아니라 정액과 교배의 문제'라고 주장했고, 프랑스를 전쟁의 위협으로부터 보호할 사람은 히틀러라며 독일로의 병합을 촉구했다. 그의 맹렬한 반유대주의에 프랑스 친나치주의자들은 열광했다.[40]

수도꼭지가 잠긴 것이 아니라 반대 방향으로 열린 것일 수도 있었다. 당대 유럽을 휩쓸던 소음(반유대주의)이 그의 귓속으로 밀고 들어와 그의 손끝에서 폭주했다.

부조리였다.

1차 대전의 피해자였던 그가 두 차례 세계 전쟁의 가해자인 독일을 추종하며 '파시즘은 민중의 친구'라고 강변한 부조리. 세계 평화를 위해선 악의 근원인 유대인을 말살해야 한다며 반유대주의와 평화주의를 등치시킨 부조리. 이명에 괴로워했던 셀린이 증오의 이명을 증폭시킨 부조리.

영어 absurd의 어원은 라틴어 surd였다. 사투르누스가 자식을 잡아먹는 집 '킨타 델 소르도(Quinta del Sordo)'에도 surd가 있었다. 스페인어 sordo와 라틴어 surd는 뜻이 같았다.

청각장애인. 잘 듣지 못하는. 잘 들리지 않는.

부조리(absurd)는 제대로(ab=completely) 듣지 못하는(surd) 상태일 때 왔다. 괴물이 된 신이나 한 민족의 척결을 갈

---

40 '루이페르디낭 셀린느의 반유태주의와 파시즘', 신미경, <불어불문학연구> 52집, 2002년.

망하는 지식인[41]에겐 대포 소리도 약간의 소음일 뿐이었다.

41   1944년 6월 연합군이 노르망디에 상륙했다. 전세 변화에 두려움을 느낀 셀린은 아내와 프랑스를 탈출했다. 그해 10월 독일에 닿았고 이듬해 3월 자신의 돈을 옮겨놓은 덴마크로 입국했다. 한 달 뒤 파리 법정이 셀린에게 반역죄 등을 적용해 체포령을 내렸다. 그해 12월 덴마크 경찰에 체포돼 14개월간 독방에 감금됐다. 1950년 2월 파리의 궐석재판에서 국가모독죄로 징역 1년과 벌금 5만 프랑을 선고받았다.

29

내가 스스로 사라졌다고 당신들은 주장하지만 나
를 지운 것은 내가 아니다. 그러니 들릴 리가 없겠
지. 들리지 않는다고 해야겠지.

surd는 내 오른쪽에도 있었다.

소리들이 잇달아 추방됐다. 4000헤르츠와 8000헤르츠 사이에서 ㅎ, ㅅ, ㅆ이 없어졌고, 1000헤르츠와 4000헤르츠 사이에선 ㅏ, ㅍ, ㅊ, ㄱ, ㅌ, ㅋ이 사라졌다. ㅈ, ㅂ, ㄷ, ㅁ, ㅜ, ㄴ, ㅗ, ㅔ, ㄹ, ㅣ, ㅓ, ㅐ가 250부터 1000헤르츠 사이에서 줄줄이 모습을 감췄다. 가청 주파수와 데시벨이 쪼그라들면서 청력이 놓친 자음과 모음들이 어음 분별 범위 밖으로 끌려 나갔다. 못 나간다며 스크럼 짜고 드러누워도 소용없었다. 보청기로 증폭시킬 만큼의 청력도 남아 있지 않아 재입주할 수도 없는 소리들이었다. 나의 세계에서 사라져버린 소리들. 내가 주파수 밖으로 밀어낸 이야기들. 내가 더는 알아차릴 수 없는 존재들.

오른쪽 귀가 닫히자 왼쪽 귀가 듣는 소리들도 깨지거나 뭉쳐졌다. 초성이 떨어지고 종성이 잘려 나간 소리들이 돌아갈 집 없는 부상병들처럼 귀 주위를 배회했다.

"엄마아, 엄마아아."

여덟 살쯤이었나.

태어나서 처음 놀이공원에 갔던 날 엄마를 잃어버렸다. 회전목마를 신나게 타고 내렸을 때 엄마가 보이지 않았다. 회전목마 주위를 뛰어다니며 엄마를 찾았다. 대답 없는 엄마를 부르며 울음을 터뜨렸다. 겁에 질린 나는 귀가 멍했다. 목마의 엉덩이를 들썩이게 하던 음악 소리가 물러나더니 아무 소리도 들리지 않았다. 고요한 놀이공원에서 내 울음소리만 귀에 꽉 찼다. 도시로 이사 와 처음 나간 시내에서 한 번도 본 적 없는 수의 사람들에게 둘러싸였다. 알 수 없는 얼굴들이 동그란 원을 그리며 나를 쳐다봤다. 구경하는 원은 더없이 매끈했다. 무시무시한 동그라미였고 지독한 적막이었다. 그 원의 한쪽이 허물어졌다. 나를 찾는 엄마의 놀란 얼굴이 원을 뚫고 들어왔다. 엄마 품으로 뛰어가 안겼을 때에야 원이 해체되고 들리지 않던 소리가 들렸다.

오랫동안 동그라미를 그릴 때면 일부러 찌그러뜨렸다.

미술 시간에 명암을 넣어 데생한 구는 좌우대칭이 표 나게 어긋났고, 수학 시간에 컴퍼스 없이 그린 원은 연필 위치에 따라 지름이 모두 달랐다. 선생님이 숨 막히게 반듯한 원으로 고쳐주고 가면 주위 공기가 딱딱해지고 소리가 희박해졌다. 동그랗게 안 들렸다. 나는 선생님의 눈치를 살피며 서둘러 원을 다시 찌그러뜨렸다. 찌그러뜨리지 않으면 버림받은 것 같았고, 갇힌 것 같았고, 구경거리가 된 것 같았다. 굴곡 없는 원엔 모르는 얼굴들뿐이었다. 찌그러뜨려야 엄마가 보였고 소리가 들렸다.

그동안 나는 누구의 동그라미였나.

익명의 동그라미에 숨어 어떤 울음들을 구경했나.

리온 포이히트방거(1884~1958)는 셀린보다 10년 먼저 태어나 3년 일찍 죽었다. 셀린이 동경한 독일에서 셀린이 경멸한 유대인의 피를 물려받았다. 그가 고야를 주인공으로 쓴 역사소설[42]은 당대를 향한 은유였다. 고야의 시대만큼이나 포이히트방거의 시대도 다른 생각과 다른 소리를 용납하지 않았다. 그는 반유대주의의 피해자였지만 나치즘뿐 아니라 유대 민족주의에도 반대했다. 그가 영국과 미국으로 강연 여행을 떠난 이듬해(1933년) 나치가 집권했다. 나치 정권은 그의 귀국을 막고, 집과 재산을 몰수하고, 그가 쓴 책들을 불태웠다. 프랑스인 셀린이 친나치 활동으로 덴마크에서 체포돼 투옥(1945년)되기 5년 전에 독일인 포이히트방거는 프랑스에서 반나치 지식인으로 체포돼 감금됐다. 여자로 변장하고 탈출한 미국에서조차 좌파 지식인으로 몰려 매카시즘의 굉음을 맞았다.

시대의 소음에 귀를 빼앗긴 자가 sordo였다.

---

42 《고야, 혹은 인식의 혹독한 길》, 문광훈 옮김, 문학과지성사, 2018년.

공장을 밀고 들어간 진압 경찰이 잠긴 문을 딴다.
심장이 둥둥 뛴다. 문이 열리는 순간 눈을 감는다.
설마 그 안에. 아무것도 없다. 경찰 방패 뒤에 숨어
내가 쇠망치로 부수고 뚫은 구멍들뿐이다.

"아빠 좀 전에 잠들었어. 많이 피곤한가 봐. 아빠 깨면 통화하게 해줄게."

아들의 전화를 받은 아내가 말했다. 자고 있진 않았지만 약으로 겨우 잡은 안정을 깨뜨리지 않으려는 아내의 마음이 전해졌다.

"응? 왜 그런 말을 해."

아들이 불안해하는 듯했다.

"수술 잘될 거야. 아냐. 그런 일 없어. 아빠 꼭 나아서 갈 거니까 울지 마."

아내가 아들을 안심시켰다.

두두두두두두.

벽에 구멍을 뚫는 것 같은 소리가 귀마개를 뚫고 들어왔다. 두두두두거릴 때마다 본래 없던 구멍을 땅굴 파듯 뚫어서 만든 기관이 귓구멍일 수도 있겠다는 생각이 들었다. 수술을 앞두고 다시 MRI 통에 들어가자 종양 진단 당시보다 견디기 힘든 크기의 기계 소음이 밀려왔다. 두두두두거릴 때마다 뇌가 깡깡깡깡 울렸다.

수술 전날 종일 검사를 받고 병실로 돌아온 나는 피로와 긴장이 뒤섞여 흐물거렸다. 주렁주렁 매달린 링거 줄이 사슬처럼 따라다니며 행동을 제한했다. 간호사가 주사기를 찔러 스테로이드를 투약했다. 한 번, 두 번, 세 번.

"계획대로 내일 아침 수술할 텐데요. 말씀드린 것처럼 일단 동맥 확장을 한 차례 더 할 겁니다. 응급처치가 잘됐으니까 돌발 상황만 발생하지 않으면 좋은 결과를 기대해볼 수 있지 싶습니다. 마음 편하게 가지시고 너무 걱정하지 마세요."

회진을 온 의사가 검사 결과와 수술 일정을 설명했다. 아내가 몇 가지 질문을 했고 의사가 차분하게 대답했다.

병실 전후좌우엔 수술을 앞둔 환자들뿐이었다. 대부분 암이나 종양을 품고 있었다. 감염병 사태로 보호자는 한 명만 동반 가능했고 병상마다 커튼을 둘러쳐 서로를 경계했다. 6인실이었지만 얼굴 마주치는 일 없이 소리로만 기웃거렸다.

내 병상 왼쪽엔 급성 심근경색으로 짐작되는 환자가 있었다. 응급실로 실려 와 위기는 넘겼으나 안심해도 될지는 추가 수술 결과를 봐야 알 수 있는 듯했다. 환자인 남편은 말이 없었다. 아내가 아들과 통화하고 의사와 상담하는 동안에도 남편의 목소리는 들리지 않았다. 가슴 통증과 호흡곤란을 호소하는 기침 소리만 쿨룩쿨룩하며 가끔씩 그의 있음을 알렸다. 아들은 두세 시간마다 전화를 걸어 엄마를 찾았다. 아들을 달래는 엄마의 목소리도 갈수록 가라앉았다.

"저녁밥 먹었어? 라면? 그만 먹고 엄마가 어제 만들어놓은 동그랑땡 먹어. 우리 아들 동그랑땡 좋아하잖아. 냉장고에서 꺼내서 프라이팬에 데워 먹어. 할머니가 내일 새벽에 출발하시면 점심쯤엔 도착하실 거야. 그때까지 혼자 잘 할 수 있지?"

커튼 저쪽에서 꼬리가 살랑거린다. 잡을까.

오랫동안 먹지 못한 음식이 있었다. 카레, 흰 우유, 죠스바. 모두 처음 먹고 심하게 체한 탓에 성인이 될 때까지 손대지 않던 음식들이었다. 엄마는 카레를 끓인 날이면 나를 위해 소스를 뺀 볶음밥을 별도로 만들었다. 흰 우유의 비린 맛에 적응하기까지 엄마는 내 몫의 바나나우유를 따로 챙겼다. 더운 여름 차가운 빙수가 당길 땐 포도 색소 섞인 죠스바 대신 포도 맛 폴라포를 사줬다.

동그랑땡도 그랬다. 내가 동그라미를 무서워한다는 사실을 아는 엄마는 동그랑땡 대신 세모땡이나 네모땡을 빚었다. 엄마의 세모땡과 네모땡은 동그랑땡이 반드시 동그랗지 않아도 아무 일도 일어나지 않는다는 충격적 진실을 일깨웠다.

동그라미가 아니어도 괜찮아? 괜찮아!

단어에 대한 강박과 집착과 꼬리 물기가 조금씩 느슨해지기 시작한 것도 그 무렵부터였다.

한자로 圓.

둥근 모양의 도형이기도 하고 화폐의 단위이기도 한. 화폐가 엽전이던 시절 그 생김새가 글자의 의미에 반영됐다는. 한국의 원도, 일본의 엔(円)도, 중국의 위안(圓)도 따지고 보면 모두 원(圓). 돈의 자유 앞엔 국경도 없다는 사실은 두말하면 입 아픈 이야기. 그런데 말입니다. 그 옛날 누가 저 사람(員)을 입(口)에 가둔 걸까요. 사람을 물고 씹고 뜯으며 증식하는 돈의 원리를 가장 먼저 꿰뚫은 자가 후대에 남긴 악마적 예언일까요. 그의 예언대로 사람을 줄이고 잘라서 이윤을 남기는 시대가 됐으니 범인을 특정하려면 명탐정이라도 모셔 와야 할까요.

영어로 circle.

지금부턴 현미경을 준비하셔야 합니다. 員을 삼킨 것은 '입구'가 아니라 '나라 국(囗)'입니다. 속을 뻔하셨습니다. 바닥 양쪽 모서리를 자세히 보세요. 발 두 개가 삐져나와 있죠? 범인의 발일 수도 있지 않겠습니까. '나라 국'은 동형이의어입니다. 뒤에 감춘 의미는 '에워쌀 위'입니다. 다시 말해 서클인 거죠. 비밀결사 조직. 그런데 말입니다. 서클을 추적한 사람이 셜록 홈스입니다. 한 숙박업자가 찾아와 일주일이나 방 밖으로 나오지 않는 투숙객의 정체가 의심스럽다며 조사를 부탁한 적이 있습니다. 그때 맞닥뜨린 범죄 조직이 '레드 서클'[43]입니다.

고대 그리스어로 kuklos.

원, 반지, 주기(cycle) 등을 의미. 여기에 씨족 또는 집단

---

43 아서 코넌 도일의 '셜록 홈스' 시리즈 중 한 편인 <붉은 원(The Adventure of the Red Circle)>.

을 뜻하는 clan이 합쳐져 탄생한 이름이 Ku Klux Klan. 짧게 KKK. 이 세계에 가장 해악을 끼치는 폭력 단체 중 하나. 인종을 기준으로 울타리를 치고 울타리 밖을 향해 끔찍한 린치를 가하는. 그런데 말입니다. 울타리(fence)는 우리(cage) 아니겠습니까. 우리는 또 우리(we) 아니겠습니까. 우리라는 동그라미를 그린 뒤 우리는 얼마나 우리의 안과 밖을 구분해왔습니까. 얼마나 우리 아닌 존재들을 우리 밖으로 떠밀었습니까. 우리끼리 끼리끼리 좋습니까. 그것이 알고 싶다 그 말입니다.

"아직 안 잤어?"

엄마 목소리에 잠기운이 배어 있었다.

남편 병상 옆에서 얕은 잠에 든 엄마를 아들의 전화가 깨웠다. 나는 시계를 봤다. 자정을 넘긴 시각이었다.

"무서워? 왜? 무슨 일이야?"

엄마의 목소리가 커졌다.

"응? 아……."

걱정을 누그러뜨리며 엄마가 물었다.

"이 시간에 무슨 영화를 봐?"

엄마가 주위를 의식해 낮게 속삭였다.

"소리를 내면 죽어? 괴물들이 소리 나는 곳으로 몰려가서 막 죽여? 그만 보고 자. 잠 안 자고 혼자서 그런 영화를 보니까 집에서 부스럭 소리만 나도 놀라지."

아들이 소리를 공격하는 괴수 영화[44]를 보다가 전화한 것 같았다.

날카로운 이빨을 제외하면 머리 전체가 청각기관인 괴물들이 머리를 꽃잎처럼 활짝 열고 소리를 찾아다닌다. 눈이 없는 그들은 죽이는 데 열중할 뿐 무엇을 죽이는지는 관심 없다. 자연의 소리엔 반응하지 않으므로 그들이 제거하려는 것은 소리 자체라기보다 소리를 내는 생명체들이다.

그러니 쉿.

애야. 소리 내면 죽는 세상이 영화 안에만 있진 않단다. 영화 따위는 공포에 끼지도 못한다는 사실을 깨닫게 될 때 진짜 공포는 시작되는 거야. 어른이 되는 거지.

그런데 말입니다.

영화에서 괴물을 물리치는 사람은 청각장애를 가진 딸이다. 아버지가 괴물에게 목숨을 빼앗기기 전 만들어준 고성능 보청기를 활용한다. 보청기가 포착한 초음파에 마이크를 대고 증폭시키자 청인에겐 들리지 않고, 농인은 괴로워도 견딜 만한데, 극강의 청력을 지닌 괴물에겐 치명상을 입힌다. 농인은 청인이 듣는 소리를 못 듣는 사람이 아니라 청인과는 다른 소리를 듣는 사람이다.

언어도 술수를 부린다.

absurd엔 어리석은, 터무니없는, 황당한, 이란 뜻도 있다.

44　〈콰이어트 플레이스〉, 존 크래신스키 연출, 2018년.

청각장애(surd)에 부정적 이미지를 씌우는 파생어다. 제대로 들리지 않는 이유가 잘 듣지 못하기 때문만은 아니다. 너무 크게 들리거나 듣고 싶은 것만 들을 때도 정확한 소리는 파악되지 않는다. 사태의 책임을 장애에 돌리는 말의 기만이다. 동그랗고 매끈하고 반질반질한 세계관. 찌그러뜨려야겠죠?

소리를 잡아먹는 괴수가 내 머릿속에도 있었다. 개미보다 작은 놈이 슬금슬금 자라나더니 어느 날 소리의 절반을 집어삼켰다. 뇌 속 깊이 정체를 숨기고 있다가 신경까지 샅샅이 뒤지는 촬영 장치를 들이대자 통통하게 살 오른 모습을 드리냈다. 식충식물처럼 촉수를 활짝 열고 기다리다가 소리를 감지하는 순간 내가 듣기도 전에 달려들어 이빨을 박았다. 놈에게 뜯어 먹힌 소리가 너덜너덜해진 몸으로 기어 와 이명이 됐다. 덫에 걸려 발목뼈가 부러진 짐승처럼 울부짖었다. 나는 놈을 제거하길 포기하고 공생을 선택했다. 제거를 시도하다 실패하면 추가 마비 등으로 보복 공격을 당할 수 있었다. 강한 방사선을 쏴 놈의 성장을 억제하는 전략을 의사와 짰다. 그러니 쉿. 내 모든 생각을 놈이 듣고 있을지도 몰라.

"잘 주무셨어요? 컨디션 좀 어떠세요?"

이른 아침 링거를 살피며 간호사가 물었다.

"별로예요."

안정제를 먹었는데도 잠을 자지 못했다. 떼로 몰려온 괴수들에게 잠을 약탈당한 것 같았다. 옆 병상도 마찬가지였다.

아들과 새벽 통화를 마친 아내가 수술을 앞둔 남편을 보며 참고 있던 화를 터뜨렸다.

"이 지경이 됐는데도 아니래? 어떻게 아니래? 고막 말아먹는 소음 견디면서 조선소에서 10년 넘게 용접만 하다 쓰러졌는데. 어떻게 산재가 아닐 수 있어. 여덟 살밖에 안 된 우리 아들이 왜 엄마 아빠 없이 밤새 혼자 있어야 하냐고."

남편은 역시 말이 없었다.

"조이섶 님, 이제 이동하셔야 돼요."

간호사가 수술 시간이 됐다며 나를 데리러 왔다. 간호사를 따라 병실을 나오는데 열린 커튼 사이로 옆 병상이 보였다. 낯선 수중생물이 배를 드러내고 누워서 가쁜 숨을 몰아쉬고 있었다. 붕어도, 문어도, 고래도 아닌 종(種)의 얼굴을 여자가 수건으로 닦아주고 있었다. 곤봉처럼 생긴 꼬리와 날카로운 이빨. 등으로 향한 가슴지느러미.

진화 혹은 퇴화는 생존을 위한 것이기도 했지만 그 세계에 없는 것을 향한 염원이기도 했다.

33

쏟아지는 폭설을 뚫고 코뿔소들이 발굽을 구르며 달렸다. 익룡들이 까불대는 독수리들을 물어 죽이며 제비처럼 날았다. 일몰의 구름 위에서 대왕모기 떼가 주둥이를 세우고 흡혈 대오로 활강했다. 짖는 법을 잊은 사냥개들이 뛰는 법을 터득한 거북이들을 쫓느라 헐떡거렸다. 하수구에서 왕국을 이룬 쥐들이 백화점 로비에서 영토 확장 전쟁을 벌이며 대리석을 갉아 먹었다. 가로수에 거꾸로 매달린 원숭이들이 밤길 잃은 인간의 눈알을 빼 먹으며 박수를 쳤다. 서식지와 기후대와 종속과목강문계를 무시한 생물과 무생물들이 한꺼번에 뒤죽박죽돼 정체 모를 생태계를 이뤘다. 묘사할 단어를 가진 적 없는 소리들이 내 오른쪽에서 스물네 시간 우글거렸다. 징글징글한 정글이었다.

따다다다다다다다다.

얼굴이 반사적으로 일그러졌다.

정말 끊이지 않고 오는구나.

정글의 최상위 포식자가 배고픈 사람들을 찾아다녔다. 자기 배를 채울 식량을 사냥하기 위해서가 아니라 누군가의 배를 채울 음식을 갖다주느라 출몰했다. 주문하면 어김없이 나타났다. 때와 장소와 날씨를 상관하지 않고 따다다다다다다다 달렸다. 포식자의 급가속 엔진 소리는 고막의 따귀를 후려치며 정글의 모든 소리들을 때려눕혔다. 귓구멍에 굵은 쇠 정을 꽂고 고속으로 망치질을 했다.

오토바이가 난폭한 소리로 공회전을 했다.

맞은편 거울 안에서 내 얼굴이 다리미로 다려도 펴지지 않을 표정을 짓고 있었다. 짜증이 걸린 목구멍에서 욕이 스멀거렸다. 벽을 붙잡고 천천히 몸을 일으켰다. 화는 내지도 못할 거면서 창문을 열고 아래를 노려봤다. 배달 오토바이에 젊은 남자가 앉아 있었다. 목에 뭔가 걸린 듯 쿨룩거리며 가래를 끌어 올렸다. 뱉으려던 것이 가래인지 짜증인지 울화인지 주위를 둘러보더니 꿀꺽 삼켰다. 헬멧 안으로 밀어 넣는 남자의 얼굴이 머리를 감고 닦지 않은 것처럼 땀을 뒤집어쓰고 있었다. 남자가 액셀을 당겼다.

따다다다다다다다다.

100미터 달리기 선수가 온몸의 기운을 끌어모아 출발선에서 튀어 나가는 듯한 소리였다. 삼선 슬리퍼를 신고 질주하는 남자의 뒷모습이 위태로웠다. 빨수록 색이 빠지는 청바지처럼 오토바이가 속도를 높일수록 남자가 씻겨나갔다. 소리의 정글을 빠져나와 플랫폼의 정글로 들어서자마자 포식자의 지위는 추락할 것이었다. 권력은 속도를 당기는 자가 아니라 속도를 요구하는 자에게 있었다.

얼굴이 쉴 새 없이 일그러지는 날들이었다. 오토바이가 지상에 토해낸 소리가 벽을 타고 4층의 내 방으로 기어 올라와 포효했다. 바이러스가 번성할수록 더불어 번성하는 소리였다. 집 밖으로 나오지 않는 사람들이 늘어나면서 그 소리도 밤낮 없는 과로로 눈이 벌게졌다.

수술 뒤 나를 둘러싼 소리들이 놀랄 만큼 커지고 거칠어졌다. 내 귀는 천지간에 둘뿐이면서 성격이 극단적으로 달랐다. 전날까지 일심동체를 과시하다가 다음 날 원수가 돼 이혼하는 부부 같았다. 오른쪽 귀가 소리를 못 듣게 되자마자 왼쪽 귀는 소리를 너무 크게 듣기 시작했다. 한쪽이 안 들리는 것도 당황스러웠지만 다른 한쪽으로 소리가 돌격하듯 뛰어드는 것도 괴로웠다. 방사선을 얻어맞은 괴수가 배신감에 치를 떨며 고래고래 소리를 지르나 싶었다. '나는 네 머릿속 이물질이 아니라 바로 너 자신'이란 사실을 잊지 않게 해주겠다며 응징에 나선 듯했다.

까치의 떼창이 시작되면 귓속에서 폭약이 터졌다. 집 앞 도로를 파헤치는 굴착기 소리는 뇌를 쪼아 고랑을 파는 것 같았고, 도로 저편에서 선로를 긁으며 달리는 전철 소리는 <신세계로부터>가 아니라 고밀도의 두통을 불러냈다. 길을 걷다 자동차 경적 소리가 들리면 갑자기 튀어나온 강도를 마주칠 때처럼 소스라쳤다. 마트는 정글의 한복판이었다. 마이크 댄 호객 소리가 귀에 못질을 했다. 걸, 으, 면, 늦, 어, 요. 어, 서,

어, 서, 뛰, 세, 요. 나는 최선을 다해 뛰었다. 마트에 들어서자마자 귀를 막고 휘청거리며 뛰었다. 맹수에게 쫓기듯 일용할 먹이만 구해 서둘러 정글을 탈출했다.

굉음과 이명이 좌우 귓속에 빈틈없이 들어차면 동그란 공황이 몰려왔다. 공기가 희박해지고, 숨이 막히고, 속이 뒤집히고, 사방이 조여왔다. 듣는 데 이상이 생긴 뒤에야 인간 세상이 얼마나 시끄러운지 알게 됐다. 세상에 희로애락이 만발할 때마다 나는 단지 너무 시끄러웠다.

귀보다는 뇌의 문제라고 했다.

뇌는 그렇게라도 소리를 만회하고 있었다. 이명의 원리와 같다고 나는 이해했다. 음량 누가[45]는 작은 소리들이 부여잡은 확성기란 생각이 들었다. 이 세계가 잃어버린 소리들이 소멸되지 않으려고 간절하게 붙든 최후의 마이크. 누군가에겐 들리지 않고, 누군가는 듣고도 못 들은 척하는데, 극강의 청력 없이도 누구나 들을 수 있도록 소리를 키워내는 장치. 남쪽 소도시 공장 굴뚝에 매달린 노동자의 목소리를 서울 본사 앞 집회 현장으로 불러내 증폭시킨 확성기처럼. 그렇게 해서라도 똑바로 들으라는 청각신경의 강요 같았다.

그래서 몇 데시벨쯤일까. 지금 내 귓속은.

---

45 loudness recruitment. 뇌가 손실되는 청각 정보를 보상받기 위해 실제 소리보다 크게 듣는 현상. 달팽이관 내부의 청각 수용체 손상 등과 관련 있다고 알려져 있다. 소리를 잘 듣지 못하다가도 음의 강도를 높이면 견디기 힘들 만큼 크게 듣는다.

그 소리들로 이뤄진 세계엔 누가 살고 있을까.

내 오른쪽 귀는 115데시벨[46] 이상은 돼야 미세한 진동을 인지했다. 헬리콥터의 이착륙 소리 크기였다. 인간은 110데시벨이 되면 고통을 느꼈다. 100데시벨[47]은 착암기 소음의 음압이었다. 장시간 노출되면 청력이 파괴됐다. 내 귓속 세상에선 착암기가 동네 골목을 산책하듯 돌아다니며 건물 벽에 구멍을 뚫었고, 경찰 헬기가 한밤중에도 공장 옥상을 저공비행하며 프로펠러 소리로 잠을 빼앗았다. 그 세상에서 예민하고 섬세한 생명체는 멸종을 피하지 못했다. 무신경이 고도로 발달한 인간만 대를 이어 번성했다. 진화 혹은 퇴화는 세상에 없는 것을 염원하다 수술실로 실려 가는 존재들의 자기 보존 수단이었다.

"지금 거신 번호는 없는 번호입니다."

전화기 저편에서 그의 증발을 알리는 음성이 들렸다.

통화 신호가 끊긴 휴대전화기를 한동안 바라봤다. 착암기로 바위를 쪼개며 100데시벨의 시대를 일궜던 사람이 다시 사라졌다. 이번엔 '당분간'도 아니었다.

---

46 청력 역치. 청력검사에서 피검사자가 들을 수 있는 가장 작은 소리를 뜻한다. '산업안전보건기준에 관한 규칙' 제512조 2항은 '115데시벨 이상의 소음이 1일 15분 이상 발생되는 작업'을 '강렬한 소음작업(1일 여덟 시간 85데시벨 이상의 소음이 발생하는 작업은 '소음작업')으로 정의한다.

47 업종별 소음 노출 평균값은 섬유제조업이 92.66데시벨로 가장 높고, 다음으로 제재업 91.87데시벨, 선박건조수리업 88.82데시벨, 금속재료품제조업 87.54데시벨, 비금속광물제품제조업 87.36데시벨, 수송용기계기구제조업 86.70데시벨 등의 순서(김규상 《소음과 청각》, 이담, 2013년)다.

번호는 살아 있던 10여 년 전 일이 떠올랐다. 그때도 인간을 가장한 기계의 목소리가 그의 잠적을 공지했다.

"지금 거신 전화는 고객의 요청에 따라 당분간 착신이 정지돼 있습니다."

'당분간'이 됐다 싶을 때쯤 전화를 해봤지만 '정지'는 계속되고 있었다. 당분간은 한없이 늘어났다. 나는 왠지 모를 불안으로 그를 찾아 나섰다.

그는 퇴직 광부였다.

역사적 노동 항쟁의 현장이었던 국내 최대 민영 탄광이 문을 닫을 때 그를 처음 만났다. 몸집이 왜소한 그는 자기보다 큰 동발[48]을 등에 지고 땅속을 기며 채굴 중인 갱의 붕괴를 막았다. 탄광 노동을 운명으로 알고 살았던 그의 시간을 기록하며 한 산업의 마지막을 배웅했다. 광부의 아들로 태어나 광부의 삶을 거부하며 도망쳤던 그는 결국 광부로 돌아와 광부로 가정을 이뤘고 광부로 구조조정됐다. 폐광 뒤 그는 탄광을 허물고 들어선 카지노에서 청소 일을 했다. 석탄의 시대에 빽없인 입사조차 힘들다던 탄광에서 정규직 광부로 자부심 높았던 그가 석탄과 더불어 퇴출돼 도박장이 된 옛 일터를 쓸고 닦았다. 오랫동안 연락을 주고받던 그의 전화기가 한참 지나도 복구되지 않자 접촉 가능한 모든 사람들에게 그의 소식을

---

48 동바리의 준말. 탄광이 무너지지 않도록 갱을 받치는 구조물. 나무 동발이 사용되다가 점차 금속 재질로 바뀌었다.

물었다. 동료 광부들뿐 아니라 가족도 그의 근황을 알지 못했다. 기분 나쁜 상상이 꼬리를 흔들었다.

그를 찾으러 무작정 그가 살던 폐광촌으로 갔다. 문 닫은 광산에 사람이라곤 없었다. 한참을 기다렸지만 아무도 나타나지 않았다. 광부 사택은 폐허가 돼 있었다. 강제 퇴거가 마무리되면서 폭탄 맞은 몰골로 변해 있었다. 수차례 방문했던 그의 집도 문짝이 떨어지고 천장이 뜯겨 있었다. 마을로 내려가 마주치는 주민들마다 물었다. 많은 사람들이 그의 이름을 알았지만 누구도 그의 소식은 알지 못했다. 과거 그가 진폐증으로 입원했던 병원까지 찾아갔지만 소용이 없었다. 포기하기 직전 한 번 더 사택으로 올라갔다. 어둠이 내리는 주차장 터에서 유령이 어른거렸다. 웃통을 벗고 산에서 내려오는 물을 받아 머리를 감고 있었다. 아무도 존재해선 안 되는 아파트에 숨어 유령으로 존재하는 사람이었다. 그의 옛 동료였던 유령으로부터 그의 소식을 들을 수 있었다. 유령의 안내로 겨우 만난 그도 이미 절반은 유령이었다. 두 차례 자살을 시도한 뒤였다. 광부 선배로서 스스로 목숨을 끊은 아버지와 광부 동료로서 시비 끝에 맞아 죽은 친구의 길을 뒤따랐을 뿐이라고, 퇴직 뒤 쌓인 빚도 그 길을 재촉했다고, 쉽게 죽을 줄 알았는데 죽는 것도 쉽진 않더라고, 그가 놀란 나의 얼굴을 마주보며 그게 뭐 놀랄 일이냐는 얼굴로 말했다.

자살에 실패한 뒤로 그는 살기 위해 애썼다. 카지노 청소를 다시 나갔고, 되살린 전화로 가끔 무사함을 알렸다. 새해가 되면 연하장을 보내 나의 건강을 빌었다. 물 맑은 계곡에서 낚시 중이라며 물 쏟아지는 소리를 들려주기도 했다. 그에게 전화를 걸면 흥겨운 트로트가 흘렀다. 쓸쓸히 창밖을 보니 주루룩 주루룩 주루룩 주루룩 밤새워 빗물이 내렸다.

그가 다시 증발했다.

어느 날 전화를 걸었을 때 과거 그의 잠적을 알렸던 목소리가 앞을 막아섰다. '정지된 번호'가 아니라 아예 '없는 번호'란 선언이었다. 그의 행방을 더는 자신에게 묻지 말라며 단호하게 선을 그었다. 기분 나쁜 상상이 다시 꼬리를 내밀었다. 전보다 빠르게 흔들었다.

꼬리가 꼬리를 물었지만 선뜻 붙잡지 못했다. 듣고 싶지 않은 소식을 들을 수도 있다는 불안이 앞섰다. 꼬리가 일곱, 여덟, 아홉 개로 불어나며 공중제비를 돌자 참지 못하고 다시 그를 찾기 시작했다.

모른다, 모른다, 모른다는 전언이 이어졌다. 몇 년 사이 그는 '모르는 사람'이 돼 있었다. 전화번호가 없어지니 타고 들어갈 SNS 단서조차 모두 끊겼다. 10년 전 그의 소식을 물어봤던 여동생은 물론 이젠 서른 살이 다 됐을 딸들과도 연락이 닿지 않았다.

모른다는 말들 속에서 그의 오랜 친구였던 퇴직 광부의 번호를 얻을 수 있었다. 탄광이 문을 닫기 직전 나도 만난 적이

있는 사람이었다. 그도 나를 희미하게 기억하고 있었다. 20여
년의 시간이 박박 문질러 지운 기억을 더듬느라 서로가 부질
없는 애를 썼다.

─건강하시죠?

"허파에 쌓인 탄가루 때문에 갈수록 숨 쉬기가 힘들어."

─건강하셔야죠.

"매일 밤 소주 두어 병 털어 넣지 않으면 잠을 못 자."

─토끼 형님 연락이 안 돼요.

"나도 마지막으로 본 지 몇 년 됐어."

─전화번호가 없어졌던데요.

그는 아는 것과 모르는 것이 있었다.

아는 것.

"그 친구 중증 치매가 와서 요양병원에 있대. 나도 건너 건
너 전해 들은 이야기야. 딱하지. 말도 못 하고 두 살 아이처럼
됐다는데."

모르는 것.

"어느 병원에 있는진 나도 몰라. 알아는 봤는데 알 방법이
없었어. 소문만 있지 정확하게 아는 사람이 없어. 딸들이 병
원비는 낸다더라고. 그나마 다행이지."

아는 것과 모르는 것 사이엔 차이랄 게 없었다.

─어떡해요.

"뭘 어떡해. 다들 그렇게 살다 가는 거지."

―그런 게 어딨어요.

"토끼뿐인가. 우리가 그렇게 살았어. 필요할 땐 산업 역군이니 전사니 요란 떨더니 필요 없어지니까 나라가 나서서 우리를 폐기[49]했잖아. 같이 탄 캐던 친구들도 하나둘 세상 떠나고. 쓸쓸해."

―…….

"나 한번 보러 와. 소주 한잔해. 나 어떻게 사는지도 좀 들어주고. 늦기 전에."

―그럴게요.

부질없는 초대와 약속.

'이젠 없는 번호'를 지우려다 그냥 둔 채 마지막으로 발신 버튼을 눌렀다.

어디 계세요?

주루룩 주루룩 밤새워 내리는 빗물 사이로 그가 말하는 듯했다.

글쎄, 어딜까.

그는 내가 더 이상 닿을 수 없는 곳에 있었다. 평생 바위 뚫는 소리에 청력이 상했던 그가 이제 누구도 찾지 못할 기억의 갱 안에서 어떤 소리에 둘러싸여 있을지 궁금했다.

소리가 사라지면 함께 사라지는 사람들이 있었다. 단지 쓸모만 없어진 것이 아니라 인류의 미래에 해악이 돼버린 산업

---

49 감산과 폐광이 뼈대인 석탄산업합리화정책.

의 옛 종사자는 그가 건설한 100데시벨의 세상에서도 쫓겨났다. 그 소리를 구조조정하며 첨단에 이른 시대는 구조조정에 열중할 뿐 무엇이 구조조정되는지엔 관심이 없었다. 경쟁력 잃은 사람들이 퇴출되는 것은 당연하다는 말이 당연한 세계가 되면 그 세계에서 견딜 수 있는 미래란 없다.

34

글쎄, 어딜까. 그 남자는 지금 어디에 있을까.

이보게, 왓슨. 이 사건은 일종의 꼬리잡기일 가능성이 높아. 고르지아노의 처지와 같다고 할 수 있지. 방 한가운데 그려진 빨간 동그라미 안에서 목에 칼을 꽂고 시체로 발견된 거구의 이탈리아인 말일세. 레드 서클의 무시무시한 살인마였던 그가 조직의 명령을 어기고 도망친 배신자를 응징하려다 거꾸로 살해당한 일을 떠올려봐. 도망자를 죽인 뒤 평소처럼 시체 주위에 조직의 표식을 남기려던 고르지아노가 오히려 도망자에게 죽임을 당해 그 표식 안에 피투성이로 쓰러져 있었어. 어떤가. 닮지 않았나.

꼬리에 꼬리를 물면 꼬리의 처음과 끝은 어디일 것 같나. 쫓는 자가 쫓기는 자에게 죽임을 당했어. 쫓는 자가 쫓기는 자를 물고, 쫓기는 자가 쫓는 자를 물고, 처음이 끝을 물고, 끝이 처음을 물면 말이지. 꼬리를 잡은 건가, 꼬리가 잡힌 건가.

남자의 현재 위치를 찾으려면 남자가 사라진 곳부

터 파봐야겠지.

단서는 저 소리.

뿌아앙 뿌아아아아아아앙.

배기통을 풀튜닝해 정체 도로에서까지 소음을 싸지르는 자동차들.

그 남자 말이야. 주변 사람들을 탐문했더니 폐광으로 실직한 뒤에도 희망을 품고 살았더군. 적지 않은 광부들이 카지노에서 퇴직금을 날리고 있을 때도 조카뻘 학생들 틈에서 공부해서 사격승을 세 개나 땄어. 자동차 정비, 자동차 검사, 지게차 운전. 그런데 말일세. 배신당한 희망이 어디 한둘이던가. 퇴직 광부 출신의 나이 많은 초짜를 기술자로 채용해주는 곳이 어디 있었겠나. 결국 있으나 마나 한 자격증이 됐지. 30년 숙련한 채탄 기술은 탄광 문을 나서는 순간 더는 기술이 아니었고, 고생하며 배운 새 기술은 일을 하며 숙련할 기회조차 얻지 못했어. 어린 딸들을 생각하면 뭐든 하지 않을 수 없었을 거야. 건물 옥상의 물탱크를 청소하고 국도 공사장에서 도로를 닦았어. 배추 수확 일도 했다는데 모두 일당 노동이었지. 써먹을 일 없는 자격증을 볼 때마다 남자는 운전면허 갱신을 거부당한 채속도 제한 없는 자동차경주에 던져진 것처럼 막막

하지 않았을까.

뿌아앙 뿌아아아아아아앙.

수십 바퀴를 도는 코스에서 경주차들이 꼬리를 물고 달린다고 해보세. 경쟁자들을 쉴 새 없이 앞지르며 트랙을 질주한 레이서가 선두로 결승점을 통과해. 두 팔을 번쩍 치켜들며 뒤를 보는데 따라오는 차가 한 대도 없는 거야.

꼬리에 꼬리 물기의 역전.

당혹스럽지 않겠나. 따돌리고 따돌리며 맨 앞으로 추월해 왔다고 믿었는데, 따돌려지고 따돌려지며 맨 뒤로 추월당하고 있었던 거지. 최선을 다해 빨리 달리고 있지만, 최선을 다해 빨리 달리는 이유는 생각나지 않고, 단지 최선을 다해 빨리 달리는 행위만 남아버린. 뒤집혔으나 뒤집혔다는 감각 자체를 잃어버린. 그런 사태.

자네도 알지 않나. 오직 가속만을 목표로 고안된 차량은 더 빨라지고 더 가벼워지기 위해 모든 안전 장치를 제거한다는 걸. 전복의 충격은 운전자 개인의 몫일 뿐이고. 너무 빠르면 무엇에 충돌하는지도 모른 채 부서지고 만다네.

무슨 소리냐고?

무슨 소리겠나.

그 남자의 증발은 사건일세. 유사한 증발이 오래 전부터 보고돼왔는데도 수사기관은 한 번도 사건으로 접수한 적이 없었어. 자연현상이라고 봤을 테지. 내 판단은 다르네. 남자의 증발은 어떤 흉포한 살인 사건보다 주목받아야 한다고 생각해. 어쩔 수 없는 일로 보는 한 범인은 결코 잡을 수 없어.

산업화의 첨병으로 한평생 살았으나 정비 자격증을 갖고도 4차 산업혁명의 인재로 자신을 튜닝하지 못한 남자. 브레이크까지 떼어내고 목숨 낳는 속도로 달렸을 뿐인데 시대에 추월당해 낙오자가 돼버린 사람이 사라진들 어디로 갈 수 있겠나.

그는 여전히 궤도 어딘가에 있을 거야. 쓰임을 다하고 폐기된 뒤에도 빠져나오지 못하는 궤도. 처음이 끝의 멱살을 잡고 끝이 처음의 행세를 하는. 그게 표식이야.

그러니까 범인은 말일세…….

35

뿌아앙 뿌아아아아아아앙.

얼굴을 일그러뜨리며 두 손으로 귀를 막았다. 왼쪽만 가려
도 되지만 손의 습관은 아직 두 귀를 모두 방어했다. 도로를
벗어나 호수공원으로 들어가기까지 나는 허세 찌든 소리의
자기과시로부터 멀어지느라 빨라지지 않는 걸음걸이를 닦
달했다. 어깨에 뽕을 넣은 소리들이 나를 뒤쫓으며 무리 지어
짖었다.

그 길에선 내가 가장 느렸다. 속도를 잃고 나풀거리는 나를
모두가 앞질렀다. 엄마 손 잡은 어린아이도, 유아차를 미는
할머니도, 반려인과 산책 나온 강아지도, 깡충깡충 뛰는 까치
까지 나를 사뿐히 제치고 지나갔다. 인간에게 중력이 필요한
까닭을 실감하고 있었다. 중력이 붙들어주지 않으면 뭉게뭉
게 피어올라 우주까지 날아가버릴 것 같았다. 우주인의 걸음
걸이로 펄럭펄럭 걷다 보면 손만 놔도 우주로 쫓겨날 듯한 사
람들이 길의 도처에서 펄럭이고 있었다.

포클레인이 호수 바닥을 헤집었다.

물을 빼 수위를 낮춘 호수에서 커다란 잉어들이 배를 드러
내고 죽어 있었다. 비늘의 결을 따라 은둔하고 있을 나이테

들⁵⁰을 생각하며 나는 호수 가장자리를 무한궤도처럼 돌다 죽은 잉어의 일생을 애도했다. 물살을 받아낸 시간만큼 비늘이 무늬를 얻는다는 사실은 아름다운 전설처럼 눈물겨웠다. 물고기에겐 등을 곤두세운 세로가 평형이었다. 분수대를 만든다며 파헤친 호수 곳곳에서 세로를 잃은 잉어들이 가로로 쓰러졌다.

나도 세로를 잃었다.

종양이 체중을 불릴수록 뇌 신경을 압박해 평형감각을 망가뜨렸다. 평형의 손상은 눈의 초점을 어지럽혔다. 안구진탕으로 검은자가 흰자를 두고 혼자 굴러다녔다. 강풍 앞의 바람개비처럼 눈동자가 화르르륵 돌며 하늘땅을 뒤집었다. 사방이 도는데 비이이잉 비이이잉 도는 것이 아니라 빙빙빙빙 돌았다. 눈만 감아도 중심이 무너져 가로가 됐다. 균형을 잃은 인간은 제대로 볼 수 없었다.

직립을 당연하게 여기는 인간에게 평형이란 깨진 뒤에야 인지되는 감각이었다. 두 손이 두 발로 퇴화해 다시 네발이 된 나는 스스로를 짐승과 구별지어온 인간의 오랜 오만을 반성했다. 직립이 균형이란 믿음 역시 인간만의 착각일 수도 있었다. 누워서 머리만 들어도 속이 뒤틀렸다. 천장이 그렇게 높은 바닥인 줄 그때 처음 알았다. 나의 평형을 받쳐줄 것은

---

50 '물고기 비늘의 나이테'를 뜻하는 영어 circulus가 같은 철자의 라틴어에선 '동그라미'와 '(천체의) 궤도'란 의미를 지닌다.

방바닥밖에 없었으나 겨우 일어나 한 발짝 걸으면 바닥이 농구공처럼 튀었다. 호수공원으로 이어지는 산책길에서 걷기 연습을 할 때면 땅바닥이 이마까지 솟구쳤다가 발밑으로 곤두박질쳤다. 바닥에 있어야 방바닥이고 땅바닥인데 자기 자리를 모르고 출렁대는 바닥은 인간의 바닥 아닌가. 누르고 감춰도 출렁대면 드러나고야 마는 그런 바닥.

"이 와중에 제가 기자님까지 돌봐야겠어요?"

널브러진 내게 물 잔을 건네며 한 어머니가 말했다.

배는 가로가 평형이었다. 그 배가 바다에서 평형을 잃고 세로로 가라앉은 뒤 이 문명의 바닥에 쌓여 있던 찌꺼기가 스멀스멀 떠올랐다. 찌꺼기를 제거하기보다 그 찌꺼기를 기꺼이 뒤집어쓰며 이룩한 번영이 침몰한 배의 폭로로 바닥을 드러냈다. 그 바다에서만큼 평형 깨진 세계의 메스꺼움을 강렬하게 감각한 적이 내겐 없었다.

여객선이 침몰한 이듬해 겨울 새벽이었다.

나는 참사 지점으로 향하는 작은 행정선 안에 있었다. 식수가 부족한 섬들을 돌며 물을 공급하던 그 급수선은 여객선 침몰 당시 승객을 두고 탈출한 선장과 선원들을 뭍으로 실어 날랐다. 자신의 아들딸을 버린 자들의 생명을 구한 배 안에서 부모들은 속이 뒤틀렸다. 유족들이 그 바다로 다시 나가는 것을 방해라도 하듯 파도가 날뛰었다.

"어쩌자고 멀미약을 안 먹었어요?"

낯빛이 하얗게 질리기 시작한 내게 물의 본거지에서조차 물기라곤 없는 표정의 유족들이 물었다.

일주일 전 대법원은 배의 침몰 원인을 알 수 없다는 내용의 판결을 내렸다. 유족들은 민간 잠수사들을 고용해 바다로 나갔다. 참사 이유를 밝힐 증거를 직접 찾고 선체 상태를 촬영해두려는 목적이었다. 인양 과정에서 증거 왜곡이나 조작이 발생할 수 있다고 유족들은 우려했다. 그들은 국가를 향한 믿음을 버린 지 오래였다. 유족들은 파도의 곡예 속에서도 눈을 붙이고 잠을 청했다. 그 바다를 반복해서 오가며 파도의 일에 무감해진 그들은 멀미를 대비하는 일에도 숙련돼 있었다.

욱.

유족들 틈에 앉아 있던 나는 출항 한 시간여 만에 속이 뒤집혔다. 거무튀튀한 얼굴이 노리끼리해지더니 금세 희끄무레해졌다. 멀미약을 먹지 않은 사람은 배 안에서 나밖에 없었다. 바다를 모르는 사람의 티를 색색으로 내고 있었다. 육중한 파도가 행정선을 들어 올리고 팽개칠 때마다 록 콘서트장의 흥분한 관객들처럼 내장들이 점핑을 했다.

우욱.

전날 먹은 것들이 목구멍을 타고 올라오며 바깥세상을 보려고 했다. 참사 현장에 가까워질수록 스스로를 다잡는 부모들 앞에서 나는 그것들에게 세상 구경만큼은 시킬 수 없어 목줄을 움켜잡았다. 한 손으로 목을 틀어쥐고 다른 손으론 입을 틀어막았지만 복장 터지는 사태를 막진 못했다.

"심하게 왔네."

한 아버지가 걱정스러운 얼굴로 말했다.

"바람이라도 좀 쐬어요."

나는 갑판으로 달려 나갔다. 선실 밖으로 나가자마자 나의 깊은 내면들이 선두를 다투며 뛰쳐나왔다. 배가 요동치는 박자에 맞춰 바다로 죽죽 다이빙했다. 바람이 거셌고, 파도는 신났고, 엔진은 요란했다. 다른 아버지가 따라 나와 내 등을 두드렸다.

"난간 꽉 붙들어요. 놓치면 바다로 떨어지는 거예요."

여객선이 가라앉은 뒤 부모들은 자식들에게 한 약속을 붙들고 버텼다. '너희가 바다에서 나오지 못한 이유를 꼭 밝히겠다'는 약속이 그들을 지탱해온 난간이었다.

"피항합니다."

파도가 위험 수위로 높아지자 선장이 가까운 섬을 찾아 배를 몰았다. 아침 식사를 하러 들어간 허름한 식당에서 나는 사지를 뻗고 누웠다. 몸이 의지를 무시하니 마음도 창피를 챙길 겨를이 없었다.

"내가 지금 누굴 보살필 처지가 아닌데, 영광인 줄 아세요."

한 어머니가 혼미한 정신의 내게 죽을 가져다줬다. 억지로 짜낸 그의 농담에 나는 웃지도 울지도 못했다. 기자와 쓰레기를 동의어로 만든 참사였다. 그 유족들에게 간호를 받으며 나는 내가 징그럽도록 미웠다. 할 수만 있다면 그들 눈앞에서 마술처럼 사라지고 싶었다.

파도가 잦아들자 유족들은 다시 출항했다. 나는 섬에 하나뿐인 보건소 문이 열리길 기다려 약을 받아 삼킨 뒤 다시 목을 졸라매고 따라나섰다. 덜컹거리던 내장이 차분해질 때쯤 여객선이 가라앉은 바다에 닿았다. 촬영 장비를 챙긴 잠수사들이 바다로 뛰어들었다.

"기가 찬다."

유족들의 눈이 보이지 않는 바다 아래를 보고 있을 때 탄식이 들렸다.

"이 사람들, 어떻게 이렇게까지 해요?"

한 유족이 스마트폰에 뜬 뉴스를 전했다.

그 시각 국회에선 참사 원인을 규명하기 위해 설치한 특별조사위원회의 여당 쪽 위원들이 기자회견을 열고 있었다. 여객선이 침몰하던 당시 푸른 기와집에서 무슨 일이 있었는지 조사하기로 한 위원회의 결정을 두고 "해괴하다"고 했다. 참사 이유를 조사하는 기관의 조사위원들이 '진실 규명에도 성역은 있다'고 주장했다. "그 일을 밝히는 것은 국가의 기본 질서와 근간을 뒤흔드는 행위"라며 조사를 강행하면 전원 사퇴하겠다고 했다.

어디 있는지 찾을 수 없던 국가가 고작 그 집 안에 있었단 말인가.

유족들은 허탈해했다. 물살은 푸르다 못해 속이 시커멓게 탄 바다에서보다 기와만 푸르스름한 집 앞에서 더욱 사납게 날뛰고 있었다. 그 집의 참사 대응을 조사해달라고 특조위에 요청했던 아버지가 배에서 내려 급히 상경했다.

바닥들이 노출되고 있었다.

평형을 잃은 내가 게워 올린 바닥. 평형 잡는 물조차 채우지 않고 출항한 배가 침몰하며 노출한 바닥. 평형을 잃은 배가 가라앉자 평형이었던 적 없는 국가가 창피한 줄도 모르고 드러내는 바닥. 배는 인양됐지만 뜰채로도 건져지지 않는 찌꺼기들이 여전히 그 바닥에 수북했다.

멈추지 않고 가라앉는 이유는 무거워서가 아니라
바닥에 끝이 없기 때문이다.

삐빅 삐삐 삐빅.

문은 열리지 않았다. 비밀번호를 다시 눌렀다. 삑삐 삑삑
삑삐. 역시 열리지 않았다.

"왜 안 열리지?"

잘못 눌렀나 싶어 번호를 차근차근 눌렀다. 그대로였다. 번
호 우는 소리가 귀에서 멀었다.

내가 번호를 헷갈리고 있나.

머릿속에서 꺼낸 숫자를 입 밖으로 하나씩 뱉으며 손가락
으로 꼭꼭 찍었다. 도어록이 연거푸 오류 신호를 냈다.

내 머리가 하는 일에 불신이 커지고 있었다. 스테로이드 복
용 기간이 길어지면서 불면증이 왔다. 안정제를 먹지 않으면
잠을 자지 못했다. 스테로이드와 안정제가 포함된 약을 의사
처방에 따라 하루 세 차례 먹었다. 의식하지 못한 사이에 정
신을 잃듯 잠들었다. 정신을 차리면 밥때가 돼 있었고, 약을
먹기 위해 밥을 먹어야 했고, 약을 먹었으니 다시 정신을 잃
었다. 한번 잠들면 무슨 일이 벌어져도 모를 만큼 혼미했는데
도, 새벽 2시나 3시면 어김없이 깨어났고, 아침 약을 먹을 때
까지 다시 자지 못했다. 그렇게 완성되는 스물네 시간이 반

복되면서 나는 온몸의 뼈를 빼앗긴 것처럼 흐물거리고 무기력해졌다. 눈이 까끌까끌했고, 머릿속은 온통 뿌옜다. 걸음의 속도만큼 생각의 속도도 느려졌다. 기억이 가물거리더니 호출에도 불응하는 일이 잦아졌다.

억지로 걷기 연습을 하고 돌아온 날이었다. 계단을 하나씩 오르는데 열이 따라서 올랐다. 얼굴이 화끈거렸다.

비밀번호를 바꿨던가.

도어록의 거부가 되풀이되자 나는 혼자 묻고 답하기 시작했다.

"이 번호 맞는데?"

"아닌가."

"맞잖아?"

"아닌가."

삐삐 삐삐 삐삐 삑삑 삑삑.

열리지 않는데도 계속 번호를 눌렀다.

이상했다.

바지 주머니에서 열쇠고리를 꺼내 열쇠 하나를 구멍에 집어넣었다. 현관 열쇠가 아니니 들어갈 리가 없었다. 이사 올 때 집주인한테 도어록 비밀번호만 넘겨받고 열쇠는 받지 못했다. 맞지 않는 열쇠가 쇠 긁는 소리를 냈다.

이상하다는 생각은 들었다.

"에이씨, 왜 안 열리는 거야."

손잡이를 철컥철컥 흔들었다. 현관 덜컹거리는 소리가 건물 전체를 울렸다.

삑삑 삑삑 삑삑 삑삑 삑삑 삑삑삑삑.

번호가 여섯 자리인지, 여덟 자리인지, 그조차 아예 모르는지, 나는 마구 눌러댔다.

탕탕.

주먹으로 문을 쳤다. 친다고 될 일이 아닌데 탕탕 탕 탕탕 탕. 열어줄 사람이 안에 있는 것도 아닌데 탕탕탕탕 탕탕.

이상했지만 문의 반응이 이상하다고만 생각했다.

예전 번호로 돌아갔나.

집주인이 사용했던 옛 번호로 재설정됐을 수도 있겠다고 생각했다. 휴대전화 메모장에 적어둔 번호를 찾아 눌러봤지만 소용없었다.

비밀번호가 초기화됐나.

도어록에 기재된 제조업체의 연락처로 전화를 걸었다. 세 차례의 통화 시도 끝에 연결된 업체 직원은 "말도 안 되는 이야기"라며 일축했다.

나는 말도 안 되게 이상해지고 있었다.

이도 저도 아니라면.

누군가 나 몰래 비밀번호를 바꿨다!

내가 집을 비운 사이 알 수 없는 방법으로 문을 따고 들어간 다음 번호를 변경했다. 그 깨달음이 등줄기를 타고 냉기가 돼 흘렀다. 왼쪽 귀를 현관에 대고 안쪽에서 나는 소리를 살폈다. 뭔가 들리는 듯도 하고 들리지 않는 듯도 했다. 두 귀가 모두 괜찮았다면 정확한 소리를 잡아냈을 것이란 생각에 억울했다.

들렸지?

소리를 감추려고 살금살금 움직이는 기척을 감지한 것도 같았다.

아닌가.

현관 벨을 눌렀다. 집 안에서 벨 울리는 소리가 났다. 벨 아래 부착된 카메라에 눈을 갖다 댔다. 안을 볼 수 없다는 걸 알면서도 나는 뭐라도 볼 수 있을 것처럼 렌즈를 들여다봤다.

누군가 안에 있다면 너도 나를 보고 있겠지.

내가 이상한 행동을 하고 있다는 생각을 하지 못한 것이 더 이상했다.

지금 내 집에서 무슨 일이 벌어지고 있는 거지? 도둑인가 강도인가? 아니면?

바람이라도 쐬어야 사태 파악이 될 것 같았다.

옥상으로 나가려고 계단을 타고 한 층 올라갔다. 난간을 꽉 붙들었다. 놓치면 바닥없는 아래로 굴러떨어질 것 같았다.

옥상이 없었다.

옥상이 있어야 할 자리에 4층 집 현관이 있었다. 등줄기로 내려가 있던 냉기가 머리로 역류했다. 미끄러지는 몸을 난간에 걸치며 계단을 내려갔다. 현관을 열려고 했던 집이 3층에 있었다. 내가 사는 5층짜리 빌라엔 처음부터 옥상이 없었다. 5층은 4층 거주자만 사용할 수 있는 복층 테라스로 지어졌고 그 4층엔 내가 살고 있었다.

3층과 4층 사이 계단에서 혼란에 빠져 있을 때 한 남자가 1층에서부터 뛰어 올라왔다. 숨을 몰아쉬며 3층 현관을 두드렸다.

"아빠 왔어. 문 열어."

그렇게도 열리지 않던 현관이 '왜 이제 오냐'며 열렸다. 겁먹은 얼굴의 어린 남매가 울먹이며 아빠 품에 안겼다. 나를 보지 못한 남자가 아이들을 감싸며 집 안으로 들어갔다. 닫히는 현관 틈새로 아빠가 아이들을 진정시키는 소리가 들렸다.

"어떤 미친 새끼가. 울지 마. 이젠 괜찮아."

나는 혼이 나간 것 같았다.

비밀번호가 듣지 않으면 내 집이 아닐 수 있다는 생각부터 해야 했지만 나는 열리지 않는 현관에 당황하면서도 현관에 붙은 호수를 확인할 생각은 하지 않았다. 대신 한 번도 해본 적 없는 생각, 생각, 생각으로 끌려 들어갔다. 있지도 않은 옥상으로 올라간 것도 충격이었다. 올라갈 옥상 자체가 없다는 것을 잊은 내가 터무니없고 황당(absurd)했다. 진압됐다는 사실을 몰랐던 것도 아닌데.

모자를 벗고 식은땀을 닦았다. 손에서 머리 눌린 자국이 만

져졌고, 점퍼 왼쪽이 자꾸 어깨 쪽으로 쏠렸다. 심신의 몰골이 후줄근했다.

3층 벨을 눌렀다. 긴장과 걱정과 분노로 범벅 된 얼굴의 남자가 문을 벌컥 열었다.

"뭐예요?"

나는 허리를 숙여 사과했다.

"죄송합니다. 얼마 전에 위층으로 이사 온 사람인데 제 집으로 착각했습니다. 자녀분들이 많이 놀랐을 것 같습니다. 변명의 여지가 없습니다. 큰 잘못을 했습니다."

남자가 의심 가득한 눈으로 나를 훑었다.

"정말 윗집에 살아요?"

"네. 그간 인사도 못 드렸습니다. 정말 죄송합니다."

나는 머리를 숙이고 또 숙였다. 믿어야 할지 말아야 할지 고민하던 남자가 말했다.

"앞으로 조심하세요. 한 번 더 이런 일 생기면 경찰에 바로 신고할 겁니다."

현관이 쾅 소리를 내며 닫혔다. 문 닫히는 소리가 증폭돼 쾅쾅쾅 터졌다.

나는 올라가지도 내려가지도 못한 채 한동안 계단에 앉아 있었다.

며칠 전 있었던 일까지 떠올라 다리가 후들거렸다. 그날도 졸린다는 느낌도 없이 잠들었다가 새벽에 눈을 떴다. 불을 켰는데 안경이 보이지 않았다. 자려고 누울 때면 습관적으로 두던 자리에 없었다. 얼굴에서 벗겨져 침대 위를 굴러다니나 했는데 아니었다. 덮는 이불에 까는 이불까지 들추고 털고 뒤집었지만 나오지 않았다. 침대 아래도 찾아봤으나 먼지 뭉치들뿐이었다. 거실로 나가 책장 사이를 확인했다. 부엌 싱크대와 가스레인지 주위를 둘러봤다. 세면대 위와 화장실 샤워기 옆을 살폈다. 테라스로 나가 화분을 들었다 놨다. 절대 안경이 있을 리 없는 장소까지 뒤지고 다니는 동안 초점 없는 의식의 틈새로 불안이 손을 집어넣었다.

내가 잠든 사이 누군가 몰래 집에 침입했다. 내 얼굴에서 안경을 벗겨 도저히 찾지 못할 곳에 숨겼다. 제대로 보지 못하게 하는 것은 제대로 판단하지 못하게 하는 첫걸음이었다. 강도인지 도둑인지 모를 놈이 집 안 어딘가에 숨어 나의 행동을 지켜보고 있다는 생각에 몸을 떨었다. 밤새 안경을 찾아다녔으나 결국 찾지 못한 나는 창밖이 밝아올 때까지 침대에 앉아 한기를 견디다 의식을 잃었다.

정신을 차렸을 때 안경은 침대 맞은편 서랍장 밑에서 발견됐다. 동그란 지문이 일부러 남긴 표식처럼 안경알에 묻어 있었다. 잠든 내 몸에 치여 서랍장 밑으로 굴러 들어갔는지, 누군가 그곳에 숨기고 집을 빠져나갔는지, 나는 끝까지 결론짓지 못했다. 혹시 있을지 모를 침입자를 찾아 집 안을 샅샅이 점검한 뒤 일주일도 안 돼 나의 주거침입 미수는 벌어졌다.

나는 3층의 열리지 않는 현관 앞에서 안경이 제자리에 걸려 있는지 손으로 더듬으며 추리했다.

그날 이후 집을 떠난 적 없는 놈이 안에서 잠근 건가. 며칠 전처럼 문을 따고 들어가서 내가 나가길 기다렸다가 몰아낸 건가.

약 탓으로만 돌리기엔 마음의 동요가 컸다.

내가 미쳐가는 걸까.

종양이 위협하는 것은 머리가 아니라 머리가 하는 일인지도 몰랐다. 실제와 망상을 가르는 경계가 사실이 아니라 사기확신일 때 실제와 망상의 구분은 무의미해졌다.

정신을 고른 나는 마트에 가서 작은 복숭아 상자를 샀다. 포스트잇을 붙여 3층 현관 앞에 뒀다.

"다시 한번 사과드립니다. 그동안 해본 적 없는 실수였습니다. 무언가에 홀린 기분입니다. 앞으로 정신 차리고 살겠습니다."

빌딩으로 둘러싸인 내륙의 도심 골목으로 소금기 가득한 파도가 들이친다. 바다만큼 깊은 바닥이 사람 깔린 그 골목에 있다.

"들렸지? 아닌가."

내가 자신 없는 목소리로 물었다.

"나도 들었어."

휴대전화 너머에서 친구가 말했다.

"맞지? 그렇지?"

그랬다. 분명 나만 들은 소리가 아니었다. 아무도 자기 말을 믿어주지 않아 풀 죽어 있던 아이가 '네 말이 맞다'는 선생님의 동의에 의기양양해진 기분이었다.

친구와 통화하는 중에 쾅 소리가 났다. 집 안 전체를 울릴 만큼 큰 소리였다. 뭔가 육중한 물건이 떨어진 줄 알았는데 주위를 둘러봐도 눈에 띄는 것은 없었다. 내가 잘못 들었나 의심했지만 전화기 저편에서 친구도 들었다는 말에 안심했다. 귀중한 물건이 깨졌을 수도 있다는 걱정보다 내가 헛것을 듣지 않았다는 사실에 마음이 놓였다.

"유령이 뭘 건드렸나 한번 살펴봐야겠다. 다시 통화하자."

"고마운 유령이네. 너 심심할까 봐 장난도 쳐주고."

친구는 내 말을 농담으로 받아들였다.

내 주거의 북방 한계선이길 기원하며 이 집으로 이사 올 때 나는 보이지 않는 동거인들이 있는지 꼼꼼히 점검했다. 지은 지 얼마 되지 않았고 첫 입주자인 집주인 가족도 상을 치른 적이 없어 붙어사는 혼은 없었다. 혼 없는 집은 처음이라 신선하고 좋았으나 너무 없어서 휑할 때도 있었다. 누룽지처럼 꾹꾹 눌어붙은 혼들과 자리를 다투며 사는 일은 지긋지긋했지만 가끔 집 안이 너무 썰렁하단 느낌이 들 땐 혼 하나쯤은 있어도 괜찮지 않을까 싶기도 했다.

내가 놓친 혼이 있었던 걸까.

전화를 끊고 집 안 구석구석을 돌아봤다.

벽시계는 제자리에 있었다. 창문은 깨진 곳이 없었다. 씻어서 세워둔 도마도 넘어지지 않았다. 혼이 일으키는 독특한 기척이 감지되지 않아 혼이 존재하지 않는다는 판단도 틀림이 없었다.

그렇다면 그 소리는?

침대 맞은편 서랍장 아래부터 들여다봤다. 없었다. 거실 책장들을 훑어봤다. 없었다. 부엌 싱크대와 가스레인지 주변을 찾아봤다. 없었다. 화장실 세면대 위와 샤워기 옆을 살펴봤다. 없었다. 테라스로 나가 화분을 들었다 놨다 하며 깨진 부분은 없는지 확인했다. 달라진 건 아무것도 없었다. 절대 소리가 났을 리 없는 장소까지 헤집고 다니는 동안 불안이 바스락거렸다. 밖에서 난 소리인가 싶어 창문을 열고 아래를 내려다봤다. 지나가던 배달 오토바이와 눈이 마주쳤다. 오토바이가 따다다다 혀를 찼다. 의심이 높이뛰기 선수처럼 가볍게 도약해 열린 창문 사이로 들어왔다.

무서운 건 집에 붙어 있는 혼이 아니라 허락 없이 침입하는 인간이었다.

그즈음 동네 빌라마다 비슷한 내용의 공지문이 붙고 있었다. 최근 도둑 신고가 잇따르고 있으니 특히 위층으로 올라가는 계단 옆에 창문이 설치된 구형 주택 주민들은 덥다고 함부로 창을 열어놓지 말라. 퇴근하는 여성을 따라가던 남자가 겁에 질린 아내의 전화를 받고 마중 나온 남편을 보자마자 황급히 사라진 일이 있었다더라. 열리지 않는 도어록 비밀번호를 계속 누르며 주먹으로 현관을 치는 남자가 이 건물 저 건물에서 잇달아 목격됐다고 한다. 주민 모두 각별히 주의하되 의심스러운 일이 생기면 즉시 경찰에 신고하시라.

혹시?

강도인지 도둑인지 모를 놈이 집에 숨어들다 낸 소리라면 아직 집 어딘가에 있을 수도 있었다. 쫓아줄 혼들도 없으니 모른 척하고 있을 수도 없었다. 소리의 출처를 찾다 결국 찾지 못한 나는 침대에 앉아 한기를 견디다 약기운에 의식을 잃었다. 정신을 차렸을 때 침대 밑으로 반쯤 기어 들어가 있는 책 한 권을 발견했다.

이 책이 왜 여기 있지?

방바닥에 눌린 페이지가 먼지 뭉치를 덮어쓰고 구겨져 있었다.

미국 뉴욕의 근본주의 유대교 공동체가 오랜 전통대로 산골짜기에 여름 캠프를 연다. 폭우가 내린 뒤부터 날벌레들이 들끓는다. 캠프에 참여한 소녀의 코로 벌레 떼가 날아들자 소녀는 로마 황제 티투스를 떠올린다. 티투스의 뇌를 파고든 각다귀처럼 날벌레가 자신의 머리까지 올라가 뇌를 파먹고 빈 껍데기만 남길까 겁이 난다. 벌레들 탓에 캠프가 조기 철수한 뒤 소녀는 뉴욕의 회색 하늘을 올려다보며 생각한다.

"어쩌면 징벌은 신이 아니라 사람들이 내리는 것인지도 모른다."[51]

소리를 수색하느라 그 책을 잊고 있었다.

나는 그제야 이해했다. 전날 밤 침대에 기대 날벌레의 습격 장면을 읽고 있을 때 친구로부터 전화가 걸려 왔다. 눈동자가 의지와 무관하게 굴러다녀 한동안 아무것도 읽지 못하던 내가 조금씩 글자에 시선을 맞추던 시기였다. 친구의 전화를 받

---

51 땅을 빼앗기고 신에 의지해 핍박을 견뎌온 민족이 신에 의지해 그 땅을 빼앗고 핍박하는 민족이 된다. 오스트리아 국적의 유대인 기자 테오도어 헤르츨 (1860~1904)은 1894년 프랑스에서 드레퓌스 사건을 취재한 뒤 정치적 시온주의의 창시자가 된다. 제2차 세계대전 종전 뒤 홀로코스트에서 살아남은 유대인들이 시온주의를 앞세워 팔레스타인 땅에 이스라엘을 세울 때 시온주의에 반대한 근본주의 유대교인들은 "구원은 인간 스스로 얻을 수 없고 오직 구세주만 줄 수 있다"며 이스라엘을 인정하지 않았다. 그들은 홀로코스트가 시온주의에 대한 신의 형벌이라고 믿었다. 헝가리·루마니아 국경 지대 유대인들이 미국으로 이주해 세운 근본주의 공동체(하시딕)는 히틀러의 학살로 줄어든 인구의 복원이 히틀러에 대한 궁극의 복수라며 출산에 집착했다. 극도로 엄격한 율법이 여성들을 억압했다. 공동체의 징벌 같은 규율에 질식해가던 데버라 펠드먼은 공동체를 '탈출'해 작가(《언오소독스: 밖으로 나온 아이》, 홍지영 옮김, 사계절, 2021년)가 됐다.

으면서 나는 오른손으로 받치고 읽던 책을 오른 다리 옆에 내려놨다. 그 책이 침대 아래로 떨어지는 소리가 뇌 속에서 증폭됐다.

찾지 못한 것은 소리를 낸 범인이 아니라 소리가 발생한 위치였다. 바로 옆에서 난 소리가 바로 옆에서 났다는 사실을 알아차리지 못했다. 곁에 얌전히 앉아 있는 소리를 두고 집안 전체를 들쑤시고 다녔다.

차이가 있어야 인지할 수 있었다.

사람의 뇌는 소리의 세기와 그 소리가 두 귀에 도달하는 시간의 차이를 해석해 소리가 오는 방향을 파악했다. 사방에서 소리들이 섞여 날아들 때 특별한 노력 없이도 듣고자 하는 소리를 가려내는 것도 그 능력[52] 때문이었다. 한쪽 청력이 없어지자 소리들 사이의 차이도 없어졌고, 차이가 모호해지자 소리의 출처를 식별하지 못했다.

잃어버린 것은 방향이었다.

앵.

딱.

애앵.

따악.

두 손바닥이 맞뺨을 때렸지만 모기는 잡히지 않았다. 갈대로 덮인 천변길에서 모기들이 입과 코 주위를 날며 물고 빠지

---

[52] 쌍청각 작용.

기를 계속했다. 근래 국지성 폭우가 쏟아질 때마다 토사를 쓸어 와 얕은 물길에 쌓았다. 한때 물길이었던 시절이 믿기지 않을 만큼 수풀로 우거진 길을 걷고 있으면 인간에겐 황폐여도 자연에겐 회복임을 모기들이 따갑고 간지럽게 상기시켰다.

찌릉찌릉.

자전거 벨 소리인지 벨 소리를 흉내 낸 사람 목소리인지를 들은 것 같았다.

사람 뒤에서 쫓아가는 데 익숙한 모기도 내 느린 걸음을 답답해했다. 설렁설렁 앞질러 날아가 기다리다가도 지겹다 싶으면 성질을 부리며 뒤돌아 달려들었다.

"지나갑니다."

이번엔 분명 사람 소리였다.

고개가 저절로 왼쪽으로 돌아갔다. 아무도 없었다. 맞은편에서 오는 사람도 보이지 않았다. 나는 두리번거렸다. 있지도 않은 소리를 들은 건가 혼란스러워진 내가 오른쪽으로 한 발 옮겼다. 예상 못 한 충격이 가해졌다. 나는 길옆으로 팅겨 나갔다. 나를 치고 지나간 자전거가 10여 미터 앞에서 중심을 잃고 넘어졌다. 헛바퀴 도는 자전거 옆에서 남자가 얼굴을 일그러뜨리며 화난 목소리로 말했다.

"지나간다고 했잖아요."

나는 멍한 표정으로 그를 쳐다봤다.

"오른쪽 뒤에서 소리쳤는데 왼쪽을 쳐다보는 건 뭐고, 왼쪽을 쳐다봤으면 왼쪽으로 피해야지 왜 갑자기 오른쪽으로 들어와요? 대체 어디로 지나가란 거예요?"

그는 귀책사유가 내게 있음을 확실히 하려는 듯 충돌 정황을 필요 이상으로 꼼꼼히 서술했다. 내가 아무 말이 없자 감정을 애써 누르지도 않았다. 안전핀 뽑은 한마디를 투척한 뒤 다시 자전거에 올랐다.

"귀는 뭐 하러 달고 다녀요?"

그의 말이 펑 터졌다.

찌릉 찌릉 찌릉.

자전거가 또박또박 욕을 했다. 앞에 오가는 사람이 없는데도 남자가 벨을 울리며 신경질을 부렸다.

나는 당황과 황당 사이에서 한동안 얼어 있었다. 귀는 내가 달고 다니는지 몰라도 어떻게 들을지는 귀가 결정할 문제였다. 소리가 낯빛을 바꾸자 내가 알던 세상이 아니었다.

차이를 인지해야 안전할 수 있었다.

오돌토돌한 소리들을 눌러 매끈하게 만든 세계일수록 위험해졌다. 양쪽을 모두 살피지 않고 한쪽 소리만 들으면 방향 감각이 흐려졌고, 소리의 방향을 혼동하기 시작하면 소리의 진위도 구별하기 어려웠다.

귀가 두 개인 이유가 있었다.

왼쪽이든 오른쪽이든 한쪽으로만 들을 거면.

찌릉 찌릉 찌릉.

귀는 뭐 하러 두 개나 달고 다녀요?

일렬로 선 세 사람 앞에서 한 남자가 떠들고 있었다.

병원 진료 시간에 맞추느라 전철역으로 서둘러 걷고 있을 때였다. 마음이 급할수록 걸음이 지그재그로 꼬였다. 내 콧구멍으로 침투할 기회를 노리며 따라오던 모기들이 지그재그 비행에 짜증 난 듯 주둥이로 뻑큐를 날린 뒤 산개했다.

천변길 한복판에서 네 사람이 대화 중이었다. 거리가 좁혀질수록 대화라기보다 일방적인 질책으로 들렸다. 꾸짖는 입은 셋 중 특히 가운데 사람을 향하고 있었다.

"쓸쓸히 창밖을 보니 주루룩 주루룩 주루룩 주루룩."

그들을 왼쪽에 두고 지나치는 순간 휴대전화 벨 소리 음악이 들렸다. 맑은 대낮을 적시는 가사 탓인지 몇 걸음 걸어가다 뒤를 돌아봤다. 가운데 남자가 서둘러 통화 거절 버튼을 눌렀다.

"벨 소리부터 바꿔요. 이런 식으로 하니까 자꾸 뒤처지는 거예요. 아시겠어요?"

40대 중후반의 남자가 일흔이 가까워 보이는 사람을 훈계했다. 노년의 남자가 최소 20년은 어린 남자 앞에서 열중쉬어 자세로 고개를 숙이고 있었다. 뭐가 뒤처진다는 뜻인진 모르겠지만 스타일만큼은 40대 남자가 훨씬 뒤처져 보였다.

낡았으나 깨끗하고 단정한 옷차림의 노인과 달리 40대 남자는 유행이 한참 지난 검은 정장을 입고 있었다. 어깨까지 내려오는 머리카락에 컬이 강한 파마를 하고 있었다.

어딘가 불편한 장면이었지만 마음에 담을 만큼 불편한 것도 아니었다. 그들과 멀어져 휘청휘청 전철역에 도착했다. 에스컬레이터에 서서 숨을 고르며 위를 올려다봤다. 조금 전 지나친 파마머리 남자가 계단을 뛰어올라 개찰구 쪽으로 사라졌다.

뭐지?

그 남자 같았지만 그 남자일 순 없었다. 천변을 따라 전철역으로 향하는 길은 하나뿐이었다. 그 길에서 남자는 나를 앞지른 적이 없었다.

잘못 봤겠지.

출근 시간이 아닌데도 전철 안은 붐볐다. 빈자리가 없어 출입문 옆 의자 팔걸이에 흔들리는 몸을 기대고 눈을 감았다.

"최첨단"

그 소리에 눈을 떴다.

소리 나는 쪽으로 고개를 돌렸는데 승객들의 눈과 마주쳤다. 모든 승객이 오른쪽으로 고개를 돌릴 때 나 혼자 왼쪽으로 돌리다 그들의 시선과 부딪쳤다. 혼자 반대쪽을 쳐다볼 때 내게 보이는 것은 일제히 무언가를 바라보는 다른 사람들의 표정이었다. 민망해진 나는 곧바로 같은 방향에 합류했다.

"승객 여러분의 귀중한 시간을 잠시만 빌리겠습니다."

파마머리 남자였다.

"깜짝 놀랄 휴대전화 충전기를 소개합니다."

정말 그 사람이었다. 어떻게 나보다 먼저 역에 닿았는지 이해할 수 없었다. 그가 가방에서 충전기를 꺼내 머리 위로 들어 올렸다.

"4차 산업혁명이 낳은 혁신적 제품입니다. 중단 없는 혁신을 위해 공장을 해외로 이전하게 됐습니다. 고별 행사도 없이 가버리면 그야말로 먹튀 아니겠습니까. 국내 소비자들의 은혜에 보답하고자 혁신적인 가격으로 모십니다. 전용 케이블까지 묶어 만 원에 드립니다. 두 개만 있으면 만사 오케이입니다."

지갑을 여는 승객은 없었다. 남자가 몇 마디 설명을 더 보탰지만 그의 말을 듣고 있는 사람도 없었다. 충전기를 들고 승객들 사이를 오가며 남자가 외쳤다.

"마지막 기회입니다. 놓치시면 뒤처지는 겁니다."

남자는 한 개도 팔지 못하고 다음 칸으로 넘어갔다. 통로 문을 열며 그가 말했다.

"싸구려가 아닙니다. 싸니까 첨단인 겁니다. 고장 나도 부담 없이 교체해버리면 되니 얼마나 좋은 세상입니까."

몇 분 뒤 안내 방송이 나왔다.

"승객 여러분께 승객 여러분께 알립니다 알립니다."

문장과 문장이 짧은 시차를 두고 겹쳐 들렸다.

"열차 내에서 열차 내에서 물품을 파는 물품을 파는 행위는 행위는."

방송이 잘못된 것인지 내가 잘못 듣는 것인지 구분되지 않았다. 다른 사람들의 표정을 살폈지만 모두 스마트폰에 집중하고 있었다.

"불법입니다 불법입니다."

어딘가 깨진 건 틀림없었으나 깨진 곳을 바로 알아차릴 만큼 티 나게 깨진 것 같지도 않았다.

환승역에서 사람들이 내리자 빈자리가 났다. 자리에 앉아 머리를 창에 기대고 눈을 감았다.

"말씀……."

무슨 소리가 들리는 듯했다.

"저기, 좀 여쭙겠습니다."

눈을 뜨고 왼쪽으로 고개를 돌렸다. 내 쪽을 바라보는 승객들의 눈과 마주쳤다. 모든 사람이 일제히 한쪽을 바라볼 때 그들 눈에 보이는 것은 혼자 반대쪽을 쳐다보는 나의 표정이었다. 민망해진 나는 곧바로 같은 방향에 합류했다.

소리는 오른쪽에서 오고 있었다. 맞은편 대각선 의자에 앉아 있던 노년의 남자가 내 우측 옆자리로 옮겨 앉더니 물었다.

"……갈아타는 데 ……걸립니까?"

가까이 있는 사람들을 두고 왜 하필 내게.

"네?"

그는 옆으로 왔지만 그의 목소리는 따라오지 않고 멀찍이서 딴청을 부렸다. 나는 머리를 오른쪽으로 돌리고 왼쪽 귀를 최대한 그의 입 가까이 갖다 댄 뒤 물었다.

"좀 더 크게 말씀해주시겠어요?"

"……역에서 ……호선으로 갈아타려면 한참 걸립니까?"

몹시 공손한 말투였다.

정확하게 알아듣지 못했지만 다시 물어보진 않았다. 나는 "그 역에선 환승해본 적이 없어서 잘 모르겠다"고 답했다.

"아, 잘 모르시는군요."

그렇게 말한 것 같았다.

"어떤 역은 환승 구간이 짧은데 ……역은 참 길더군요. 그래도 ……아무튼 감사드립니다."

그렇게 말한 것 같았다.

그가 머리를 숙여 깍듯하게 인사했다. 얼결에 따라 숙인 나는 머리를 들다 멈칫했다. 파마머리 남자에게 훈계받던 노인일 수도 있겠다는 생각이 들었다. 불편인지 불안인지 모를 기운이 꿈틀댔다.

눈을 감았다. 얼굴을 다시 확인하고 싶었지만 쳐다볼 용기는 나지 않았다. 보더라도 구별할 자신도 없었다.

"이번 정차 역은 ……역입니다."

그 소리에 눈을 떴다.

도착 역 안내 글자를 확인하다가 곁눈질로 그를 봤다. 내리지 않고 가만히 앉아 있었다. 나는 망설였다.

여기가 그 역이라고 알려줘야 하나.

뭐 알고 있겠지 하며 회피하는데 전철이 출발했다. 그는 앞만 보고 있었다. 생각이 꼬리를 흔들었다.

왜 안 내릴까. 모른 채 계속 가는 걸까. 그럴 리가. 열차가 멈출 때마다 역 표지판을 확인하는 것 같았는데.

눈을 감았다. 그가 말한 역일 수도 있지만 아닐 수도 있었다. 어차피 역 이름도 제대로 못 알아들었으니 신경 끄자 하는데 신경이 켜졌다. 불편이 아니라 확실한 불안이었다.

다시 눈을 떴을 땐 그가 나를 보고 있다는 느낌이 들었다. 고개를 돌리자 그가 거울 같은 물건으로 나를 비춰보고 있었다. 꽤 오래 그 자세를 유지하다 내게 물었다.

"지금 몇 시 몇 분입니까?"

그렇게 말한 것 같았는데, 그가 휴대전화의 액정 화면을 내 얼굴 쪽으로 보이게 했다. 읽어달란 뜻인가 싶어 액정을 봤지만 아무 글자도 떠 있지 않았다. 나는 내 시계를 확인해서 알려줬다. 그가 머리 숙여 깍듯하게 인사했다.

"감사합니다."

뭐지?

"혹시 말입니다. 요즘 현관 번호는 갑자기 혼자서도 바뀝니까?"

"네?"

그렇게 말한 것 같았는데, 맥락 모를 질문에 나는 답할 말을 떠올리지 못했다.

"가끔 그런 일이 있는 것 같아서요. 집은 그대로 있는데 집주인인 내가 거부당한 것 같은 기분이 들 때 말입니다."

"네?"

그렇게 말한 것 같았는데, 무슨 소리인지 모르겠다는 표정으로 쳐다보자 그도 더는 말이 없었다.

내 목적지에 도착했다. 전철을 내리며 돌아봤을 때도 그는 가만히 앞만 보고 있었다.

시각장애인인가.

출구로 나가며 든 생각에 고개를 흔들었다. 꼬리가 흔들렸다.

아닐 거야. 눈은 나를 보고 있었는데. 글을 못 읽나. 그래서 역 표지판을 보고 있으면서도 못 내리는 건가. 그래도 방송은 들었을 텐데. 내릴 때를 놓쳤나.

어딘가 익숙한 상황이었지만 어디가 익숙한지 알아차릴 만큼 익숙한 것도 아니었다.

내가 오랫동안 알던 사람들이 어느 날 나를 모르는 것처럼 대할 때, 내가 가장 안전하다고 믿어왔던 곳이 정말 안전한지 믿을 수 없게 됐을 때, 내려야 할지 갈아타야 할지 판단하지 못한 채 어디론가 계속 가고 있을 때, 익숙해서 더 불안한 이야기는 시작되는 것이었다.

사람들의 물살이 빨랐다.

기차가 몇 개의 지하철 노선과 승객을 주고받는 역이어서 소리가 혼탁했다. 아웃렛과 대형 마트까지 합쳐진 복합 시설이 소리들을 잇고 묶고 포개 알아들을 수 없게 만들었다. 병원을 오가느라 그곳을 통과하다 보면 안에 뭐가 있을지 몰라 찜찜한 흙탕물 속으로 맨발로 걸어 들어가는 기분이었다. 에스컬레이터를 타고 역사 밖으로 빠져나가고 있을 때였다.

"안타까운 소식입니다."

역내 방송인지 어느 상점 스피커에선지 뉴스를 전하는 앵커의 목소리가 들렸다.

"오늘 새벽 ……시쯤 공항철도 ……역에서 종착역인 ……역 방향으로 달리던 열차가 철로에서 작업하던 ……하청 업체 직원 ……명을 치었습니다."

에스컬레이터가 하강하면서 눈앞의 구조물들도 따라서 가라앉았다.

"이 사고로 다섯 명이 숨지고 ……명이 크게 다쳤습니다."

사람들의 팔다리가 빨리 감기를 한 것처럼 움직였다. 내가 따라갈 수 없는 속도로 어디론가 휙휙 사라졌다.

핵심 단어들은 알아듣지 못했지만 오늘도 예외 없이 누군가 죽었다는 사실은 알아들었다. 나는 무심하게 받아들였고 사람들도 무심히 갈 길을 갔다. 뉴스는 단 한 명의 발걸음도 멈춰 세우지 못했다.

"조심하셔야 합니다. 일측성 난청인들은 음원의 위치 파악이 잘 안 돼요. 소리가 오는 곳을 혼동하니까 사고 당할 가능성도 커지겠죠?"

자전거가 팔에 남긴 상처 딱지를 살피며 의사가 내 왼쪽 귀에 대고 말했다.

"물론 양쪽 모두 듣지 못하는 분들이 사고에 더 취약하지만 그분들은 사고 가능성을 염두에 두고 최대한 스스로 조심합니다. 한쪽만 안 들릴 경우엔 별문제 없다고 자신하다가 오히려 위험 신호를 놓치는 일이 많아요."

바지에 가려진 흉터들까지 보여주자니 번잡했다. 경고가 사고보다 늦으면 몸이 감당하며 배우는 수밖에 없었다.

"요즘 오른쪽 귀에서 새로운 소리가 들리는데요. 슉슉슉 같기도 하고 쉭쉭쉭 같기도 해요. 듣기에 따라 홋홋홋처럼도 들리고."

새로 찍은 MRI 사진에서 종양이 부풀어 있었다. 더불어 살아갈 존재라고 체념하자 각도에 따라 귀엽게 보이기도 했다. 종양이 입을 벌려 뇌 신경을 물고 씹는지 의사의 목소리가 뜯겨 나간 채 들렸다.

"그건 ㅍ ㄹ 소리입니다."

"네?"

병원에서 나온 뒤 다시 그 역으로 올라가는 에스컬레이터에 섰다. 아침에 들었던 뉴스가 떠올라 스마트폰을 꺼내 주요 기사를 훑었다. 보이지 않았다.

몇 시간 안 지났는데 벌써 한참 뒤로 밀렸나.

페이지를 수차례 넘겼지만 비슷한 뉴스는 없었다. 포털 검색창을 열어 키워드를 넣었다. 확실하게 들은 단어들과 확실히 듣지 못한 단어들을 조합해 검색 결과를 늘렸다. 맞아떨어지는 기사가 없었다. 다른 포털에서도 마찬가지였다.

들었지? 아닌가.

자문하면서도 자신이 없었다.

잘못 들었을 리 없었다. 앵커 목소리가 쩌렁쩌렁 울렸었다.

검색어를 바꿔 다시 시도했다. 페이지를 넘기고 넘겼다. 찾았다.

내가 들은 노선명과 들었다고 여겨지는 역 이름.

응?

사망자 수까지 같았지만 그날 작성된 기사가 아니었다. 10년 전 있었던 철도 사고 당시의 기사였다. 철도 당국은 하청업체 작업자들이 승인 없이 선로에 들어갔다고 발표했으나 애초 작업자들의 출입을 관리하는 원청 안전감독관이 배치되지 않았다. 작업자들이 사고 시각에 열차가 진입한다는 사실을 제대로 통보받지 못했다는 주장도 제기됐다. 아침에 들은 뉴스와 구조가 거의 동일했다.

그랬군.

이젠 오싹하지도 무섭지도 않았다. 내 몸이 몹시 떨렸던 까닭은 홀린 기분 탓이 아니었다. 내 귀로 듣는 것들을 내가 더는 믿을 수 없다는 사실 때문이었다. 이명이든 환청이든 이 지구에서 오직 나만 듣는 뉴스일 뿐이었다.

전철 타기를 포기하고 역 밖으로 나왔다. 왼쪽 귓구멍을 손가락으로 뚫듯이 후볐다. 손가락을 귀마개 삼아 꽂고 걸었다.

42

그가 손가락으로 귓구멍을 후비며 물었다.

"누구세요?"

숨소리가 들렸다. 그 숨소리와 자신의 숨소리가 구분되지 않을 땐 다시 물었다.

"나 아니죠?"

그는 목소리가 좋았다. 낮고 울림 좋은 목소리로 보이지 않는 누군가와 대화했다. 상대가 누구냐는 질문을 받으면 그는 대개 "여러 사람"이라고 했다. 가끔 "신이 말을 건다"며 자랑했다. 신이 자식을 잡아먹는 괴물은 아닌지 궁금했지만 "천사의 말도 듣는다더라"는 전언에 그나마 다행이다 싶었다.

그는 환청과 대화하다가도 귓구멍에 손가락을 꽂곤 했다. "세상이 너무 시끄럽다"며 괴로워했다. 자주 껌을 씹었다. 세상 소음이 견디기 힘들 때마다 씹던 껌을 돌돌 말아 귓구멍을 막았다.

그가 추락한 위치에 나는 서 있었다.

무엇이 떨어지든 흠집 하나 안 남을 것 같은 5월의 대낮에 물오른 가로수들이 화창한 초록을 늘어뜨렸다. 고개 들어 아파트를 올려다봤다. 15층짜리였다. 14층 복도는 문 잠긴 옥상을 제외하면 외부인이 접근할 수 있는 가장 높은 고도였다. 그는 도어록 없는 구형 공동 출입문을 통과해 엘리베이터를 탔다. 14층 CCTV에 잡힌 그가 복도 창문을 열더니 아래로 사라졌다. 자정을 15분 앞둔 시각이었다. 유서는 없었다.

그가 살던 원룸과 10여 킬로미터 떨어진 장소였다. 그가 왜 하필 그 아파트를 골랐는지 수사기관은 설명해주지 않았다. 비밀번호를 몰라도 진입할 수 있는 고층을 찾아다니다 그 아파트로 들어섰을 것이라고 나는 혼자 생각했다. 어떤 번호를 넣어도 열리지 않는 문의 바깥에서 평생을 떠놀아온 그에게 처음이자 마지막으로 문을 열어준 아파트였다. 그에겐 없는 가족이 단지마다 빽빽이 들어차 있었다.

그는 한국으로 추방된 뒤 사망한 첫 해외 입양인이었다.

추모공원 납골당에 들어섰을 때 그를 찾지 못해 한참을 헤맸다. 그는 생의 마지막 순간처럼 죽어서도 꼭대기에 있었다. 열 개 안치단 중 10단에서 그는 잘 보이지 않았다. 사람 눈높이에서 가장 비싼 안치 비용은 그의 자리에서 가장 쌌다. 연고자 없는 뼛가루여서인지, 머지않아 반출될 예정이어선지, 그는 조문객이 눈 맞출 수 없는 높이에서 위태로웠다.

그는 10단에서도 혼자였다. 상하좌우 아무도 없는 텅 빈 자리에 외따로 떨어져 있었다. 발끝을 세워 그의 영정을 올려다봤다. 다른 사진에선 보지 못한 맑은 얼굴이 있었다. 수염도 깨끗하게 깎았고 머리숱도 많았다. 노란 튤립 조화 두 송이가 안치단 유리에 붙어 있었다. 짧은 묵념을 하며 그에게 말했다.

　여기서도 당신은 쓸쓸하군요.

　그는 평생에 걸쳐 버려진 사람이었다.

　자신의 의지와 무관하게 부모로부터 버려졌다.

　만 일곱 살을 꽉 채운 날 버려진 아이로 발견됐다고 경찰이 최초 기록을 남겼다. 그는 경찰서에서 수녀회가 운영하는 보육원으로 보내졌고, 보육원에서 다시 사설 고아원으로 보내졌다. 버려지고, 발견되고, 보내지는 동안 발견된 날짜와 태어난 날짜가 같아졌다. 생일을 기념할 때마다 버려진 기억이 초대장도 없이 찾아와 그의 옆자리에 앉았다.

　그는 자신의 의지와 무관하게 한국으로부터 버려졌다.

　고아원이 입양 알선 기관에 그의 해외 입양을 의뢰했다. 남편의 폭력을 피해 아들을 데리고 도망친 친모가 아들을 포기했다고 고아원은 설명했으나 그 사실을 어떻게 확인했는지는 설명하지 못했다. 그는 인기 없는 '연장아'였다. 입양 시장에선 열 살도 안 된 아이들이 고령이란 이유로 '수요'가 없었다. 추진 1년 4개월 만인 아홉 살에 미국으로 입양됐다. 양부모는 한국에 오지 않고 미국에서 그를 골라 '배달'[53]받았다.

53　그는 1983년 10월 '에스코트(입양 기관으로부터 무료 비행기표를 제공받은 유학생 등의 승객들이 아이를 데려가 현지 공항에서 인계)'로 양부모에게 넘겨졌다. 한 해 1천 명 이상(2011년에야 1천 명 이하로 감소)이 해외로 입양되던 시기였다.

그를 보내며 한국은 '세계 1위의 아동 수출국'[54]이란 지위와 달리 수수료를 얻었다.

그는 자신의 의지와 무관하게 양부모로부터 버려졌다.

입양 9개월 만이었다. 버려지고 보내질 때마다 충격과 상처를 쌓은 그는 양부모를 만나기 전부터 이미 아팠다. 흠집 확인 없이 구입한 상품을 반납하듯 양부모는 그를 파양했다. 그는 재입양 가정으로 다시 보내졌다.

그는 자신의 의지와 무관하게 미국으로부터 버려졌다.

병원과 소년원을 오가는 동안 시민권 심사를 제대로 받지 못했다. 두 번째 양부모도 그의 시민권 취득[55]을 꼼꼼히 챙기지 않았다. 미국인인 줄 알고 살아온 그를 미국은 한 번도 '공식 국민'으로 인정한 적이 없었다. 입양과 동시에 시민권자가 되도록 하는 법[56]이 시행됐을 때도 그는 나이가 많다는 이유로 제외됐다. 그의 정신 질환과 약물중독도 그 무렵부터 악화됐다. 교도소 수감 중 시민권이 없다는 사실이 확인됐다. 그

---

54 1940년대 이후 전 세계에서 35만여 명의 아이들이 미국으로 입양됐다. 3분의 1인 11만 1100여 명이 한국에서 갔다. 1950년대부터 2016년까지 한국이 각국으로 보낸 입양아는 16만 6512명이었다.

55 입양 절차와 혼동하거나 비용 등을 이유로 시민권 취득을 미루는 양부모들이 있었다. 그 사실을 모른 채 살아온 입양인들이 여권 신청이나 투표, 범죄기록 조회 과정에서 미등록으로 확인되는 사례가 속출했다. 2017년 한국 정부가 확인한 '미국 시민권 취득 미확인 입양인'은 1만 9429명이었다.

56 아동시민권법(Child Citizenship Act). 입양인들이 겪는 신분상의 불이익을 줄이기 위해 2001년 시행됐지만 1983년 이후 출생자만 대상으로 했다. 성인이 된 입양인들은 심사를 받고 자력으로 시민권을 따야 했다. 당시 그의 나이는 만 26세였다.

날부터 그는 28년을 살아온 땅에서 '한국인 불법체류자'가 됐다. 미국이 그를 추방[57]했다.

그는 한국과 미국이 탁구 치듯 주고받은 사람이었다.

미국 이민국 직원들이 그를 인천공항에 내려두고 돌아갔다. 여비도 제공하지 않았고 도움을 청할 연락처도 주지 않았다.[58] 공원에서 노숙 상태로 발견된 그는 쉼터와 정신병원과 보호시설로 보내지고, 보내지고, 보내졌다. 병원을 탈출해 알몸으로 거리를 헤맸다. 휘발유를 마시고 응급실로 실려 갔다. 폭행 사건으로 교도소에 수감됐다.

말을 주고받을 사람이 없을 때 그는 환청과 대화했다.

통하지 않는 언어가 그의 병을 키웠다. 이야기 상대가 없으면 만들어내기라도 해야 했다. 말을 꺼낼 수 있는 미국으로 돌아가길 원했으나 미국은 그를 받아주지 않았다. 영어권의 다른 나라로라도 가고 싶었지만 실행할 건강도 남아 있지 않았다. 교도소 출소 뒤 30여 년 전 그의 입양을 알선했던 기관을 찾아갔다. 기관이 얻어준 원룸에 살면서 근처 도서관에서 하루 종일 책을 읽었다. 한 달 뒤 그 아파트로 갔다.

그가 자신의 의지로 행한 것은 죽음뿐이었으나 죽음을 택할

---

57 2001년 9·11 테러 이후 미국은 추방에 단호했다. 구금 상태에서 비시민권자로 확인되면 추방과 기약 없는 구금 중 선택해야 했다.

58 추방은 국가와 국가 간의 외교 사안이었지만 미국은 입양인들을 쫓아내면서 그 사실을 한국에 통보하지 않았다. 한국 정부는 입양인의 추방과 입국을 제대로 파악하지 못했다.

수밖에 없도록 몰아붙인 것은 누구의 의지였나. 아파트 14층으로 올라가며 그도 환청의 목소리에게 물었는지 모른다.

뭐라 답했습니까.

그의 죽음을 취재하며 나는 신인지 괴물인지 천사인지 알수 없는 소리를 향해 대답을 요구했다.

그때도 내 걸음은 느려터졌다. 사고로 다리가 부러져 깁스를 하고 있었다. 한여름 뜨거운 보도블록 위에서 몸에 익지 않은 목발을 휘젓느라 호흡이 달렸다. 쫓아가고 쫓아가도 계속 헛짚는 기분이었다. 그는 아무도 모르게 사라진 실종자가 아니라 이 세계가 의지를 모아 협업해서 만들어낸 추방자였다. 그의 죽음으로 추방 입양인들의 존재를 알게 됐지만 나는 아무것도 아는 것이 없었다. 한 사람이 걸어간 경로를 따라가면서 그렇게 숨찼던 적은 처음이었다.

사람은 물과 살과 뼈와 시간으로 이뤄진 생명체였다. 시간이 쌓여야 인생이 됐다. 버려지고, 보내지고, 넘겨질 때마다 쌓일 틈 없이 흩어진 그의 시간을 기사 몇 줄로 따라잡을 순 없었다. 서로 책임을 떠넘기는 동안 떠넘겨진 무책임을 차곡차곡 짊어진 그가 나의 목발 저편에서 서둘러 멀어져갔다. 그를 쫓느라 땀을 찔찔 흘리며 나는 누구에게 부리는지도 모르고 성질을 부렸다.

그래서 뭐라고 했냔 말입니다.

다시 찾은 납골당에 사람들이 모여 있었다.

리프트에 몸을 실은 추모공원 직원이 유리를 떼어내고 유골함을 꺼냈다. 입양인 단체 활동가가 유골함을 받았다. 활동가 역시 미국으로 보내진 입양인이었다. 완충재로 그의 유골함을 쌌다. 10단에서 내려온 그가 가방에 담겨 공항으로 이동했다.

공항에선 여러 나라에서 온 한국 출신 입양인들이 그를 기다리고 있었다. 이틀 전 그들은 기자회견을 열어 한국 대통령에게 '해외 입양 산업'[59]의 종결을 촉구했다. 그들은 공항에서 작은 공간을 빌려 추도식을 연 뒤 문을 닫고 그들만의 애도 시간을 가졌다.

문 앞을 서성이며 나는 그의 대화 상대가 신도 천사도 아니었길 바랐다. 그 목소리가 천국행과 지옥행 사이에서 그의 시간을 평가하는 존재가 아니라, 아파트 14층이든 안치단 10단으로든 그가 혼자 올라가도록 내버려 두지 않는 친구였으면 했다.

그를 실은 비행기가 이륙했다. 미국에 처음 가던 아홉 살 그

---

59 입양인들 스스로의 노력으로 2011년 국내 입양특례법이 개정(법원이 허가해야 입양 인정 등)됐으나 중단되지 않는 해외 입양과 구멍 난 시스템 속에서 추방 입양인들의 비극은 계속됐다. 2019년 1월 추방 입양인 애덤 크랩서(한국명 신성혁)가 "위법한 해외 입양으로 입은 고통과 피해를 배상하라"며 한국 정부와 입양 기관 홀트아동복지회를 상대로 소송을 제기했다. 1979년 미국으로 입양된 그는 양부모의 학대와 두 차례의 파양 뒤 시민권을 얻지 못해 2016년 한국으로 추방됐다. 서울중앙지방법원 민사18부(재판장 박준민)는 2023년 5월 16일 홀트가 미성년자인 국외 입양인들의 보호에 소홀했다며 1억 원을 배상하라고 판결했다. 반면 홀트에 대한 공무원들의 감독에 미흡한 부분이 있었다 해도 고의나 과실로 의무를 위반했다고 보기 어렵다며 국가 책임은 인정하지 않았다. 정부와 홀트아동복지회, 애덤 크랩서 모두 항소했다.

때처럼 타인의 손에 의지해 유골 인수를 수락한 두 번째 양부모에게 인계됐다. 추방 6년 만이었다. 죽었으므로 가능했다.

43

추락하는 물덩이. 콰아아아아아아아아아. 폭포가
쏟아진다. 물줄기 사이로 챙그랑 챙그랑 쇠가 부딪
친다. 거대한 폭포 아래에서 두 검객이 목숨 건 칼
싸움을 한다. 죽고 죽이는 소리와 사람 떨어지는
소리가 폭포에 묻힌다. 무슨 일이 벌어지고 있는지
폭포 밖에선 아무도 모른다.

44

나는 라이헨바흐로 갔다.

문을 열고 들어서자 그 음악이 흐르고 있었다. 여전히 정해진 시각엔 그 곡이 제자리에 있어 다행이었다.

언제 것인지 모를 철도 사고 뉴스를 누구 것인지 모를 음성으로 들은 날이었다. 나는 전철 대신 버스를 타고 집 대신 그곳으로 갔다. 발병 뒤론 처음이었다.

이명이 견딜 수 없을 만큼 거세지면 철공소 골목 구석에 있는 그 책방에 시간 맞춰 가곤 했었다.

왜 하필 이런 곳에.

그 생각을 하지 않을 수 없는 위치였다. 쇠를 깎고 자르는 소리가 배경음으로 깔린 골목을 탐문 수사하듯 헤매지 않으면 발견하기 힘든 작은 책방이었다. 어디 있다는 정보를 가지고 가도 어디 있는지 알 수 없었다. 접근성 좋은 공간을 구하지 못해서가 아니라 찾을 테면 찾아보라며 고의로 숨었다 해도 믿을 법했다.

장사를 하겠다는 건지.

입김에 불평이 섞여 나왔다.

손님과 숨바꼭질을 하는 기묘한 책방이 있다는 소문을 들고 취재를 요청했다. 책방 대표는 인터뷰를 수락하며 "화내지 마시고 잘 찾아오시라"는 당부를 붙였다. 서점 SNS 계정에 전화번호와 주소는 있었지만 길 안내는 없었다. 주소지 앞에 섰을 때 책방으로 보이는 곳은 없었다. 간판은 물론 어디로 오라는 화살표 하나 없었다. 꽈배기처럼 꼬인 골목을 몇 차례 왕복했으나 찾지 못했다. 지도 앱을 쫓아가면 나의 위치가 책방 위치와 포개지는 순간 서로를 밀어냈다.

스마트폰으로 검색해 책방 방문 후기들을 훑었다. 방황을 먼저 겪은 방문자가 직접 그려서 올린 약도가 있었다. 약도를 따라가자 '부산'이란 간판을 단 허름한 횟집이 나왔다: 열려고 힘주면 공기 찢어지는 소리를 낼 것 같은 미닫이문이 더는 찢을 힘이 남아 있지 않다는 듯 완강하게 침묵하고 있었다.

아까도 왔던 곳인데 여기서 어쩌라고.

차가운 그믐 날씨에 몸이 얼고 있었다. 철공소들은 일찌감치 셔터를 내렸고 거리의 불빛들도 사그라들었다. 어떻게든 내 힘으로 찾아내야 취재 의도에도 맞겠다 싶어 골목을 돌고 돌다 보니 추위와 허기로 돌아버릴 지경이었다.

'못 찾겠다 꾀꼬리'를 선언하려고 책방 전화번호를 누르던 중이었다. '부산' 옆으로 좁은 원형 계단이 삐져나와 있었다. 식당의 일부인 줄 알고 지나쳤던 계단이었는데 자세히 보니 식당과 붙은 듯 분리돼 있었다. 계단은 부산 건물 뒤쪽에서 시작되고 있었다. 건물 사이로 진입하다 발걸음을 멈췄다. 길

이라고도 할 수 없는 좁은 통로가 점점 좁아졌다. 일단 들어
가면 되돌아 나올 수 있을지 의문이었다.

돌아갈 수 없을 땐 앞으로 나아가는 수밖에 없었다. 비좁고
컴컴한 건물 틈새로 몸을 밀어 넣었다. 오도 가도 못하고 끼
어버렸을 때 탈출하듯 밖으로 빠져나왔다.

부산의 뒷골목이었다. 고등어가 형광빛 수조에 갇혀 펄떡
이는 횟집 안에서 한 해 노동을 소주로 달래는 철공소 노동자
들의 목청이 펄떡이고 있었다. 미세먼지 쟁한 서울에서 비린
내 풍성한 항구의 저녁으로 순간 이동을 한 기분이었다. 정면
은 때로 반대쪽에 있었다.

원형 계단이 식당 오른쪽을 달팽이 등껍질처럼 나선으로
돌며 아래로 내려갔다. 페인트칠 벗겨진 철제 계단을 뱅글뱅
글 돌자 파도에 출렁이는 배의 선실로 들어설 때처럼 속이 울
렁거렸다. 계단이 끝나는 지하에 그 책방이 있었다. 부산에
도착했으나 항구엔 입항하지 않은 무국적의 해적선 같았다.
접안을 거부한 고집 센 선장의 분위기를 풍기며, 찾아오느라
멀미 난 손님들을 기다리고 있었다.

애초 무슨 목적으로 만들었을까 짐작도 가지 않는 공간을
범죄, 스릴러, 괴담, 공포 등의 미스터리물들이 가득 채우고
있었다. 책방은 추리소설 전문 서점이었다.

"찾을 만하셨어요?"

얼굴이 빨갛게 언 나를 보며 책방 대표가 싱긋 웃었다. 질

문으로 인사를 대신했다.

—의도가 있으시겠죠?

"벌써 세 번째 책방이거든요. 단골들이 생기고 버텨볼 만하다 싶으면 건물주가 임대료를 올리는 거예요. 인테리어 비용도 못 건지고 쫓겨나길 반복하다가 이곳까지 왔어요. 억지로 이사는 했지만 지칠 대로 치쳐 있었어요. 여기가 끝이라고 마음먹었어요. 그만두기 전에 해볼 만큼 해봤다는 명분이 필요했던 것 같기도 해요."

—뜻밖의 전개였나요?

"하루는 예전 책방에 들르던 손님이 한참을 고생해서 찾아오신 거예요. 이사 직후여서 SNS에 새 약도도 못 올렸을 때였거든요. 바뀐 주소만 보고 골목을 한 시간 이상 헤매셨나봐요. 전화를 주시지 그랬냐고 했더니 허비한 시간이 아까워서라도 꼭 혼자 찾고 말겠다는 오기가 생기더래요. 죄송하다는 말에 '덕분에 탐정이 된 기분이었다'며 재미있었다고 하시더라고요. 배려의 말이었겠지만 뭔가 힌트를 얻은 기분이었어요. 어차피 이렇게 된 거 막 가보자는 생각이 든 거예요."

—벼랑 끝 전술이었군요.

"이판사판이었죠. 쉽게 찾는 방법을 안내해봐야 쉽게 찾아질 리도 없으니 쉽게 찾을 수 없다는 점을 역이용해보자 싶었어요. '추리를 해야 찾을 수 있는 추리 전문 서점'이란 문구를 올렸어요. 드문드문 찾아오던 옛 단골들이 그 고생담을 추리

소설 마니아들답게 복선과 반전을 깔아서 퍼뜨린 거예요. 그 뒤부터 '#고스트 인 더 시티'란 해시태그를 단 글들이 연작처럼 올라오더라고요. 예상치 않게 '미스터리 이어 쓰기' 놀이처럼 되면서 책방이 마니아들의 답사 코스 중 하나가 됐어요. 근처 맛집 온 김에 세트 메뉴 주문하듯 들렀다 가려고 했는데 찾다 찾다 못 찾고 포기했다거나, 반대로 식당 예약을 취소하고 누가 이기나 해보자며 끝장을 봤다는 후기들도 있었고요. 엉뚱하고 재미있는 글들이 많이 쌓였어요. 언젠가 추려서 묶어볼까 계획하고 있어요. 책방 운영은 여전히 어렵지만 덕분에 언제 접더라도 아쉬움은 덜할 것 같아요."

나도 책방의 단골이 됐다.

내가 과장과 비약을 보태 가명으로 쓴 '달팽이의 음모'는 스릴러 독자들 사이에서 은근한 화제를 일으키며 여러 커뮤니티들로 퍼 날라졌다. 제주발 부산행 여객선에서 사라진 여성 승객의 실종 사건을 휴직 중인 기자가 추적하며 기사 형식으로 쓴 글이었다. 책방을 소개하는 실명 기사가 "미스터리에 대한 이해 부족을 뭐가 부족한지도 모르고 줄줄 흘린다"며 조롱당했던 것과 대비됐다.

나는 추리소설 애호가가 아니었다. 내가 그 서점에 자주 들르게 된 계기도 책이 아니었다. 그 곡 때문이었다.

인터뷰 2년쯤 뒤였다. 방문기를 엮은 책자가 나왔다는 연락을 받고 오랜만에 책방에 갔다.

"생각보다 시간이 걸렸네요?"

기괴 찬란한 글들에 어울리지 않는 소박한 디자인의 비매품 출판물을 뒤적이며 내가 물었다. 목차 다섯 번째에 내 글의 제목과 필명 '네모 선장'이 올라 있었다.

"한동안 어딜 좀 다녀왔거든요."

책방 대표는 "있었다면 많은 일이 있었고 없었다면 아무 일도 없었다"며 떡밥 수거에 실패한 추리소설의 화자처럼 말을 꺼냈다. 그제야 나는 '베이커 스트리트 221B'였던 서점 이름이 바뀌었단 사실을 알아차렸다.

"혼자 사는 여자들이 흔히 겪는 일이라고 생각하실 수도 있는데요."

그녀는 "서른 후반이 되면서부터 웬만한 일엔 놀라지 않는다고 자신했는데 아니었던 것 같다"며 지난 시간을 요약했다.

어느 날 밤 현관 밖에서 도어록 비밀번호를 눌러대며 주먹으로 문을 치는 소리가 들렸다. 초인종 카메라를 봤더니 마스크를 하고 모자를 깊게 눌러쓴 사람이 문 앞에 서 있었다. 자기 집을 헷갈린 주민이라고 하기엔 열리지 않는 문에 당황하지도 않고 거침없이 누르고 두드렸다.

빌라 주민이 아니라면 1층 공동 출입문 번호는 어떻게 알았을까. 다른 주민이 건물 밖으로 나가거나 안으로 들어올 때를 기다렸을까. 택배 기사 등에게 공유되고 있는 번호라도 알아낸 걸까.

누구냐고 물으려다 집 안에 사람이 있다는 사실을 알리고 싶지 않아 그만뒀다. 방으로 들어가 밖에서 들리지 않을 목소리로 경찰에 신고했다. 신기하게도 그때쯤 소리가 멈췄다. 출동했을 땐 현관 앞에 아무도 없었다고 경찰이 말했다.

진짜 무서운 건 그 뒤였다. 비슷한 시각이 되면 똑같은 사람이 도어록을 누르고 문을 두드렸다. 경찰에 신고하면 사라졌다가 며칠 뒤 다시 나타났다. 몇 달 만나다 헤어진 남자인가 의심했으나 확실하진 않았다. 경찰이 그의 동선을 조사했지만 해당 시각에 다른 곳에 있었디는 주장을 반박할 만한 증거를 찾지 못했다고 했다.

경찰이 1층 CCTV를 확인했으나 망가진 채로 오래 방치돼왔다는 사실만 확인됐다. 고의 파손 여부는 불분명했다. 기계 교체를 요청하려고 집마다 벨을 누르며 빌라 반장을 찾았다. 반장이 없다는 것도 그때 처음 알았다. 집주인들이 돌아가며 반장을 맡아온 건물이었는데 마지막 집주인이 이사 간 뒤부턴 반장 자리도 공석이었다. 전원 세입자뿐인 빌라가 된 뒤론 집주인들 간의 소통 창구도 없어졌고 공용 시설 관리도 이뤄지지 않았다. 세입자끼리라도 모여 대책을 세우자고 빌라 입구에 써 붙였으나 호응이 없었다.

자비로 설치할 방법을 알아보고 있을 때 도어록 누르는 소리가 다시 들렸다. 경찰에 신고했지만 소득 없는 출동이 반복되자 경찰도 전화로만 응대했다. 의지가 없다기보다 용의자가 확실치 않은 출동을 계속할 인력이 없어 보였다.

"우리 책방 주제곡이에요."

이야기 도중 시계를 확인한 대표가 "실례한다"며 그 곡을 스피커에 걸었다. 클래식 연주가 시작됐다. 현악 4중주였다.

문 따는 소리에 쫓기고 있을 즈음 퇴근길마다 뒤따라오는 소리가 있었다. 걸음을 빨리하면 소리도 빨라졌고 멈추면 소리도 멈췄다. 편의점에 들어가 시간을 끌다 나오면 그 소리도 담배라도 피우고 온 듯 다시 따라왔다. 두세 걸음마다 구두 뒤축으로 바닥을 끄는 패턴이 매번 동일인의 발소리란 확신을 갖게 했다.

"자기야. 나 다 왔는데 어디야?"

걸음 소리가 등 뒤까지 바짝 쫓아온 날이었다. 목을 잡아채는 소름을 느끼며 전화기를 꺼냈다. 마중 나온 남편한테 전화하는 척했다. "아 봤다, 여기" 하며 없는 남편에게 손을 흔들었다. 발걸음이 주춤하더니 구두 뒤축을 끌며 돌아섰다.

두려움으로 잠을 이루지 못하는 날들이 계속됐다. 집 안에서 작은 소리만 들려도 온몸의 혈관이 파랗게 일어섰다. 병원 상담을 받고 의사가 처방해준 안정제를 먹었다. 약기운에 의지해 소리로부터 도망쳤다. 살해당한 여자들의 뉴스가 평소보다 자주 보이고 들렸다. 죽어야 할 이유가 있어서가 아니라 여자여서 죽는 일들이 별일 아닌 듯 되풀이됐다. 불안과 불면이 도어록 따는 소리와 합쳐지면서 실제로 들리는 소리인지 없는 소리를 듣는 건지도 구별되지 않았다. 집에 머무는 시간 자체가 공포였다. 책방에 간이침대를 놓고 생활했다. 그 소리를 책방에서 듣는 데도 며칠이 걸리지 않았다.

"소리가 따라오지 못할 곳으로 사라지는 수밖에 없다고 생각했어요."

책방 문을 닫고 '장기 휴무' 팻말을 걸었다. 어디론가 떠났다 돌아와야 한다면 언젠가는 꼭 가보길 소망했던 그곳이어야 했다. 추리소설 전문 서점까지 열도록 이끈 탐정의 공간들. 책방 이름을 따온 탐정의 런던 하숙집과 그 가상의 주소지에 조성한 박물관, 소설에선 의사 친구 장인의 실종 사건이 벌어진 장소였고 현실에선 작가가 그 사건을 소설로 쓰기로 출판사와 계약한 호텔, 작가의 에든버러 생가터와 의학을 공부했던 대학교, 악마개가 출몰하던 다트무어의 음산한 황무지 등을 거쳐 스위스 국경을 넘었다.

곡의 흐름이 경쾌했다. 스피커가 책방 규모를 웃도는 고성능이었다. 골목의 쇳소리로부터 책의 소리를 지키겠다는 일념으로 중고 가게들을 뒤져 보물 찾듯 찾아냈다고 했다. 특정 분야에 몰두하는 책방의 선곡치곤 가요, 팝, 발라드, 포크, 힙합, 클래식 등 장르 불문의 음악들이 그날 대표의 기분에 따라 플레이 리스트에 올랐다. 두 번 트는 곡이 있을까 싶을 만큼 온갖 곡들이 흘러나왔으나 매일 저녁 7시만 되면 그 곡이 등장했다. 연주가 속도를 줄이고 느려졌다.

라이헨바흐는 탐정과 그의 숙적이 최후의 대결을 벌이다 뒤엉켜 추락한 폭포였다. 스위스 중부 빙하협곡에서 녹아내린 물이 절벽 아래로 쏟아지며 물보라를 밀어 올렸다. 그녀가 폭포에 도착하자 추락 직전의 탐정이 들었을 소리가 협곡을 가득 채우고 있었다. 물덩이가 검은 바위에 부딪치며 일으키는 "인간의 외침 소리를 닮은 굉음"[60]에 그녀는 귀를 기울였다.

세상의 난제들이 풀리지 않는 까닭은 탐정이 죽어버려서가 아니었다. 폭포까지 찾아가는 동안 그녀는 명탐정의 능력으로도 해결되지 않는 일들이 일상에 널려 있음을 알게 됐다. 탐정의 인기에 피곤해진 작가가 그의 최후를 급조했다고 알려졌지만 탐정의 죽음엔 작가가 밝히지 않은 다른 이유가 있었을지 모른다고 그녀는 추리했다.

각자의 진실을 탐하느라 공동의 진실 찾기가 불가능한 시대를 예견하며 작가가 탐정을 죽인 건 아닐까. 각자가 믿는 진실을 방해하며 객관적 진실을 들이대는 탐정 따위 살아남지 못할 시대가 오기 전에 작가 스스로 죽여버린 건 아니었을까.

그녀가 인간의 소리로 외쳤으나 폭포의 굉음에 묻혀 들리지 않았다. 발견됐다면 반드시 구조돼야 했다. 폭포에서 내려오며 그녀는 탐정과 이별했다.

귀국하자마자 책방 이름을 라이헨바흐로 바꿨다. 서가의

---

60 《셜록 홈즈 전집 6: 셜록 홈즈의 회상록》, 아서 코넌 도일, 백영미 옮김, 황금가지, 2011년.

구성에도 변화를 줬다. 추리소설을 줄이고 추리를 돕는 책들을 들였다. 사회를 읽는 책들과 역사와 정치와 젠더를 공부하는 책들도 꽂았다. 시사 잡지들도 눈에 띄게 배치했다.

책방의 새 큐레이션을 둘러보고 있을 때 곡이 급변했다. 빠르고 생기 넘치던 곡이 4악장 중반부에서 뚝 끊겼다. 짧은 공백 뒤 제2바이올린과 비올라가 현을 잘게 썰었고 첼로는 느리게 활을 밀었다. 덜덜덜 떨리는 저음 사이로 제1바이올린의 찢어지는 고음이 파고들었다.

찌이이이잉.

짐승이 울었다.

삐이이이이.

귓속에서 들리는 소리와 밖에서 귀로 들어오는 소리가 일치하자 귀 안팎이 동기화됐다.

"뭐예요?"

연주가 끝나갈 때쯤에야 관심을 보이는 내게 대표가 말했다.

"폭포 한가운데서 살았던 음악가의 곡이에요. 폭포에서 탐정을 버리고 돌아섰을 때의 감각을 잊지 않으려고 하루 한 번씩은 꼭 듣고 있어요."

대표가 곡의 정보를 찾아 보여줬다. 베드르지흐 스메타나(1824~1884)가 작곡한 '현악 4중주 1번 E단조'[61]였다. 그는 오스트리아의 지배에 저항했던 체코슬로바키아 민족음악의

---

61   String Quartet No.1 in e minor. 부제 '나의 생애로부터(From My Life)'.

중심인물이었다. 스메타나가 체코 국립극장 전신인 가설극장 악단의 상임 지휘자였을 때 20대 초반의 드보르자크는 단원 중 한 명으로 비올라를 연주했다.[62] 이명과 환청의 "재앙"에 시달렸던 스메타나는 "거대한 폭포 아래에 서 있는 것처럼 밤낮없이 격렬하게 머리를 두드려대는 슉슉[63] 소리"[64]로 괴로워했다. 그는 28분 길이의 곡 중 마지막 6분이 시작되는 지점에 그 소리를 넣었다. 바늘처럼 가늘고 뾰족하게 찌르는 바이올린 소리는 1874년 그가 처음 들었던 이명을 오선지에 앉힌 것이었다.

나는 이상하게 그 곡이 편안했다. 책을 보던 사람들이 극도로 높은 음에 반사적으로 얼굴을 찡그릴 때 내 귀에선 분단된 나라가 통일한 것처럼 긴장이 누그러졌다. 머릿속 모기 소리에 시달릴 때마다 티투스가 대장장이를 불러 망치질을 시킨 이유를 알 것 같았다. 그 뒤로 책방은 두 귀가 듣는 서로 다른 소리가 나를 분열시킬 때 찾아가 쉬는 장소가 됐다.

종양에 적응하느라 방문하지 못한 기간 동안 탐정의 영향력은 한층 축소돼 있었다.

---

62 드보르자크는 미국에서의 성공을 바탕으로 체코 귀국 뒤 국가적 영예(장례도 국장)를 얻었지만 사망 10년 전 모든 청력을 잃은 스메타나는 정신병원에서 생을 마쳤다.

63 hissing, 치찰음(공기가 치아 사이 좁은 틈을 통과할 때 발생하는 마찰로 내는 소리). 뱀이 쉿쉿 하는 소리나 고양이의 하악질을 의미하는 영어 단어도 hissing이다. 정보통신 쪽에선 수신기에서 들리는 연속성 잡음을 가리킨다.

64 <BEDŘICH SMETANA>, John Clapham.

—'추리소설 전문'은 접으신 거예요?

"아니에요. 그 정체성을 완전히 포기하진 않았어요. 그냥 사건을 해결하는 딱 떨어지는 열쇠는 없다는 걸 알게 됐을 뿐이에요. 책 구성을 다양화하는 건 열쇠를 버리는 게 아니라 열쇠 수를 늘리는 거예요. 더 치밀한 추리를 위해서라도 이 세계가 어떻게 생겨먹었는지 알아야 하니까요."

—그 소리는 이제 안 들려요?

"왜 안 들리겠어요. 여전히 들리지만 불안하다고 안정제부터 먹진 않아요. 약기운 탓에 제 주위에서 누슨 일이 일어나는지 못 알아차릴 수도 있잖아요. 이젠 무서운 소리를 듣는 것보다 그 소리에 둔해지는 게 더 무서워요. 저를 지키려면 어떤 놈이건 똑바로 보고 들어야죠."

더는 라이헨바흐에 가지 않아도 될 것 같았다. 스메타나처럼 이젠 내 오른쪽 귀도 언제나 폭포 속에 있었다. 찡과 삐는 그 소리에 묻힌 지 오래였다.

매미 떼가 내장까지 토해낼 것처럼 운다. 짧은 삶을 최대치로 쓰는 생명들의 울부짖음은 격렬하고 필사적이지만 안에선 들리지 않는다. 유리창 밖의 아우성은 간단하게 차단된다.

"이미 나는 수천 개의 인생을 살았어. 날이면 날마다 무덤을 파내—파내는 거야. 나일강 가에서 노래를 듣고, 쇠사슬에 묶인 짐승이 발을 구르는 소리를 들었던 수천 년 전 여자들이 만들어놓은 모래언덕 가운데서 나의 유해를 찾아낸다."

라이헨바흐에서 사 온 책의 한 대목[65]을 읽다가 눈을 들었다. 집에 쌓인 책 더미 어딘가에 있지만 어디에 있는지 몰라 다시 산 책에서 시끄러운 그 문장을 찾아 입을 막은 뒤였다.

전철 창밖에서 분홍 구름이 번지고 있었다. 바늘처럼 뾰족한 빌딩들에 찔려 하늘의 살갗이 점점 붉어졌다. 바늘이 하늘 높은 줄 모르고 무럭무럭 자라 우주까지 돋으면 신의 귀[66]로 파고들 수도 있었다.

바늘들 가운데 그 빌딩도 있었다. 매미 한 마리 달라붙지 못할 매끈한 건물 벽이 보는 각도에 따라 절벽처럼 깎아질렀다. 식사 반입과 난방을 차단당한 빌딩에 고립된 채 집단 해고에 항의하던 여성 청소 노동자들의 모습이 기억났다. 구호

65 버지니아 울프 《파도》, 박희진 옮김, 솔출판사, 2019년 특별 한정판.
66 토성(Saturn)의 고리를 최초로 발견(1609년)한 사람은 갈릴레오 갈릴레이였다. 그는 당시 망원경 성능의 한계 탓에 고리를 토성 양쪽에 달린 귀 모양의 이상한 물체로 파악했다.

를 외치는 그들의 목소리가 유리창에 가로막혀 지워졌다. 구김살 없이 빳빳한 세계에선 들리지 않는 소리였다. 싼 맛에 쓰고 버려도 얼마든지 더 싼값으로 교체 가능한 '혁신의 행성'에선 위험하고 못된 짐승이 되지 않으면 너무 묽어 눈에 띄지도 않았다.

그들을 보며 몇 달 전 지구 밤하늘에 길고 빛나는 꼬리를 흔들며 추락한 폐인공위성의 최후가 궁금했다.

파낼 무덤도 갖지 못한 우주의 유해들. 무한의 진공에 방치돼 인간의 시선 밖을 떠돌다가 지구와 충돌 위험이 있을 때만 인지되는 쓰레기. 유통기한을 다한 뒤엔 추락조차 구경거리 우주 쇼일 뿐 지구 어디서도 환영받지 못하는 폐기물. 오직 허락된 공간은 인간으로부터 가장 먼 심해의 '해양 도달 불능점'[67]. 그때 그 빌딩은 도심 한가운데 우뚝 솟은 '세계의 끝'처럼 보였다. 소화시킬 수 있는 양의 몇 배를 삼킨 뒤 배가 꺼지지 않아 게워 올린 첨단의 숙취. 그 숙취를 청소하다 청소되는 사람들은 끝내 가 닿지 못할 도달 불능점.

그곳에 도달한 적 없이 도시의 가장자리만 맴돌다 사라진 그 여자에게도 무덤은 없었다.

---

67 포인트 니모(Point Nemo). 우주에서 떨어뜨린 폐위성들을 수장시키는 바다 무덤. 지구상의 모든 육지로부터 가장 먼 바다(남위 48도 52분 32초, 서경 123도 23분 33초)에 있다. 쥘 베른의 소설 《해저 2만 리》에 등장하는 잠수함 선장 이름(Nemo, 라틴어로 '아무도 아닌 사람'에서 따왔다. 생명체가 거의 살지 않는 곳으로 알려져 있으며 현재 200여 대가 넘는 인공위성들이 가라앉아 있다. 미국 항공우주국(NASA)은 1998년 발사한 국제우주정거장(ISS)도 임무를 마치는 2031년 포인트 니모로 추락시킬 계획이다.

그 여자.

생각이 널을 뛰었다.

여자는 실종된 것이 아니라 실종을 선택한 사람이었다.

여자가 연고 없는 사망자로 처리된 까닭을 삶의 마지막 순간을 돌봐준 '언니'에게 들었다. 여자는 지난 20여 년간 한 광역시의 공공 병원에서 생을 마친 200여 명의 무연고자들 중 한 명이었다. 구급차로 실려 가도 민간 병원에선 입원 자체가 거부되는 가난한 사람들이 그 병원으로 옮겨져 숨을 거두거나 숨진 채로 옮겨졌다.

과학수사하듯 찾아야 겨우 인지되는 존재들이 있었다.

먼지처럼 흩어진 200여 명의 생전 자취를 더듬느라 나는 그 도시를 오랫동안 헤매고 다녔다. 사망자들이 죽어 발견된 곳이나 죽기 직전 살던 곳을 찾아가 그들의 흔적을 모았다. 한 명 한 명의 위치를 지도에 찍으며 '유령의 분포도'를 그렸다. 유령들이 지도 위에 모습을 드러내자 그들을 뒤에 떨구며 질주해온 도시의 의지가 보였다. 가난을 몰아넣은 땅일수록 유령들은 밀집해서 번식했다. 그들이 살고 죽어간 자리는 도시 개발 방향과 정반대였다. 도시의 속도를 따라가지 못한 사람들이 도시가 뒤돌아보지 않는 곳에서 유령이 됐다. 그들은 죽었으므로 투명했으나 살았을 때도 보이지 않았다.

여자는 내가 지도에 표시한 마지막 유령이었다.

그 도시에서 이름을 바꾸고 나이를 속이며 살았다. 스스로 택한 실종이었지만 스스로 원한 실종은 아니었다. 죽지 않기 위한 실종이었다. 남편의 폭력으로부터 살아남으려 두 아이를 두고 20여 년 전 그 도시로 도망쳤다. 거머리처럼 달라붙는 추적에서 벗어나려면 여자는 '없는 사람'이 돼야 했다. 자신의 위치를 흘릴지 모를 모든 정보를 감추고 숨어들었다. 남편이 사망신고를 하고 주민등록을 말소했다.

그 남편이 갑자기 나타나 현관문을 부술지 모른다는 공포로 여자는 지워진 신분을 되살리지 못했다. 자신을 입증할 길 없이 식당을 옮겨 다니며 '일용직 이모'로 일했다. 은행 계좌 하나 열지 못했고 신용카드 한 장 만들지 못했다. 허름한 집에 방 한 칸을 얻어 주인의 밥을 하고 집 청소를 하며 방값을 대신했다. 식당에서나 집에서나 여자는 말수가 적었다. 아무리 물어도 자기 이야기는 하지 않았다. 여자는 이모로서 어디에나 있었지만 어디서도 고유하게 있진 않았다.

"언니였어?"

지문 조회 결과를 본 언니가 놀라 물었다. 언니는 보호자 없는 여자에게 보호자 역할을 해준 유일한 사람이었다. 여자가 자신보다 한참 언니란 사실을 언니는 여자를 데려간 주민센터에서 알았다.

여자의 몸에서 암이 자라고 있었다. 치료비 지원을 받기 위해선 신분 회복이 불가피하다고 언니가 여자를 설득했다. 주민센터 직원이 여자가 신분을 감추고 산 이유가 석연치 않다며 경찰에 전과 조회를 요청했다. 범죄 연루 기록이 없다는 사실을 경찰이 확인해준 뒤에야 주민등록 회복 절차가 시작됐다. 이름과 나이를 되찾기도 전에 여자는 의사가 손쓸 수 없는 상태로 병원에서 죽었다.

여자의 주소지를 찾아갔을 때 아시안게임 주경기장이 그 자리에 있었다. 웅장한 건축물 앞에서 나는 한동안 망연히 서 있었다. 유령의 유령을 본 것 같았다. 여자가 엎혀살았다는 집은 경기장이 들어설 때 헐렸을 수도 있지만 그 집조차 처음부터 유령이었을지 모른다는 생각이 들었다. 매미가 벗어놓은 허물이 혼이 벗어놓은 육신처럼 경기장의 외진 모퉁이에 소리 없이 매달려 있었다.

살아서 삭제된 여자는 죽어서도 '말소자'로 남았다. 시신은 누구에게도 인수되지 않았다. 지도 위를 배회하던 나는 여자의 위치를 그녀가 눈을 감은 병원 위에 찍었다. 유령다운 결말이었다.

두통도 유령처럼 왔다.

나는 두통이 모호한 병증이란 생각을 자주 했다. 뇌가 프레스기에 압착되듯 견디기 힘들 때조차 내겐 두통의 실체가 잡히지 않았다. 멀리서 안개 같은 기운이 일어난다 싶으면 어느 새 머리통에 보자기가 씌워져 절구질을 당하고 있었다. 세상의 모든 것이 그대로인데 오직 내 작은 뇌 안에서 벌어지는 난리가 현실적이지 않았다. 찾아오는 두통을 막을 순 없었지만 오는 횟수가 잦아질수록 언제 문을 잠가야 하는지는 알게 됐다. 도로 맞은편에서 서성거리는 모습을 발견하면 길을 건너기 전에 서둘러 약을 먹고 이불을 뒤집어썼다. 방심한 날엔 계단을 뛰어올라 부술 듯 문을 두드려대는 주먹질에 잠을 이루지 못했다.

그날따라 약 챙겨 나오는 걸 잊어버렸다. 문 잠글 때를 놓쳐 두통이 이미 집 안으로 들어와 있었다. 버스를 여러 대 보내며 망설이다 결국 전철역으로 향한 것도 두통 때문이었다. 병원 가는 열차에서 겪은 혼란들 탓에 그날만이라도 철도는 피하고 싶었으나 버스를 타면 귀가 노선이 한참 늘어날 수밖에 없었다. 조금이라도 빨리 돌아가 약을 먹고 집에서 두통을 몰아내야 했다.

열차에 앉을 자리가 없어 출입문 옆 의자 팔걸이에 몸을 기대고 눈을 감았다. 등 뒤에서 구두 뒤축 끄는 소리를 들은 것도 같았다. 눈을 떴을 때 통로를 지나가는 검은 양복 차림의 파마머리가 창에 어른거렸다. 몇 초간 눈알을 굴렸다. 돌아봤을 때 남자는 보이지 않았다. 이미 옆 칸으로 옮겨 갔을 수도 있었고 아예 내가 잘못 봤을 수도 있었다. 아니면.

유령인가.

생각하는데 안내 방송이 나왔다.

"승객 여러분께 승객 여러분께 알립니다 알립니다. 열차 내에서 열차 내에서 물품을 파는 물품을 파는 행위는 행위는 불법입니다 불법입니다."

그러므로 추리보다 중요한 것은 처리였다.

사고 책임을 '무단 진입'한 작업자에게 묻는 철도·수사 당국의 발표가 미리 녹음된 안내 방송처럼 반복됐다. 차라리 지진에게 수갑을 채우는 편이 나을 법했다.

생각이 마구잡이로 이어 달렸다.

우우우우우우웅.

굉음을 쏘며 달려온 고속열차가 무서운 속도로 지나갔다. 꼬리 긴 강철 뱀이 머리 위로 슉슉 날아간 것 같았다. 사고 현장에 최대한 가까이 접근할 수 있는 위치가 그 고가철도 아래였다.

주위를 둘러봤다. 찜질방 주차장 끝에 선로로 진입하는 출입문이 보였다. 가시철조망을 두르고 자물쇠가 채워져 있었다. 문 앞 땅바닥엔 담배꽁초들이 떨어져 있었다. 문이 열릴 때까지 작업자들이 쪼그려 앉아 담배를 피운 흔적이었다. 규정상 철도 당국(원청) 소속의 현장감독만 열 수 있는 문이었다. 그 문이 감독 없이 열린 적이 있었다. 15분 뒤 두 명이 열차에 치여 사망했다.

경주에서 잇달아 강진이 발생한 날[68]이었다. 지진은 밤 10시 발차 예정이던 서울행 KTX를 부산역에 묶었다. 같은 시각 안전모와 안전화를 착용한 사람들이 회사(하청) 대기실에서 작업 지시를 기다렸다.

그들의 일터는 심야의 고속철 선로였다. 대기실에서 분말 커피를 타 마신 뒤 고가철도로 이동해 원청 직원들이 하지 않는 일을 했다. 철도 당국은 사고 위험이 높은 선로 보수 업무를 외주로 돌렸고, 외주를 따낸 업체는 작업 구간 인근의 노동자들을 모아 헐값에 사용했다. 두 사람은 주당 여덟 시간의 연장 근로에 동의했을 때 시급 6060원을 받는 8개월 단기 계약직이었다.

부산발 KTX가 한 시간 11분 34초 늦게 출발했다. 5분 전 철도 당국 지역사무소장이 SNS 대화방에 '상행 열차 지연에 따라 철저한 전기 차단'[69]을 지시했다. 대화방에 하청 업체 사람들은 초대돼 있지 않다. 원청 직원이 하청 작업반장에게 통보하고 반장이 전달해야 현장 작업자들은 지시 사항을 알

68　2016년 9월 12일.

69　단전은 선로 보수 노동자들을 보호하는 필수 절차다. 마지막 열차가 통과하면 전기를 차단해 열차 진입을 막은 뒤 노동자들을 투입한다. 당시 지진으로 열차가 지연 운행되면서 단전 시간도 늦춰졌다.

수 있었다.[70] 작업자들이 고가로 이동할 때 원청 감독은 지진 수습을 이유로 동행하지 않았다.

0시 23분 5초. 작업자들이 고가 옆 출입문 앞에 도착해 담배를 피울 때 열차는 대구를 떠나 북상하고 있었다. 4분 뒤 하행선 마지막 열차가 고가 위를 지나갔다. 평소 상행선 막차는 하행선 막차보다 48분 일찍 통과했다. 상행선 열차 운행이 이미 종료됐다고 작업자들은 판단했다. 반장은 열차 지연 사실을 작업자들에게 따로 공지하지 않았다.

0시 31분 24초. 방음벽 선로로 진입하는 작업자 열한 명의 모습이 CCTV에 찍혔다. 하청 업체 반장이 철조망 자물쇠를 열었다.

0시 40분 51초. 열차가 김천구미역에 닿았다. 30여 초 뒤 작업자들이 도구를 실은 트롤리[71]를 상행선 선로에 올렸다. 안개가 짙게 끼며 가시거리를 떨어뜨렸다.

우우우우우우웅.

0시 45분 45초. 선로 맞은편에서 맹렬한 소리가 날아왔다. 열차 불빛을 본 동시에 쿵 소리가 났다. 시속 194킬로미터로

---

70 코레일 관제센터, 시설사무소장, 공구별 사업소장, 당무 선임장 순으로 전파되는 재난 대응 지침은 하청 업체 앞에서 멈춰 섰다. 위험을 선두에서 대면하는 하청이 철도 재난 정보 시스템에선 제외돼 있었다. 열차 정보를 주고받는 무전기도 원청 감독만 휴대했다. 이 문제는 하청 노동자들에게 선로 사고가 집중되는 핵심 원인으로 지적돼왔다.

71 마트에서 물품을 담거나 식당에서 음식을 나르는 카트, 탄광에서 석탄 등을 운반하는 광차를 일컫는다. 선로 보수 작업을 위해 도구나 자재를 싣고 이동하는 수레도 트롤리라 부른다.

달리던 열차는 1080미터 전진한 뒤 멈췄다. 충돌 지점에서 10여 미터 떨어진 수로에서 두 사람이 발견됐다. 그들은 선로에서 트롤리를 내리느라 열차를 피하지 못했다. 트롤리를 그냥 뒀다면 그들은 살았겠지만 승객 340여 명이 탄 열차는 탈선했을 수도 있었다.

사망 책임을 둘러싸고 원청과 하청의 진술이 어긋났다. 하청 반장은 선로 진입을 허락받았다고 했고, 원청 감독은 욕을 하면서까지 불허했다고 했다. 원청 감독만 열 수 있는 자물쇠를 하청 반장이 딸 수 있었던 이유를 경찰이 물었다. 경우에 따라 하청이 열고 들어갈 수 있도록 상호 협의가 돼 있었다고 원청은 답했다. 감독 없이 선로 작업을 한 적이 그 전에도 있었다는 말이었다. 때때로 지켜지지 않는 규정이 때와 때를 만나면 죽음을 불렀다. 그날 감독이 동행한 다른 현장들은 무사했다.

경찰은 원청 감독과 하청 반장을 업무상 과실치사상 혐의로 송치했다. 검찰의 지휘를 받은 뒤엔 원청 감독을 '혐의 없음' 처분했다. 지진 발생으로 현장 동행이 불가능했다는 소명을 검찰이 받아들였다. 지하철역 환청이 상기시킨 과거 철도 사고 때도 선로 진입 규정 위반으로 하청 노동자들을 처벌했다. 익숙한 결말이었다.

주범은 처벌받지 않았다. 경주에서 발생한 지진이 부산발 고속열차를 타고 서울 기점 227킬로미터까지 달려와 사람을 치었다. 지진이 아니라 지진 뒤에 숨은 '죽음의 구조'가 두 사람의 목숨을 끊었다. 효율은 위험한 일일수록 하청으로 넘겼고, 가장 취약한 노동자들이 가장 위험한 작업에 투입돼 가장 먼저 죽었다. 재난은 그 구조에 정확하게 정차했고, 지진은 명탐정처럼 기어이 두 사람을 찾아냈다. 어떤 천재지변은 자연현상이 아니었다. 쉽게 찢기는 땅과 삶을 골라내는 눈이 지진에겐 있었다. '트롤리 딜레마(Trolley Dilemma)'[72]는 오랜 공범이었다. 질문해야 할 상대를 바꿔 범인을 은닉[73]했다. 어떤 질문은 그 자체로 함정이었다.

고인들이 출근했던 현장사무소는 외진 땅에 위치한 고속철도 기지 뒷건물에 있었다. 사무소 문을 열고 들어가자 노동자들의 안전모가 찬바람에 말라가는 명태처럼 복도 벽에 줄지어 걸려 있었다. 퇴근하지 못한 두 사람의 안전모는 보이지 않았다. 회사는 고인들의 마지막 열흘 치 월급 명세서를 발급하며 그들이 '중도 퇴사'했다고 적었다.

72　영국 철학자 필리파 루스 푸트(Philippa R. Foot)가 고안한 실험. '브레이크가 고장 난 전차가 달려온다. 선로 저편에 다섯 명의 노동자들이 일하고 있다. 옆 선로에선 한 명이 작업 중이다. 당신 앞에 선로 변환기가 있다. 선로를 바꾸면 다섯 명을 살릴 수 있지만 한 명은 죽는다. 당신은 누구를 살리고 누구를 죽일 것인가.' 마이클 샌델 하버드대학교 교수가 《정의란 무엇인가》에 소개해 더욱 유명해졌다.

73　범인은 내버려둔 채 공리(功利)를 앞세워 선로 작업자 중 몇 명을 죽일지 학생과 독자에게 선택을 강요한다. 그 틈을 이용해 고장 난 전차를 운행에 내보내 작업자들을 죽음으로 내몬 자들과 그들이 만든 죽음의 구조는 수사망을 벗어난다.

환청 속 뉴스와 실제 뉴스가 구분되지 않고 겹칠 때 사람들은 안전과 안정으로부터 굴러떨어졌다. 짐승이 빠아아아아아아아아아아아앙 발을 굴렀다.

전철에서 내려 가로등 켜진 천변을 걸었다. 개별 음색을 가진 풀벌레들의 소리가 내 귀에서 개별성을 잃고 딱딱한 떡처럼 뭉쳐졌다. 집 앞 골목으로 접어들자 가로등 불빛 하나 없는 찐득한 어둠으로 돌변했다. 집은 골목 안쪽 끝에 있었다. 거무스름한 집의 윤곽이 눈에 들어오면서 억지로 조였던 균형이 풀리고 몸이 흔들렸다. 다리가 무거워졌고 신발 뒤축이 땅에 끌렸다. 앞에서 걸어가던 여자가 걸음을 빨리하며 전화기를 꺼냈다.

등 뒤 멀찍이서 차량 불빛이 어른거리나 했는데 발밑이 금방 환해졌다.

빵.

자동차가 신호를 보냈다.

왼쪽? 오른쪽?

고개가 저절로 왼쪽으로 돌아갔다. 본능적으로 다리는 오른쪽으로 움직였다. 동시였다. 우측에서 자동차가 급정거했다. 범퍼가 종아리에 닿으려던 순간이었다.

빠아아아아아아아아아아아앙.

경적이 맹렬하게 울었다. 귀책사유가 내게 있음을 확실히 하려는 듯 오래 으르렁거렸다. 갈림길을 만나기 전까지 자동차가 걸었다. 내 속도에 맞춰 오른쪽에서 나란히 걸었다. 운전자는 전조등 불빛 뒤에서 얼굴을 내밀지 않았다.

약을 먹고 누웠을 땐 두통과 이명이 포악해질 대로 포악해져 있었다. 밤새 짐승들의 소리에 쫓기고, 밟히고, 뜯겼다. 그날 하루는 모래에 묻힌 수천 개의 인생 중 하나일 뿐이라고 나는 주문을 외웠다.

47

숙.

주먹이 날아온다.

숙.

주먹을 뻗을 때마다 상대가 입으로 소리를 쏜다.

숙숙숙.

그때마다 내 머리는 퍽퍽퍽 뒤로 젖혀진다.

탐색은 없다. 더킹과 위빙도 없다. 가드도 올리지
않고 일직선으로 돌격해 온다. 잽 따위 건너뛰고
곧바로 스트레이트를 얼굴에 꽂는다.

원투, 원투, 원투스리.

안면, 보디, 안면, 보디, 보디 보디 어퍼.

그러다 숙.

머리를 숙여 피하는 내게 숙. 풋워크로 몸을 빼는
내게 숙. 주먹을 뻗을 듯 말 듯 하며 입으로만 숙.
마우스피스 낀 이빨 사이로 비웃음을 숙숙. 그 소
리에 맞춰 움찔하는 나를 숙숙 놀린다.

그때마다 나는 왼쪽? 오른쪽?

오른쪽으로 피하는 순간 훅. 기다렸다는 듯이 훅.

턱 좌우에 훅훅. 결정타로 훅훅훅.

그로기. 출렁이는 링. 꽉 막힌 사각의 동그라미. 지독한 적막. 도망갈 곳이 없다.

다운된 내 얼굴 위로 허리를 굽히더니 다시 숙숙. 마우스피스가 씨익 웃으며 숙 숙숙숙.

48

오른쪽 귀에서 청력이 퇴장한 뒤부터 그 소리가 심장박동을 이겼다.

숙숙숙.

바닷바람이 귓속으로 촷촷촷 들이치는 소리 같기도 했고, 미상의 물체가 하늘에서 툭툭툭 떨어지는 소리 같기도 했다.

그동안 겪은 모든 이명들 중 가장 견디기 힘든 소리였다. 스물네 시간 배경음처럼 깔리는 이명들과는 달랐다. 기존의 소리를 뚫고 들어와 벽돌 얹듯 소리를 얹었다. 몸동작이나 자세에 영향을 받는지도 불분명했다. 고개를 돌릴 때 들리나 보다 했는데, 머리를 검사 장비에 고정해도 들렸고, 휘청거리며 산책할 때 들리더니, 한자리에 가만히 앉아 있어도 들렸다. 박동 소리를 덮어쓰며 등장했지만 박동처럼 규칙적이진 않았다.

무엇보다 그 불규칙성이 괴로웠다. 박자를 타다가도 엇박으로 끊어졌고, 소리와 소리 간의 간격도 제멋대로였다. 아무리 괴상해도 패턴이 있으면 적응해볼 수 있겠는데, 그 소리는 넋 놓고 걷다 밟은 돌멩이처럼 갑자기 튀어나왔다. 시치미를 떼고 침묵을 지키다가도 얕은 잠을 두들겨 깊은 새벽에 깨워

댔다. 그 소리에 몰두하고 있으면 귓속에서 천지창조와 지구
멸망이 동시에 펼쳐졌다. 회로 판을 이탈한 부품이 컴퓨터 안
에서 덜그럭거리며 굴러다녔고, 배부른 신이 인간을 성냥갑
에 넣고 달각달각 흔들며 놀았다. 세상의 어긋난 뼈들이 제자
리로 돌려달라며 사방에서 우우둑거렸다. 혼자 듣는 소리 때
문에 사람이 미치는 까닭을 알 것 같았다.

두통이 이명을 몰아치던 그날 밤 거머리들이 스멀거렸다.
오래전 기억이 소리에 빨판을 붙였다.

슉슉.

그가 나를 보고 웃었다.

가로등 하나 없는 동네 골목에 찐득한 어둠이 차오르고 있
었다. 어둠 속에서 빨간 점이 새빨개졌다가 다시 빨개졌다.
그는 골목 입구 전봇대에 등을 기대고 담배를 피우고 있었다.
통행이 뜸한 골목이었다. 가끔 어른들이 보이면 숨겼다가 지
나가면 다시 꺼내 물었다. 고등학생이 줄담배를 피우며 나를
기다렸다. 걸음을 멈추고 머뭇거리는 내게 거머리 무늬 교련
복을 입은 그가 손짓했다.

그때 나는 초등학교 1학년이었다. 일부러 저녁이 돼서야
집에 들어갔다. 학교를 마치고 돌아오면 부모님이 일 나가고
없는 집은 텅 비어 있었다. 형도 학교에 있을 시각이었다. 아
무도 없는 집에 혼자 있으면 이상하게 쓸쓸해져 눈물이 났다.
학교에 남아 시간을 보내다 형과 돌아오거나 동네 친구들과

놀다가 부모님이 퇴근할 때쯤 귀가했다.

우리 집은 그 골목 안쪽 끝에 있었다. 그를 통과하지 않으면 집에 갈 수 없었다. 언제부턴가 그는 내가 집에 들어갈 때쯤 늘 그 자리에 있었다. 처음엔 우연이었겠지만 그 뒤론 분명 내가 오길 기다렸다. 처음엔 나를 전봇대 앞으로 불렀고 그 뒤론 가려 하지 않는 나를 그가 와서 전봇대 쪽으로 데려갔다.

전봇대 앞엔 동네 주민들이 시멘트를 발라 만든 화단이 있었다. 화단엔 꽃 대신 담배꽁초들이 활짝 피어 있었다. 그가 화단 가장자리에 앉아 나를 끌어당겼다. 두 손으로 내 얼굴을 잡고 자신의 얼굴을 갖다 댔다. 물컹한 것이 내 입으로 들어왔다. 기분 나쁜 것이 입 안을 돌아다닐 때마다 담배 냄새가 났다. 그의 얼굴을 밀어내는 내 손은 그의 두 팔 안에 갇혀 힘을 쓰지 못했다.

다음부턴 통과의례가 됐다. 집에 가려면 골목을 통과해야 했고 골목을 통과하려면 그 과정을 통과해야 했다. 그의 손짓에 응하지 않으면 그가 내게 왔다. 화단에 앉힌 뒤 교련복 상의를 벗었다. 러닝셔츠 차림으로 섀도복싱을 했다.

슉슉.

주먹을 뻗을 때마다 입으로 소리를 냈다.

슉슉 슉슉슉.

잽과 스트레이트와 훅을 날리며 텔레비전에서 본 복서를

흉내 냈다. 한바탕 휘두르고 나면 타이틀을 지킨 챔피언처럼 승리의 주먹을 치켜들고 빙글빙글 돌았다. 그가 비이이잉 비이이잉 돌 때마다 교련 모자에 눌린 그의 스포츠머리도 나무 팽이처럼 빙빙빙빙 돌았다.

몇 번이었는지 셀 수 없을 만큼 그 일은 되풀이됐다.

그와 마주치지 않으려고 귀가 시간을 당긴 날에도 그는 그 자리에 있었다. 언제부터 기다렸는지 몰라 더 아득했다. 골목에 가까워질 때면 멀리서 그가 있는지부터 살폈다. 그가 보이면 되돌아 나와 동네를 배회했다. 전봇대 주변에 그가 없어 안심한 날이 있었다. 골목으로 꺾어 들자마자 안쪽에서 걸어 나오는 그와 마주쳤다. 나를 발견한 그가 웃음을 던지는 순간 그를 지나쳐 전속력으로 달렸다. 그는 "왜 도망가냐"며 쫓아왔다. 집에 닿을 때까지 내 걸음에 맞춰 나란히 뛰었다. 집 현관을 열자 엄마가 안에서 나왔다. 그가 엄마에게 인사했다. 엄마는 "공부 잘 하고 있냐"며 삶은 고구마를 들려 보냈다. 그가 깜깜한 골목으로 되돌아갔다.

숙숙숙은 쉿쉿쉿으로도 들렸다.

전봇대 앞에서 나를 놓아줄 때 그는 버릇처럼 집게손가락을 자신의 입에 댔다.

"쉬이잇. 우리끼리의 비밀이야. 아무한테도 말하면 안 돼."

그가 거뭇하게 올라오는 콧수염에 웃음을 띄우며 말했다.

어떤 웃음은 악의보다 소름 끼쳤다.

그는 한동네에 사는 먼 친척이었다.

그때 나는 그가 하는 행동이 무엇인지, 나는 왜 그토록 기분이 나쁜지, 그는 왜 나까지 끼워 우리를 만드는지, 왜 말해선 안 되는 비밀인지 제대로 알지 못했다. 이유도 모르면서 나는 말하지 않았다. 부모님에게도, 형에게도, 친구들에게도 말한 적이 없었다. 그 뜻을 아는 나이가 됐을 땐 그 뜻을 알기 때문에 말하지 않았다.

그 기억은 그 옷과 늘 붙어 다녔다.

내가 고등학생이 됐을 때 나도 그 옷을 입었다. 그 옷을 입고 옷에 딸린 모자를 쓰고 사열대 위에 선 교장에게 거수경례로 "충성"을 외쳤다. 옷에서 거머리들이 흘러내려 몸 이곳저곳을 기어다니는 것 같았다. 그 옷은 힘이었다. 두 팔로 나를 가둔 위계였다. 통과하지 않으면 다음으로 갈 수 없는 골목이었다. 알면서도 말하지 않는 우리끼리의 비밀이었다. 집에서도 입었고, 군대에서도 입었고, 사회에서도 벗지 못했다. 그때의 몇 배로 나이를 먹는 동안 나는 그 옷의 질서에서 이탈한 적이 없었다. 골목을 있는 힘껏 달려도 어둠에 얼굴을 감추고 나란히 뛰는 새도 복서를 떨쳐버리지 못했다. 겨우 한 일이라곤 군대 고참에게 얻어맞으면서도 담배를 입에 대지 않은 것뿐이었다.

두통약과 안정제를 먹고 잠든 새벽에 슉슉과 쉿쉿이 머리를 들락날락했다. 퍽퍽 얻어맞으면서도 입을 닫고 끙끙댔다.

말이 되지 못해 앓는 소리를 잠결의 왼쪽 귀가 알아들었다.

"그건 ㅍ ㄹ 소리입니다."

"네?"

의사가 슉슉과 쉿쉿의 정체를 이야기했을 때 나는 정확하게 알아듣지 못했었다. 진료실 문을 사이에 두고 예약 환자들을 확인하는 간호사의 목소리가 의사의 발음을 덮었다. "좀 더 크게 말씀해달라"며 내가 다시 물었다.

"피리, 요? 파리, 요?"

"아뇨. 피 흐르는 소리예요."

의사가 말했다.

"피, 요?"

"종양이 생기면 혈관성 이명을 동반하기도 합니다."

나는 속으로 조금 웃었다.

이젠 혈관에서 피 흘러 다니는 소리까지 듣다니.

나는 진정한 초능력자였던 것이다. 눈치와 주저 따위의 자기기만적 능력이 아니라 슈퍼히어로에게나 장착돼 있을 법한 특별한 능력이었다.

문제는 용도였다. 남의 피도 아니고 내 피 소리를 남들과 같이 듣는 것도 아니고 이 지구에서 나 혼자만 독점적으로 들을 수 있는 능력. 이 괴이한 재능을 어디에 쓸 것인가.

초능력이라면 말이지. 운기조식만으로도 피의 흐름을 자유자재로 바꾸며 노화를 되돌리거나 혈관 안을 날아다니면서 나쁜 균들의 공격을 물리칠 정도는 돼야 하지 않나.

유일한 기능이 슉슉 소리를 듣는 것이었다. 세상을 구할 수도 없고, 후대에 전수할 수도 없고, 중고 마켓에 팔아버릴 수도 없고, 심지어 내다 버릴 수도 없는 능력. 소리를 들을 수만 있고 듣지 않을 순 없는 일방통행식 능력. 심장박동을 듣는 것만큼이나 질병인지 재능인지 구분되지 않는 능력. 이 주체할 수 없는 능력까지 갖췄다고 생각하자 뒤늦은 깨달음이 왔다.

청력을 잃은 것이 아니라 슈퍼하게 성가신 청력을 얻은 것 아닌가.

"ㅍ ㄹ일 수도 있고요."

진료실을 나왔을 때 뒤따라 나오던 의사의 말이 닫히는 문틈에 꼬리를 끼었다. 제대로 알아듣지 못한 나는 문을 열고 물었다.

"네?"

의사는 이미 다음 환자를 진료하고 있었다. 한 번 더 물어볼까 하다가 발길을 돌려 병원을 나왔다. 병원 앞 비탈길을 내려가며 초성이 ㅍ과 ㄹ인 단어들을 떠오르는 대로 조합했다.

폐렴으로 번질 수 있으니 감기 조심하세요.

페루에서 신약이 개발됐다니까 기다려보세요.

파래가 증상 완화에 도움이 되니까 많이 드세요.

(제 진단을 두고) 평론할 생각 마세요.

네? 아니 선생님 말씀을 못 믿겠다는 게 아니라 웬만한 초

능력이어야 말이죠.

(기자 일 하는 데 오히려) 편리할 수도 있잖아요.

네? 소리를 듣고 기록하는 일인데요? 듣는 데 어려움을 겪는 사람이 계속해도 될까요?

파릇파릇한 말이로군요. 어차피 듣고 싶은 소리만 듣고 쓰지 않았어요?

네?

문틈에 끼어 있던 ㅍㄹ의 안면이 파르르르 떨렸다.

듣기에 자신이 없어진 뒤로 나는 무언가 듣고 나면 나 자신부터 의심했다. 의심을 거치지 않으면 정말 들었는지도 알 수 없었다. 제대로 듣지 못한다는 사실을 인정할 때만 나는 제대로 들을 수 있었다. 사실대로 듣는 것이 아니라 믿는 대로 듣는 사람들이 많아질수록 소리는 단순해지고, 확신은 편리해지고, 세상은 완강해졌다.

이명은 청각이 닫힐수록 커지는 소리였다. 이명을 줄이는 가장 확실한 방법 중 하나는 보청기나 인공와우의 도움을 받아 귀로 들어오는 소리를 키우는 것이었다. 다른 소리에 귀가 열려야 혼자 듣는 소리도 줄일 수 있었다. 닫힌 감각은 우리를 비대하게 만들지만 감각의 열림과 확장과 연결은 울타리를 부숴 우리를 넓힌다.

형.

네?

49

두통이 며칠 동안 가라앉지 않았다.

진통제 양을 늘렸는데도 통증이 그렇게 오래 지속된 적은 없었다. 안정제를 과용한 탓인지 의식만 자꾸 가라앉았다. 끝이 어디든 끝까지 내려가기만 하는 프리다이버의 허리와 사슬로 묶여 있었다. 호흡이 바닥나고, 폐가 쪼그라들고, 귀가 터지려고 할 때 멀리서 소리들이 기고, 뛰고, 날았다. 모기떼가 물고, 벌 떼가 쏘고, 매미 떼가 울었다. 귀뚜라미 떼가 짖고, 새 떼가 악을 썼다. 파도가 솟구치고, 폭포가 쏟아졌다. 전기톱이 고목을 썰고, 고속열차가 질주했다. 수심을 측정할 수 없는 인간 도달 불능점에서 형체 없는 소리들이 곤봉 꼬리를 흔들며 몰려왔다.

깜깜한 방을 텔레비전 불빛이 밝히고 있었다. 단신 뉴스를 읽는 앵커의 입이 상어에게 먹히고 남은 고등어 머리처럼 뻐끔거렸다. 입 모양과 입에서 나오는 소리 사이에 시차가 있었다.

"오토바이를 몰던 10대 배달원이…… 폐기물 운반 트럭과 충돌해…… 경찰에 따르면 오늘 새벽 ……에 위치한 사거리에서 쉰 살 운전자가 몰던 폐기물 차량이 ……음식을 배달 중이던 오토바이와 부딪쳤습니다. 배달대행업체 소속의 열일곱 살 배달원은 119 구급차에 실려 병원으로 옮겨졌으나 숨졌습니다. 사고 경위를 조사하고 있는 경찰은……"

목격자가 휴대전화로 촬영해 제보한 영상이 화면에서 일렁거렸다. 엎질러진 음식물과 트럭에서 쏟아진 쓰레기들이 교통 혼잡을 일으키고 있었다. 비대면을 연결하는 배달 오토바이와 비대면이 쏟아낸 쓰레기를 운반하는 트럭의 충돌은 최첨단의 미세한 잡음이었다.

숙.

피 흐르는 뉴스 사이로 피 흐르는 소리가 들렸다. 내 몸의 피를 모두 빼내서라도 듣고 싶지 않은 소리가 원투 콤비네이션을 날렸다.

숙숙.

화면 밖으로 주먹 하나가 튀어나왔다. 다른 주먹도 숙 솟았다. 두 손으로 화면 가장자리를 붙잡고 상체를 숙 끌어 올렸다. 길게 늘어뜨린 머리카락이 숙 딸려 올라왔다. 화면 틀에 두 다리를 숙숙 걸치더니 몸 전체를 숙 뽑았다. 화면 밖으로 숙 나와 내 쪽으로 숙숙숙 기어왔다.

형.

머리카락이 내 얼굴을 덮었다.

잊은 거예요?

떨쳐내려고 팔을 휘저었으나 빨판을 붙인 것처럼 떨어지지 않았다.

그 헛것의 형상을 앞에 두고 허우적대고 있을 때 머릿속에서 한 장면이 물뱀처럼 긴장을 일으키며 지나갔다. 잊고 있던 기억이었다. 잊지 않겠다는 약속 자체를 잊고 살아왔다.

기자 명함을 가진 지 얼마 되지 않았을 때였다.

출입하던 경찰서가 보도 자료를 냈다. '거액의 보험금 받아 중국 가려던 노숙인 검거'란 제목이 달려 있었다. 교통사고를 위장해 수억 원대의 보험금을 타내려던 40대 노숙인을 사기 혐의로 체포해 구속했다는 내용이었다.

주범은 지체장애 노숙인 남성으로서 곰탕집에서 공범 세 명과 공모했다, 교통사고 가해 차량으로 허위 신고할 대포차까지 미리 준비하고 범행 전 다섯 개 보험사 상품에 집중 가입하는 치밀함을 보였다, 서울의 한적한 도로변 둑에서 공범들이 주범을 계단 아래로 밀어 심한 부상을 입혔으나 충분히 다치지 않았다, 벽돌로 이마와 다리를 거듭 내리친 뒤 교통사고 피해자로 속여 병원에 입원시켰다, 고아로 자랐고 조선족 여성과 결혼했다 실패한 주범은 보험금을 타면 중국에 가서 살려 했다고 범행 동기를 밝혔다, 사기 첩보를 입수한 경찰은 노숙인으로 위장해 피의자 소재를 추적하는 등 특수 기법으로 검거했다, 만연한 보험 범죄에 사회 취약 계층이 가담하거나 이용되지 않도록 수사를 확대할 예정이다, 그렇게 사건 개요는 정리돼 있었다.

개요를 다시 축약해 단신으로 쓴 몇 개 언론사가 있었고,

'이야기되지 않는다'며 쓰지 않은 다수의 언론사가 있었다.

보도 자료를 오래 들여다봤다. 문장이 서걱거렸다.

장애를 가진 노숙인이 치밀한 주범, 인데 돈 없는 노숙인이면서도 곰탕집, 에서 범행 모의를 주도, 했고 계단 아래로 떠밀려 큰 부상, 을 입고도 벽돌로 재차 가격, 을 당하겠다고 자원, 했다. 주범, 이 말이다.

어울리지 않는 단어들의 조합이었다. '간결하게 추려낸 주요 내용'이 개요라지만 너무 간결하게 추려져 있었다. 사건을 수사한 형사에게 전화를 걸어 물었다.

―주범이 노숙인인데 장애가 있다고요?

"노숙 생활 중 뇌출혈로 하반신 마비가 왔다고 합니다."

―주범과 공범들은 어떤 관계인가요?

"주범에게 위장 결혼을 주선한 브로커 사무실을 공범 중 나이가 가장 많은 50대 남자가 드나들었는데 거기서 서로 알게 됐습니다."

―주범이 실패했다는 결혼이 위장 결혼이었나요?

"위장 결혼이지만 실제로도 같이 살고 싶어 했는데 여자가 거부했습니다. 결과적으로 결혼을 못 했으니 브로커에게 돈을 안 받았습니다."

―안 받은 건가요? 못 받은 건가요?

"본인은 안 받은 거라고 하는데 좀 더 확인해볼 필요는 있겠습니다."

—다른 공범 두 명을 끌어들인 사람은 누군가요?

　"50대 남자입니다. 공범 셋은 전부터 알던 사이로 사기 건수가 있을 때 떴다방처럼 모였습니다."

　　—이 사건에서 두 사람은 뭘 했나요?

　"교통사고 목격자와 가해 차량 운전자 역할을 맡았습니다."

　　—역할 배정은 누가 했나요?

　"50대 공범입니다."

　　—주범의 장애를 이용한 사기 계획을 짠 사람은요?

　"50대 공범입니다."

　　—주범을 계단에서 밀고 벽돌로 찍은 사람은요?

　"50대 공범입니다."

　　—주범의 명의로 보험을 들고, 보험금 받을 통장을 개설하고, 대포차를 준비한 사람은요?

　"50대 공범입니다."

　　—아니, 그럼 50대 남자가 주범 아닙니까? 주범과 종범이 바뀐 것 아닙니까?

　"글쎄요……."

　수사 성과를 설명하던 형사가 말끝을 흐렸다.

　"자세한 내용은 과장님과 따로 통화해보시는 게 좋겠습니다."

　개요가 생략한 이야기는 경찰 발표와 결이 꽤 달랐다.

　기소돼 수감 중인 노숙인을 만나러 갔다. 국선변호인의 도움을 받아 동반 접견했다. 휠체어를 타고 접견실로 들어온 그의 얼굴에서 나갈 생각 없이 눌러앉은 마비가 보였다. 근육을 뜻대로 쓰지 못해 말투가 어눌했다. 내 소개를 대강 한 뒤 주범이 맞느냐고 물었다.

"주범, 요?"

표정에 난감함이 어렸다.

주범이 아니면 달라지는 것이 있는지 되묻는 것 같았다. 살면서 마주친 갈림길마다 길이 갈릴 만큼의 차이를 겪어본 적 없는 얼굴이었다. 부모 없이 던져진 길에서 평생을 보낸 사람이었다. 도착지에 차이가 있어야 길도 굳이 갈라지는 이유가 있고, 결과에 차이가 있어야 선택도 굳이 하는 이유가 있었다.

"범행을 주도했다고 하던데, 맞아요?"

"네."

"정황상 주범은 벽돌로 그쪽 이마를 찍은 남자 같던데, 맞아요?"

"네."

질문을 바꿔도 반응은 비슷했다. 질문자의 질문 방식에 따라 그의 답도 따라왔다. 짐작할 수 있을 것 같았다.

변호인에게 들은 이야기가 있었다.

브로커 사무실에서 만난 50대 남자에게 그 사람이 부탁했다더군요. 사라진 여자를 찾아 중국에 가서 같이 살고 싶다며 뭐든 할 테니 돈을 벌 수 있게 도와달라고요. 부탁을 들어주되 판을 키워 수익을 나누기로 합의했다고 공범들이 진술했

답니다. 진술이 맞느냐고 경찰이 추궁하자 그도 모든 사실을 인정했습니다.

사실은 진실보다 단단해야 했다. 사실이 진실은 아닐 수 있지만 사실이 아닌 진실은 없었다. 사실을 토대로 진실은 확립되지만 진실을 전제로 사실을 선택할 순 없었다. 그가 인정했다는 '모든 사실'은 진실을 지탱할 만큼 단단한 것인지 의문이 들었다.

그가 노숙했던 역 주변을 수소문했다. 노숙인들을 돕는 단체가 입에서 입으로 옮겨 다니는 말들을 모아줬다. 단편적인 정보들이 조립한 그는 처음부터 끝까지 '추정으로 구성된 사람'이었다.

그 사람 제주도 출신이라는 거 같더라. 조부모가 군경에 학살돼 폭포 아래로 떨어졌다더라. 어릴 때 고아가 됐다는데 부모가 누구인진 자기도 모른다더라. 부모를 모르는데 조부모 죽은 일은 어떻게 아냐고 물으면 천인공노는 하늘이 알려주는 법이라고 했다더라. 누군가 그리워질 때면 폭포에 가서 울며 절을 했는데 관광객들이 그를 배경으로 사진을 찍었다더라. 열서너 살 됐을 때 고아원에 있는 것도 눈치 보여 배 타고 부산으로 건너갔다더라. 어차피 아끼고 살펴주는 사람이 없었으니 사라져도 아무도 몰랐다더라. 어린아이가 할 수 있는 일이 앵벌이밖에 없어 껌도 팔고 악도 팔고 피도 팔았다더라. 거리에서 뼈가 굵도록 나이는 먹었는데 나이만큼 뼈가 굵을

영양이 부족해선지 머리에 풍이 들었다더라. 웬 놈들이 밥을 사준다길래 배고파서 곰탕 한 그릇 얻어먹었더니 아픈 몸으로 한뎃잠 자면 안 된다며 고시원에 방까지 얻어줬다더라. 하늘이 보낸 은인이라며 칭송했더니 서류 몇 장 내밀길래 보답 삼아 사인해줬다더라. 얼마 안 돼 자동차 할부금, 휴대전화 요금, 대출금 상환 요구서, 교통법규 위반 과태료 독촉장이 날아오기 시작했다더라. 굳은 몸 끌고 동네 한 바퀴 돌고 왔더니 고시원 방문이 잠겨 열리지 않았다더라. 비밀번호를 혼동했나 자기 머리를 탓하고 있는데 고시원 주인이 번호를 바꿨다며 월세 내기 전엔 들어갈 생각 말라고 했다더라. 몇 달째 방값 입금이 안 됐다길래 그럴 리 없다며 웬 놈들한테 전화를 걸었더니 없는 번호란 소리만 들렸다더라. 짐이 짐만 될 것 같아 방에 내버려 두고 죽을 자리 찾아 고향 가듯 다시 역으로 나왔다더라. 몸이 성치 않아 밤낮 지하도에 누워 있는 걸 봤는데 언제부턴가 안 보이길래 다들 죽은 줄 알았다더라.

추측뿐인 정보들조차 거기서 멈춰 있었다.

확인되지 않는 사실 앞뒤로 확인된 사실들을 세워봤다.

그가 어떻게 위장 결혼과 연결됐는진 알 수 없지만 브로커 사무실에서 셋을 만났다. 셋이 웬 놈들과 같은 놈들인진 알 수 없지만 식당에서 그들과 곰탕을 먹었다. 그가 셋을 곰탕집으로 불러 모은 것인지 셋이 그를 곰탕집으로 데려간 것인진 알 수 없지만 자신의 장애를 보험 사기에 이용하자는 계획을

셋과 공모했다. 그가 공모의 뜻을 제대로 이해했는진 알 수 없지만 명의를 대여한 탓에 명의 도용 피해를 구제받지 못했을 때처럼 범죄와 피해의 경계가 명확하지 않은 일에 다시 얽혀들었다. 그가 자진해서 부탁했는지 제안을 먼저 받았는진 알 수 없지만 사기를 계획하고 실행한 건 그들이었고 밀쳐지고 굴러떨어진 건 그였다. 그가 굴러떨어지며 소리를 질렀는진 알 수 없지만 떨어질 때 나는 소리 중 가장 큰 소리는 사람 떨어지는 소리였다.

"이야기 안 돼."

간단한 결론이었다.

범죄에 이용당했을 가능성이 큰 장애 노숙인이 주범으로 둔갑하는 과정을 취재해보겠다고 데스크에게 보고했다. 예상했던 반응이 돌아왔다.

자신을 방어할 능력이 없는 사람들이 하지 않은 일을 했다고 수사기관에 자백하거나 했더라도 정도가 부풀려지는 경우는 드물지 않았다. 그의 처지는 훨씬 난감했다. '알 수 없는 것들'은 더 취재해야 알 수 있겠으나 그의 범행 가담은 틀림없어 보였다. 수사 과정에 문제가 있었다는 사실이 확인되더라도 그의 처지가 달라지는 일은 없을 것이었다. 유무죄를 다투는 것이 아니라 유죄가 분명한 피의자들 사이에서 그의 '종범 됨'을 입증하는 일은 '이야기 되는 아이템'이 아니었다.

"잘 부탁드립니다. 형."

접견을 마치고 헤어질 때 그가 말했었다. 내게 무엇을 부탁한다는 걸까. 주범이 돼버린 자신의 억울함을 밝혀달라는 걸까. 범행에 이용됐다는 사실을 알려달라는 걸까. 정말 부탁한다기보다 말의 주도권을 쥔 자들이 대화를 끝낼 때마다 그의 입에서 나오는 말버릇일 거라 생각했다. 그를 주범으로 결론지은 경찰에게도 했을 것이고, 그의 '주범 아님'을 증명하기보다 모두 인정함으로써 선처를 구하자고 설득한 변호사에게도 했을 것이다. 공모하는 자리에서 했다는 '부탁'도 그렇게 나온 말이었을까.

"제가 형은 아닌 것 같은데요."

부탁을 들어줄 자신이 없다는 말 대신 튀어나온 헛소리였다. 경찰이 밝힌 그의 나이는 나보다 한참 위였다. '부탁' 같은 '형'일 것이었다. 언제 부탁한 적 있었냐는 듯 나를 쳐다보던 그가 휠체어를 돌려 접견실을 나갔다.

묻잖아요.

그동안 질문하는 사람은 나였다. 좋은 질문을 던지는 것이 기자 일의 기본이라고 배웠는데 질문은 답변보다 속 편한 일임을 얼마 안 돼 알게 됐다. 질문은 답을 찾아가는 과정이었지만 답하는 책임을 회피하는 방법일 수도 있었다. 가위에 눌리고 있을 때 하필 그의 일이 스친 (혹은 스쳤다고 느낀) 데는 아무런 인과가 없었다. 그것이 무엇인지 누구인지도 모르면서 나는 답변하는 대신 변명하는 마음이 됐다.

그는 약속하냐고 물은 적이 없었다. 구치소에서 모든 질문은 내가 했고 그는 가끔 "네"라고 답했을 뿐이다. "잊지 않고 끝까지 챙기겠다"는 말은 접견실을 나서는 그의 등에 대고 내가 한 약속이었다. 정말 잊지 않는다기보다 답을 주지 못할 취재를 끝낼 때마다 미리 발을 빼두는 면피성 말버릇이었다.

그를 잊어가고 있을 때 그의 편지가 회사로 왔다.

편지에 사건에 대한 부탁은 없었다. 그즈음 쓴 일기들 같았으나 수감 생활에 대한 언급도 없었다. 내게 쓴 편지였는데 내게 쓴 말이 없었다. 편지를 쓴 이유도 없이 고향과 옛 인연들에 대한 두서없는 낱말들만 나열돼 있었다. 머리에 남은 내용은 거의 없었으나 어쩌다 떠오르는 문장도 없진 않았다. 생의 끝을 예견하는 인간이 쓸 수 있는 가장 서늘한 문장이란 느낌 탓이었다.

"기억할 사람이 없다. 아무도 생각나지 않는다."

편지 보낼 사람 없던 그가 어디론가 편지를 보내고 싶었을 때 내게 받은 명함에서 주소를 찾아 적었으리라 짐작했다. 수신자는 내가 아니어도 상관없었을 것이다. 답장을 쓴 것도 같지만 분명하진 않았다. 부디 건강하세요. 저도 계속 챙겨보겠습니다. 썼다면 그렇게 썼을 것이다. 버릇처럼 그랬을 것이다.

그의 소식을 들은 건 몇 년 뒤였다. 과거 그의 국선변호인에게 다른 사건으로 연락할 일이 있었다. 그의 근황을 물었을 때 희미한 이름을 더듬던 변호사가 말했다.

"아, 맞아요. 그 사람 죽었어요. 사망 처리 때문에 법무부에서 연락을 받는데 사인이 뭐였다더라. 기억이 정확하진 않은데 뇌출혈이 재발하지 않았겠나 싶습니다. 가족이나 보호자가 없으니까 아마 무연고 사체로 정리됐겠죠."

기사를 쓰지 않았다면 죽는 일도 없지 않았을까요?

떨쳐내려고 팔을 휘저었으나 손가락 하나 움직일 수 없었다. 무엇인지 누구인진 모르지만 돌변하는 주제를 보니 그는 아닐 수도 있었다.

그 공장 소식이 다시 들려오고 있었다. 옥상에서 내려온 뒤에도 옥상에서 쫓기듯 살았던 남자가 세상을 떠났을 때 빈소를 찾지 못한 옥상 동료가 있었다. 고인을 인터뷰할 때 함께했던 일곱 명 중 한 명이었다. "친구의 죽음을 듣고 짐승의 소리로 울부짖는다"며 아내가 빈소에 문자로 전했었다. 그에게 심정지가 왔다. 친구의 4주기를 한 달 앞둔 시점이었다. 옥상에서 체포된 직후에도 숨이 멈춰 인공호흡을 받고 일주일 만에 깨어났던 그가 다시 찾아온 심정지로 뇌 손상을 입었다. 동료들이 병원비 모금을 시작했고 대학생 아들은 가족의 생계를 책임지기 위해 휴학했다. 옥상 진압 당시의 일을 질문했을 때 "그걸 왜 다시 기억나게 만드냐"며 머리를 움켜쥐던 그의 모습이 어른거렸다. 못다 들은 이야기는 따로 전화를 걸어 거듭 묻기도 했었다. 나는 그에게 무슨 이야기까지 듣고자 했

312

던 것일까. 탈탈 털어 듣고도 이야기 안 된다며 쓰지 않는 나와, 말하고 싶어 하지 않는 이야기까지 하게 만들어 쓰는 나는, 그 기계로서의 글쓰기가 사람을 죽이기도 한다는 사실을 몰랐던 것일까.

귓속에서 기름 끓는 소리가 났다. 따다다다다다다다다 달려오는 소리가 들렸지만 너무 묽어서 보이지 않는다. 멈추지 않고 달려오는 이유는 맞은편의 나 역시 묽어 보이지 않기 때문이다. 묽은 것들끼리 부딪혀 부서진다는 것을 안다. 보이지 않는 것들의 소리로 고막이 터져버릴 것 같을 때 짐승의 심장박동을 들은 것도 같다. 두 손으로 귀를 막는다. 끼이이이이이이이이익. 뇌가 튀겨지고 있었다.

해고자들의 복직은 마무리됐지만 공장은 그들을 해고하던 때로 되돌아가 있었다. 마지막 복직 대기자가 출근하자마자 공장 재매각이 공식화됐다. 국내 기업들 가운데 그 공장만큼 주인이 자주 바뀐 사례도 없었다. 공장을 수건 돌리듯 주고받는 사이 자동차가 전기를 먹고 스스로 운전하는 시대가 왔다.

산업이 바닥부터 변하고 있었다. 정치와 사회가 포기한 지오래인 혁명이 오직 산업에서만 거듭되며 생산과 폐기의 주기를 혁명적으로 단축했다. 혁명이 일어날 때마다 신성장 동력은 구성장 동력들을 분리수거했다. 능력이 혁명의 이데올

로기가 될 땐 신도 축출을 피하지 못했다.[74] 자동차가 자율 주행에 그치지 않고 목적지까지 자율적으로 결정해버리면 인간은 내릴 곳도 갈아탈 곳도 놓쳐버릴 것이었다.

"형."

수술 소식을 들은 사촌 동생이 전화로 안부를 물었다.

"좀 어때요?"

"괜찮아지겠지."

오래 깎지 않은 머리카락이 눈을 덮었다. 얼굴을 찡그리며 동생의 안부를 물었다.

"좀 어때?"

"괜찮아질까요?"

파업 때 회사의 지시에 따라 죽은 자들과 대치했던 산 자들에게도 지난 시간은 고통이었다. 그 공장의 산 자들 중에 내 사촌 동생도 있었다.

나는 주로 죽은 자들의 이야기를 썼다. 집단 해고가 부른 재난이 생과 사의 저울 사이에서 어느 쪽으로 기울지 명확해 보였다. 그들의 파괴된 삶을 보고 들으러 그 도시를 자주 오갔지만 동생에겐 연락한 적이 없었다. 명절 때 만나 예의처럼 공장 상황을 물을 때도 자세한 질문은 삼갔다. 그 공장에서

---

74 새턴(Saturn)은 자동차 브랜드 명칭으로도 사용됐다. 1980년대 미국 시장으로 밀고 들어오는 일본 소형차에 대응할 목적으로 제너럴 모터스가 출범시켰다. 1990년 판매를 시작해 400만 대 이상 팔았다. 2008년 글로벌 금융 위기로 파산에 직면한 제너럴 모터스는 새턴 매각을 추진했으나 협상이 결렬되자 2009년 9월 말 사업 폐기를 발표했다.

벌어진 죽음을 취재해온 형의 질문 자체가 동생을 괴롭히는 일이 될 것이라 생각했다. 내가 쓴 기사들을 봤는지는 알 수 없지만 사촌 동생도 굳이 아는 체하지 않았다. 그 시기 동생의 얼굴은 죽은 자들만큼이나 까맣게 탔고 입술도 부르터 있었다.

해고를 사이에 두고 나뉘었던 사람들이 이제 자동차 산업의 격변 속에서 한 덩어리로 요동치고 있었다.

"잘 견뎌내야지."

나의 한숨이 건너가자 동생의 한숨이 건너왔다.

"그때로부터 벌써 10년 하고도 몇 년이 더 지났는데 도무지 끝이 없네요."

바다 저편 타국의 대주주가 경영권 포기를 선언하면서 노사 합의로 무급 휴직안이 통과된 직후였다. 동생이 내 건강을 염려하며 말했다.

"나도 무사할 테니 형도 무사해요."

내 유해를 찾고 있어요.

피 흘리는 소리들이 귀에 대고 이야기를 숙숙 뱉었다. 내가 잘라버린 이야기들. 취재하고도 잊어버린 이야기들. 한 번 스치듯 쓴 것으로 할 일 다 했다며 만족한 이야기들. 쓸 만큼 썼으니 더 이상 쓰지 않아도 된다며 합리화한 이야기들. 너무 무거워 독자들이 싫어한다며 알아서 회피한 이야기들. 이제 지겨우니 그만하자는 이야기들. 그래서 결국 아무것도 달라

315

지지 않는 이야기들. 그 이야기들을 모래 아래 파묻으며 내가 실종시키고 증발시킨 사람들. 내 손끝에서 묽어져 흩어진 존재들. 내가 저질러온 부드러운 학살들. 내가 만든 유령들. 감지되지 않는 우주 폐기물처럼 떠다니다 눈에 띄기 위해 스스로 추락하며 몸을 사른 심장들. 만만해지지 않기 위해 위험해져야 했던 짐승들. 내 몸의 피를 전부 빼내지 않으면 작별할 수 없는 이야기들이 귀에서 숙숙거렸다.

주워 담긴 이미 늦었어요.

인간이 살아가는 이야기는 논픽션과 픽션 사이에 걸쳐 있었다. 차라리 소설이길 바라는 이야기는 부인할 수 없는 현실일 때가 많았고, 현실은 정말 현실일까 믿기지 않을 만큼 소설 같을 때가 많았다. 디지털의 선택을 받으려고 아날로그가 목을 빼며 줄을 섰다. 유니버스가 멀티버스로 의식의 분열 없이 가뿐하게 분열했고, 가상과 실제는 스마트폰 없이도 스마트하게 융합됐다. 사실이 제시되면 사실을 부정하는 사실들이 알을 깠다. 정의를 주창하면 정의를 비난하는 정의들이 욕설을 퍼부었다. 사실과 거짓과 정의와 불의가 서로를 응원하며 공존공영했다. 그러니 소음과 이명과 환청이 뒤죽박죽된 내 귓속쯤은 너무 리얼해서 만사 오케이였다.

처음부터 다시 이야기할 테니 잘 들어요.

50

알아듣지 못하면 이명일 뿐인 소리가 사람의 성대
로는 흉내 낼 수 없는 기괴하고 소름 돋는 발성으
로 으르렁거린다.

목에 가시처럼 걸린 이야기가 있었다.

꺼내려면 통증을 견뎌야 했지만 내 통증만 견디면 되는 일도
아니었다.

어떻게든 꺼내라고 독촉한 것은 목구멍 아래의 이야기들이
었다.

가시를 밀어 올리지 않으면 자신들은 영영 밖으로 나오지 못
할 것처럼 따갑게 웅성거렸다.

이름이 지워진 존재들의 이름을 부르고 싶었다.

어떤 이름은 불리기 위해 투쟁하고 어떤 이름은 잊히기 위해
안간힘을 썼다.

그 어디쯤 그의 이름이 있을까 궁금했다.

나는 그 이름들을 어떻게 괴롭혀 왔을까 생각했다.

5년이 지나서야 부르는 이름.

고 김주중 님을 기억하며.

2023년 겨울에

이문영

왼쪽 귀의 세계와 오른쪽 귀의 세계

초판 1쇄 인쇄 2023년 12월 20일
초판 1쇄 발행 2023년 12월 25일

지은이 이문영
펴낸이 이승현

출판2 본부장 박태근
스토리 독자 팀장 김소연
편집 김소연
디자인 신나은

펴낸곳 ㈜위즈덤하우스   **출판등록** 2000년 5월 23일 제13-1071호
주소 서울특별시 마포구 양화로 19 합정오피스빌딩 17층
전화 02) 2179-5600   **홈페이지** www.wisdomhouse.co.kr

ISBN 979-11-7171-091-1 03810